# DEN TROTSIGA ÄNGELN

ROMANTISK URBAN FANTASY OM EN FALLEN ÄNGEL OCH FÖRBJUDEN KÄRLEK

CARYSSA COLE

SHENANIGANS PRESS

# INNEHÅLLSFÖRTECKNING


1. Kapitel ett     1

2. Kapitel två     10

3. Kapitel tre     25

4. Kapitel fyra     39

5. Kapitel fem     51

6. Kapitel sex     64

7. Kapitel sju     75

8. Kapitel åtta     87

9. Kapitel nio     99

10. Kapitel tio     115

11. Kapitel elva     126

12. Kapitel tolv     147

13. Kapitel tretton     165

14. Kapitel fjorton     190

15.  Kapitel femton 207

16.  Kapitel sexton 226

17.  Kapitel sjutton 245

18.  Kapitel arton 266

19.  Kapitel nitton 277

20.  Kapitel tjugo 294

21.  Epilog 308

Fler böcker av Caryssa Cole 320

# Kapitel ett

## Careena

Jag ryckte till och vaknade, och mina lungor kämpade efter luft medan skräcken grep tag i min kropp. Kallsvetten klibbade vid min hud och hjärtat rusade vilt i bröstet.

Blicken for omkring medan jag sökte av det dunkelt upplysta rummet, desperat letande efter Alyster och Rafail, mina älskare; faeriddaren som hade trotsat sin drottning för att hjälpa mig och den mänskliga hamnskiftaren som hade stannat hos mig även efter att jag brutit hans flera hundra år gamla förbannelse och befriat honom.

”Careena!”, skar Alysters röst genom mörkret när han satte sig upp bredvid mig. Hans silverögon, som vanligtvis glimmade av rackartyg, var nu fyllda av oro. ”Vad hände?”

Rafail kom in i rummet och satte sig på sängen bredvid mig, hans rörelser tysta och kattlika. Även om hans mänskliga gestalt verkade vanlig visste jag vilken kraft som dolde sig under ytan. Han studerade mig uppmärksamt och hans vaksamma min mjuknade av oro.

Jag försökte tala, men rösten fastnade i halsen. Bilderna från min mardröm hemsökte mig fortfarande och vägrade att blekna bort. Alyster tog varsamt min hand i sin, och värmen från hans beröring jagade bort en del av den kvardröjande rädslan.

"Andas, Careena", sa han mjukt, med en subtil charm i rösten som tycktes lugna mina skenande tankar. "Du är i säkerhet nu. Vi är här."

Rafail nickade. "Var det en dröm? En syn?"

Jag svalde med svårighet och mina fingrar kramade hårdare om Alysters hand medan jag sökte styrka att tala. "Set", lyckades jag viska, och min röst darrade. "Han var i min dröm. Han vill att jag ska ..."

Orden dog på mina läppar då skräcken hotade att överväldiga mig igen. Alyster och Rafail utbytte en blick, och deras miner mörknade av förståelse och beslutsamhet.

"Berätta allt", manade Alyster varsamt, och hans tumme tecknade lugnande cirklar på min handrygg. "Vi är här för att hjälpa dig, Careena. Du behöver inte möta det här ensam."

Jag tog ett skakigt andetag och samlade mig för att återberätta mardrömmens fasor. Min röst darrade när jag redogjorde för detaljerna i drömmen, och orden strömmade från mina läppar i en flod av rädsla och desperation. "Set var där, hans närvaro var överväldigande och skrämmande. Han krävde att jag skulle underkasta mig hans vilja, att jag skulle bli hans kärl i den dödliga världen."

Jag rös till, minnet av hans förrädiska viskningar ekade fortfarande i mitt sinne. "Han lovade makt bortom mina vildaste drömmar, men jag kunde känna mörkret, fördärvet som följde med den. Jag försökte göra motstånd, men han var så stark ..." Ännu nu kunde jag känna honom, känna den mörka kraften i hans närvaro. Jag vände på huvudet för att se på svärdet som låg på nattduksbordet, svärdet jag inte kunde vara mer än några steg ifrån utan att drabbas av en olidlig smärta.

Svärdet som band mig till Set.

Alysters grepp om min hand hårdnade och hans ögon blixtrade till med en vildsint beskyddarinstinkt. "Du är starkare än han, Careena. Det har du redan bevisat genom att trotsa honom, genom att välja din egen väg."

Rafail lutade sig fram, hans blick intensiv och fokuserad. "Det här är ett allvarligt hot. Om Set kan påverka dig genom dina drömmar kan han bli starkare för varje natt som går."

Jag nickade, med hjärtat tungt av insikten, och magen knöt sig av skräck vid tanken. "Jag fruktar att han inte kommer att sky några medel för att göra anspråk på mig, för att använda mig som en bricka i sitt förvridna spel."

Alysters bryn rynkades i djupa tankar medan hans sinne arbetade för att nysta upp det komplexa nätet av magi och öde som band oss alla samman. "Svärdet", mumlade han med låg och fundersam röst. "Det innehåller Sets essens, hans koppling till dig."

Mina ögon vidgades när innebörden av Alysters förslag sjönk in. Svärdet, som jag oavsiktligt hade skapat när jag försökte förstöra den uråldriga trollformelsboken som innehöll Sets återuppståndelsebesvärjelser, utgjorde ett hot mot hela min existens. Jag kunde inte vara långt ifrån det; skulle en förstörelse av det förstöra mig också? Det var ett tveeggat svärd, både ett vapen och ett potentiellt fängelse.

Tanken på att tvingas till slaveri, med min vilja böjd efter Sets mörka begär, skickade en rysning av rädsla längs ryggraden. Jag kunde inte låta det hända. Jag tänkte inte låta det hända.

"Jag kan inte riskera att hamna under Sets kontroll, men jag vet inte vad som händer med mig om svärdet förstörs."

Alyster lade en lugnande hand på min axel, och hans beröring var en tröstande värme mot min hud. "Vi kommer att hitta ett sätt, Careena. Det lovar jag dig."

Jag tog ett djupt andetag och förberedde mig på vad jag visste att jag var tvungen att göra. Svärdet låg framför mig, dess mörka klinga glimmade i det svaga skenet från månen som flödade in mellan de öppna draperierna. Jag kunde känna dess kraft, viskningarna av Sets inflytande, även på avstånd.

Med en beslutsam min sträckte jag ut min hand mot svärdet, och mina fingertoppar lyste med ett mjukt, eteriskt sken. Jag lät min himmelska magi flöda, sonderade svärdet försiktigt och sökte efter eventuella svagheter eller sårbarheter som vi kunde utnyttja.

Metallen kändes sval under min beröring, men jag kunde känna den pulserande energin inuti, den mörka essensen av Set som genomsyrade varje tum av klingan. Jag slöt ögonen, fokuserade min magi och trängde djupare in i svärdets hemligheter.

När jag sonderade vidare kände jag en växande känsla av obehag, ett tryck över bröstet som gjorde det svårt att andas. Svärdets kraft var uråldrig och väldig, långt större än något jag någonsin hade stött på tidigare.

En skarp, svidande smärta sköt genom min arm, vilket fick mig att rycka till. Det kändes som om svärdet slogs tillbaka, och gjorde motstånd mot mina försök att nysta upp dess hemligheter. Jag bet ihop tänderna och vägrade låta smärtan avskräcka mig. Jag visste att svaren vi sökte kunde ligga i svärdets mörka djup, och jag var fast besluten att hitta dem.

Jag kunde känna Alysters och Rafails oroliga blickar på mig, men jag hade inte råd att bryta min koncentration. Smärtan intensifierades och spred sig från min arm till bröstet och hotade att överväldiga mig. Mitt ansikte förvreds av ansträngningen från min magiska sondering, och jag kunde känna svettpärlor bildas på min panna.

Genom dimman av smärta kände jag hur Alyster och Rafail utbytte blickar, deras oro påtaglig i luften. De förstod den enorma börda jag bar, tyngden av min status som fallen och det ansvar jag hade tagit på mig för att skydda dem från Sets inflytande.

Jag drog in ett skakigt andetag, min röst ansträngd när jag talade. "Jag kan känna det ... svärdets kraft. Den är uråldrig, mörk och väldig. Men det måste finnas ett sätt att bryta dess grepp."

Alyster tog ett steg närmare, hans röst låg och lugnande. "Careena, var försiktig. Vi vet inte vad svärdet är kapabelt till."

Jag nickade för att bekräfta hans oro, men jag kunde inte sluta nu. Jag var så nära, jag kunde känna det. Svärdets hemligheter var precis utom räckhåll, retfullt nära men ändå höljda i mörker.

Rafails röst skar genom spänningen, hans ton spetsad med en blandning av vördnad och oro. "Hon är stark, Alyster. Om någon kan nysta upp svärdets mysterier så är det Careena."

Deras tro på mig stärkte min beslutsamhet. Jag pressade hårdare på, och min magi trängde djupare in i svärdets essens. Smärtan var nu nästan förblindande, men jag vägrade att ge mig. Jag var tvungen att hitta svaren, för allas vår skull. Jag bet ihop tänderna, och tankarna rusade när jag försökte förstå de glimtar jag fick genom smärtans slöja.

Bilder blixtrade förbi mina ögon – uråldriga tempel, bloddränkta slagfält och Sets hotfulla närvaro. Svärdet var mer än bara ett vapen; det var en kanal för den mörka gudens makt, ett verktyg han hade använt för att skapa förödelse i den dödliga världen i årtusenden.

När jag trängde djupare blev svärdets motstånd starkare, och det pressade tillbaka mot min magi med en kraft som nästan slog omkull mig. Jag stönade högt, andedräkten kom i ansträngda flämtningar, men jag vägrade att ge efter.

”Careena!” Alysters röst var spetsad med oro när han sträckte ut handen för att stötta mig. ”Du pressar dig själv för hårt.”

Jag skakade på huvudet, min blick fortfarande fäst vid svärdet. ”Jag kan inte sluta nu. Jag är så nära att förstå dess sanna natur.”

Rafails ögon smalnade när han studerade svärdet. ”Vad har du sett hittills?”

Jag tog ett djupt andetag, bröt min koncentration och lät min magi skingras. ”Svärdet är mer än bara ett vapen. Det är en direkt länk till Sets makt, en kanal för hans inflytande i den här världen. Att förstöra det kommer inte att bli lätt, och jag måste på något sätt hitta ett sätt att bryta min länk till det först, annars kan det ta mig med sig ... till underjorden och i Sets klor. Det kan jag inte riskera.”

Alysters bryn rynkades. ”Men det måste finnas ett sätt. Vi kan inte låta Set kontrollera dig eller någon annan genom svärdet.”

”Jag ska försöka igen. Jag måste förstå mer. Varför blev boken ett svärd? Den borde ha förstörts när jag använde Oskapelsens kraft. Det går inte ihop.”

Jag hade aldrig gillat gåtor utan svar. Det var därför jag hade blivit utsparkad från himlen; min omättliga nyfikenhet. Som en fallen ängel hade jag skickats ner till jorden och fått i uppdrag att utföra vad som hade verkat vara meningslösa uppdrag för att förtjäna min upprättelse ... tills jag skickades för att hämta den uråldriga trollformelsboken från en samling mörka häxor och fann mig själv i en oavbruten kamp för överlevnad mot häxor, helveteshundar och nu en uråldrig kaosgud.

Utan Alyster och Rafail hade jag inte överlevt så här länge, men i mitt försök att skydda oss alla och få ett slut på häxornas jakt hade jag begått ett misstag. Jag hade vänt på mina Skapelsekrafter för att försöka förstöra boken, och det hade slagit tillbaka. Nu var jag bunden till svärdet och Set fanns i mina drömmar.

Det var mitt misstag att rätta till, så trots Alysters och Rafails oroliga protester samlade jag min magi, och den här gången grep jag om svärdsfästet och grävde djupare i dess hemligheter.

Smärtan knäckte mig nästan. Det kändes som om köttet brändes från mina ben när jag fortsatte, svepte undan synerna – distraktioner, insåg jag nu – och sonderade, i ett försök att hitta svärdets sanna ursprung.

Det hade alltid varit ett svärd, förstod jag i en bländande uppenbarelse. Sets eget personliga vapen, härdat i blodet från otaliga tusenden genom århundradena, till slut vänt mot honom och använt som nyckeln till hans fängelse ... men sedan på något sätt återtaget av dem som var honom trogna. Sets präster offrade tusentals fler i försök att befria honom, uttalade mörka besvärjelser, gav upp sina egna själar ... och misslyckades.

"Careena. Careena!"

Starka händer skakade om mina axlar, och jag flämtade till när jag slet mig loss från synerna. Alyster stirrade in i mina ögon, hans min orolig.

"Vart tog du vägen? Du svarade oss inte!"

"Vi trodde Set kanske hade tagit dig", lade Rafail till.

"Nej, jag såg ...", mina fingrar rätades långsamt ut, och jag väste av smärta när svärdet föll ur mitt grepp. Det hade inte bara känts som att det brann; det hade faktiskt bränt mig, köttet i min handflata var svartnat och förkolnat.

"Du måste sluta." Alysters hand täckte min, hans hud var saligt sval mot brännskadan när han lät sin feiska jordmagi strömma in i mig. "Vi vet inte tillräckligt, Careena. Du går in i blindo mot en gud, en odödlig varelse med krafter vi inte ens kan förstå. Det här är dumdristigt."

"Han har rätt", sa Rafail och lade armarna i kors. "Snälla, Careena, sluta. Det skadar dig."

Jag ville argumentera – det kändes som om jag hade varit så nära att förstå varför prästerna hade misslyckats, vad som hade hänt med svärdet som förvandlat det till boken – men när jag tittade på de fortfarande smärtsamma brännskadorna på min hand var jag tvungen att hålla med om att de förmodligen hade rätt. Jag visste inte vad jag höll på med. Och om svärdet verkligen var nyckeln till Sets fängelse, kunde en förstörelse av det vara det absolut värsta vi kunde göra.

"Okej", sa jag motvilligt. "Vi behöver ta reda på mer, jag håller med er. Och även om jag tror att många av svaren är inlåsta i själva svärdet ... är det för riskabelt att göra det här utan förstärkning."

Båda männen stirrade på mig.

"Förstärkning", sa Alyster långsamt. "Vilken sorts förstärkning?"

”Den enda sorten som kan ha en chans att låsa in Set igen om vi råkar släppa honom fri.” Jag svalde med svårighet. ”Vi måste åka till Fristaden och hämta hjälp från änglarna.”

# Kapitel två

## Careena

Jag kunde känna tvekan som strålade från Alyster och Rafail, och osäkerheten flimrade i deras ögon när jag vände mig mot dem. Tyngden av mina ord hängde i luften mellan oss.

"Jag vet att det är en risk, men vi har inget val." Min röst var stadig, vilket dolde den inre oro som vältrade sig inom mig. "Aurelius och änglaskarorna är vårt enda hopp nu."

Alysters silverögon smalnade, och en svag rynka bildades mellan hans bryn. "Careena, är du säker på det här? Den himmelska hären är inte direkt känd för sin gästfrihet mot utomstående."

Jag mötte hans blick utan att vika undan. "Jag är medveten om riskerna, men våra alternativ börjar ta slut. Sets makt växer sig starkare för varje dag, och vi kan inte möta honom ensamma."

Rafail rörde sig oroligt, hans fingrar ryckte som om de kliade efter att få greppa hans dolkar. "Och du tror att Aurelius bara kommer att välkomna oss med öppna armar? Efter allt som har hänt?"

Ett snett leende ryckte i min mungipa. "Nej, jag förväntar mig inte ett varmt mottagande. Men Aurelius är pragmatiker. Han kommer att inse situationens allvar."

Jag tystnade och lät mina ord sjunka in. Minnet av min förvisning från himlen sved fortfarande, en dov värk som aldrig riktigt försvann. Men det var jag tvungen att lägga åt sidan nu. Större saker stod på spel.

Jag drog efter andan och samlade mig när jag mötte deras blickar igen. "Om Set lyckas kommer konsekvenserna att bli katastrofala. Inte bara för de dödligas rike, utan för hela skapelsen."

Tyngden av mina ord verkade lägga sig på deras axlar, en påtaglig närvaro i rummet. Alysters uttryck blev dystert och den illmariga glimten i hans ögon slocknade. Rafail spände käkarna, en muskel ryckte i hans kind.

"Han har redan börjat samla sina styrkor", fortsatte jag med låg och enträgen röst. "Den mörka häxcirkeln är bara början. Om han verkligen blir fri från sitt fängelse ..." Jag avbröt mig och lät de outtalade följderna hänga i luften.

Alysters blick mötte min, ett ögonblick av förståelse passerade mellan oss. "Balansen kommer att splittras."

Jag nickade bistert. "Och rikena kommer att störta ner i kaos. Vi kan inte låta det hända."

Rafail rynkade pannan och pressade samman läpparna till ett tunt streck. "Och du tror att änglarna kommer att hjälpa oss? Efter allt som har hänt?"

Jag kunde höra skepticismen i hans röst, tvivlet som grumlade hans tankar. Jag kunde inte klandra honom. Änglaskarorna var inte kända för sin medkänsla eller förståelse.

"De måste", sa jag med fast röst. "Det här handlar inte bara om oss. Det handlar om alla rikens öde. Inte ens de kan ignorera det."

Alyster rörde sig, hans rörelser var smidiga och graciösa trots spänningen i rummet. "Men att blanda in dem ... det är en risk. De har sin egen agenda, sina egna motiv."

Jag mötte hans blick och såg oron som flimrade i de silverfärgade djupen. "Jag vet. Men vilket val har vi? Vi kan inte möta Set ensamma."

Tystnaden sträckte ut sig mellan oss, tung av vikten av vårt beslut. Jag kunde se kugghjulen snurra i deras huvuden, beräkningarna och övervägandena.

Rafails ögon blixtrade till av en blandning av frustration och rädsla. "Och om de vänder sig emot oss? Tänk om de bestämmer sig för att vi är en för stor belastning?"

Jag kunde känna intensiteten i hans blick, den outtalade bönen om att jag skulle tänka om. Men det kunde jag inte. Inte när insatserna var så här höga.

"Det kommer de inte", sa jag och hoppades att mina ord bar på mer övertygelse än jag kände. "De behöver oss, lika mycket som vi behöver dem."

Alysters läppar ryckte till i ett humorlöst leende. "Gör de? Änglarna har aldrig varit kända för att lita på andra."

Jag suckade och körde en hand genom håret. "Jag vet att det är en chansning. Men det är en vi måste ta. Vi har ont om tid och alternativ."

Rafail började gå fram och tillbaka, hans rörelser var avhuggna och upprörda. "Och konsekvenserna då? Även om de hjälper oss, kommer vi att få betala ett pris. Det får man alltid."

"Vad priset än är, så betalar vi det", sa jag med stadig röst trots osäkerheten som gnagde inom mig. "Vi måste."

Alysters blick mötte min, en skymt av uppgivenhet passerade över hans drag. "Hon har rätt, Rafail. Vi har inget val. Vi kan inte göra det här ensamma och det finns inga andra potentiella allierade där ute. För en vecka sedan skulle jag ha sagt att vi skulle ta det här till drottning Maeve, men nu ..." han skakade på huvudet. "Drottningen ville ha trollboken, ville bli Sets tjänarinna. Vi kan inte lita på henne. För att inte tala om att jag svek henne och hon kommer att döda mig så fort hon ser mig. Änglarna är det enda alternativet."

Rafail slutade vanka och vände sig mot oss, med axlarna nedsjunkna i nederlag. "Jag vet. Det är bara det att ... jag har en dålig känsla om det här. Men ni har rätt, vi har inget val."

Jag sträckte mig fram och tog hans hand, klämde den försiktigt. "Vi möter vad som än kommer tillsammans."

Alyster nickade instämmande. "Vi behöver en säker plats för att omgruppera och planera vårt nästa drag. Det kan änglarna åtminstone erbjuda."

"Och de har resurser som vi inte har", påpekade jag. "Kunskap, vapen, kanske till och med ett sätt att förstöra svärdet utan att släppa lös Set. Kanske till och med änglar som mötte honom förra gången och vet hur man besegrar honom! Vi kan inte tacka nej till sådan hjälp."

Rafail tog ett djupt andetag och stålsatte sig. "Okej, vi åker. Men jag har en känsla av att det här inte kommer att vara det sista av de svåra val vi måste göra."

Alyster flinade snett. "När gav livet oss någonsin lätta val?"

Jag kunde inte låta bli att le åt det. "Jag vet inte om jag skulle vilja ha det på något annat sätt", sa jag.

Rafail fnös. ”Ni är båda galna.” Men spänningen i rummet hade lättat, bara en aning.

”Så”, sa Alyster, ”vad är planen? Åka till änglarnas rike och banka på pärleporten? Eller måste vi hitta en annan väg in?”

Jag skrattade lågt. ”De skulle inte ens släppa in mig. Jag är fallen, kommer du ihåg? Nej, änglarna har en bas här på jorden. De kallar den Fristaden.”

”Du har nämnt det förut. Men var är den? Jag har aldrig hört talas om den.” Rafail slutade vanka och satte sig på sängen.

”Högt uppe i Alperna, och dold för mänskliga blickar.” Jag skulle ha flugit raka vägen dit, om det bara hade varit jag. Rafail kunde anta hökform men Alyster kunde det inte, och jag trodde inte att jag hade energin att bära honom. Vi var tvungna att ta en långsammare väg, från vår tillfälliga gömställe på den spanska kusten tillbaka in i Frankrike och över till Schweiz.

”Vi tar tåget”, sa jag, och tänkte högt. ”Gömmer oss mitt ibland folk.” ”Senare.” Rafail smekte min fotled med ett illmarigt leende. ”Fortfarande några timmar kvar till gryningen, Careena.”

Jag kunde inte låta bli att le. ”Du slutar verkligen aldrig, eller hur?”

Han lutade sig in, hans röst låg och hes. ”Inte när det gäller dig.”

Alyster småskrattade. ”Det kan jag intyga.”

Spänningen i luften skiftade, från laddad och nervös till något annat, något varmt och inbjudande. Jag visste vad de behövde, vad vi alla behövde, efter den långa, mödosamma dagen. Så jag lät mina vingar vecklas ut, och spetsarna på fjädrarna strök mot lakanen. Sänggaveln knarrade när

Alyster anslöt sig till oss på sängen och slog armarna om mig. Rafail gled upp bredvid mig, hans mun letade sig uppför mitt lår, hans händer följde efter.

"Vi borde vila", viskade jag, även när min beslutsamhet smulades sönder under deras heta blickar.

"Det ska vi", spann Alyster i mitt öra, medan hans fingrar ritade mönster på min mage. "Sen."

Rafails läppar fann mina, hans kyssar var milda men enträgna, hans tunga dansade med min. Alysters hand gled längre ner och fann den fuktiga hettan som bara tanken på att vara intim med mina två älskare hade försatt mig i. Värme blommade på mina kinder när jag smälte under deras beröring, mina vingar krökte sig runt oss som en skyddande omfamning.

Jag förlorade mig själv i deras beröringar, deras smekningar och deras viskningar av kärlek och åtrå. Världen smälte bort och lämnade bara oss tre, förenade i vår passion. Doften av Alysters träiga parfym och Rafails myskiga doft fyllde luften och berusade mig ytterligare.

Jag älskade dem båda, trots att vi bara varit tillsammans i några dagar. Men jag höll orden inom mig, osäker på hur de skulle reagera. Rädd att jag skulle driva en eller båda bort, för jag behövde dem som jag behövde luft.

"Du smakar så sött", viskade Alyster mot mitt lår, precis innan hans tunga svepte över min klitoris och hans fingrar trängde djupt in i mig.

Jag stönade och sköt upp höfterna, och Rafails mun slöt sig om min bröstvårta, hans tänder nafsade lätt, hans hand på min rygg mellan mina vingar höll mig precis där han ville ha mig.

Jag började darra när Rafails fingrar förenades med Alysters, båda utforskade mina hala veck, och jag ropade ut, mitt huvud föll tillbaka mot kudden.

"Careena", mumlade Rafail, hans röst låg och djup, och sände en rysning längs min ryggrad. Hans läppar fann mina igen i en brännande kyss som stal andan ur mig.

Alysters tänder snuddade vid min klitoris, och jag flämtade, vred mig under deras beröring. Deras händer var magiska och vävde en förtrollning av njutning runt mig som lämnade mig andlös och desperat efter mer.

Rafail bröt kyssen och jag gnydde, men sedan viskade han mot mina läppar, "Släpp taget, Careena. Låt oss ta hand om dig."

Alysters fingrar krökte sig inuti mig, träffade den där perfekta punkten, och jag splittrades, min orgasm störtade över mig som en flodvåg. Jag ropade ut, mina vingar fladdrade vilt medan jag red ut vågorna av njutning som vällde genom mig.

"Bra början", sa Rafail tyst, och sedan satt han upp på sängkanten, drog mig upp i sitt knä med ansiktet mot honom, hans läppar sökte mina.

"Hur många gånger kan du komma för oss före gryningen, ängel?" Alyster skrattade, lågt och dekadent, hans långa fingrar följde klyftan mellan mina skinkor. "Jag ser fram emot att ta reda på det."

Rafails kuk knuffade till mitt innerlår, och jag flyttade mig ivrigt, plötsligt desperat efter att ha dem inuti mig. Att bli fylld, som bara de kunde.

"Snälla. Åh, snälla ..." Mina ögon ville sluta sig när Rafail långsamt tryckte sig in i mig, men jag kämpade för att hålla dem öppna. Jag ville titta på honom, se hans ögon, se extasen i hans ansikte när han knullade mig. "Mer", väste jag fram även när Rafail fyllde mig, och Alyster skrattade bakom mig.

"Giriga lilla ängel."

"Du kan få mer", sa Rafail, och sedan lade han sig bakåt, drog mig med sig så jag låg på hans bröst, och Alyster lade båda sina händer på mina skinkor och öppnade mig.

Ett högt kvidande började i min strupe när Alysters kuk knuffade mot min trånga ringmuskel, och mina vingar krullade sig upp, svepte sig bakom Alyster och drog honom närmare. Djupare, tills också han var begravd till fästet inuti mig och kvidandet hade blivit ett gällt skri, nästan ett vrål.

"Så trång", flämtade Alyster, hans fingrar grävde sig in i mina höfter.

"Jag måste röra på mig; är du redo, Alyster?" Jag hörde vagt Rafail säga, hörde Alyster grymta ett jakande svar, och sedan stötte Rafail upp under mig, hans tjocka kuk som rammade in och ut. Alyster matchade hans rytm ett ögonblick senare och jag var fastnaglad mellan två starka kroppar, nästan ylande när de samtidigt nästan drog sig ut och sedan smällde tillbaka in i mig.

Sensationerna var bara för mycket. Fortfarande på toppen av min första orgasm, nådde jag klimax igen bara några ögonblick senare, skrikande och vridande mig mellan de två männen, men de slutade inte, utan drev mig vidare och vidare tills jag inte längre visste var jag slutade och de började.

Minuter passerade, eller det kunde ha varit timmar, vi tre var genomblöta av svett, männens omänskliga uthållighet innebar att de aldrig tröttnade eller saktade ner, utan bara fortsatte att knulla mig tills njutningen var en enda lång, oändlig våg av extas som jag lyckligt drunknade i.

Till slut gav Rafail ifrån sig ett gutturalt stön och stelnade till, hejdade sina stötar när en het skur exploderade djupt inom mig, och Alyster följde efter, hans tänder sjönk in i min axel när han tappade rytmen och ryckte hårt en sista gång mot min rumpa.

Jag kunde inte ens röra mig, och svävade på en våg av salighet. Slapp lät jag dem flytta mig som de ville och lade mig försiktigt ner på sängen mellan dem.

"Tack för att ni är här med mig", mumlade jag och drog åt vingarna för att hålla dem båda tätt intill mig.

Alyster pressade en kyss mot min panna. "Alltid, Careena. Vi är i det här tillsammans."

Rafail strök tillbaka mitt hår från ansiktet, hans ögon var mjuka när han tittade på mig. "Du vet att vi skulle göra vad som helst för att hålla dig säker."

Jag nickade, min hals var för spänd för att jag skulle kunna tala. Men jag visste att de menade det. Det hade de bevisat gång på gång. Och jag skulle göra detsamma för dem. Oavsett vad som väntade skulle vi möta det tillsammans.

Men när jag låg där, insvept i deras famn, kunde jag inte skaka av mig den känsla av fasa som slog rot i min mage. Faran var långt ifrån över. Och jag kunde inte låta bli att undra om detta skulle vara det sista ögonblicket av frid vi skulle dela innan stormen slog till.

Jag tog ett djupt andetag när vi närmade oss Fristadens skinande vita murar, som reste sig framför oss som en fyrbåk av säkerhet bland Alpernas karga toppar. Men jag visste att det inte skulle bli lätt att komma in, inte om jag ville behålla mina män med mig – och det fanns inte en chans att jag skulle lämna dem bakom mig.

De imponerande himmelska portarna tornade upp sig över oss och spärrade vägen. Två stränga änglavakter i skinande rustningar stod på vakt, med korsade spjut.

Jag rätade på axlarna och klev fram, med Rafail och Alyster vid min sida. Vakternas ögon smalnade när de såg mina följeslagare.

"Careena Seraphiel. Det var ett tag sedan", sa den till vänster, med kall röst. "Du vågar föra utomstående till Fristaden?"

"De är med mig, Hadraniel", svarade jag jämnt och mötte hans blick utan att vika undan. "Och jag måste tala med Aurelius omedelbart. Det gäller själva rikenas öde."

Hadraniel hånlog. "Du har alltid haft en känsla för dramatik, Careena. Varför skulle vi låta dina ... medarbetare passera våra portar?"

Mina vingar slog ut bakom mig och jag rätade på mig till min fulla höjd. Kraft sprakade i luften omkring oss.

"För att världen hänger på en skör tråd. Den uråldriga guden Set har befriats, och han kommer att föra med sig förödelse över oss alla om han inte stoppas. Släpp nu förbi oss, eller var den som talar om för Aurelius att du avvisade hans enda hopp om att avvärja en katastrof."

Vakterna utbytte en blick, oro flimrade över deras stoiska drag. Efter ett spänt ögonblick sa Hadraniel: "Vi får inte öppna portarna för utomstående utan högre auktorisation. Vänta här så ska jag kalla på Väktaren för att fatta beslutet."

Medan vi väntade sträckte jag mig efter Rafails och Alysters händer och flätade samman mina fingrar med deras. Tanken på att våra stulna stunder av passion och tröst kunde vara våra sista fick mitt hjärta att smärtsamt dra ihop sig.

Jag visste inte vilka prövningar som väntade, men jag visste att det var otänkbart att möta dem utan dessa två män vid min sida. Värmen från deras beröring, deras stadiga närvaro – de gav mig styrkan att fortsätta sätta den ena foten framför den andra.

Hadraniel återvände och bakom honom kom Aurelius, hans klädnad skimrade i solen, men inte klarare än hans silvervingar, som var nästan bländande att se på. Han beordrade inte att porten skulle öppnas, utan stannade bakom den, hans genomträngande blå ögon svepte över vår grupp och dröjde kvar vid Rafail och Alyster med oförställd misstänksamhet.

"Careena. Varför är du i sällskap med ..." Han tystnade, hans läppar kröktes en aning när han betraktade männen, "... en hamnskiftare och en fae. Förklara dig."

Jag mötte hans blick utan att vika undan. "Vi kommer för att söka fristad och hjälp. Den uråldriga guden Set har befriats från sitt fängelse. Redan nu samlar han sin makt. Om vi inte stoppar honom kommer han att störta världen i mörker och kaos."

Aurelius ögon vidgades en aning, men hans uttryck förblev strängt. "Och var har du fått denna information ifrån? Var det ditt sällskap från det fagra folket som berättade det för dig, de som är kända för sitt svek?"

Alyster steg fram, hans silverögon blixtrade. "Döm oss inte efter vårt ursprung, utan efter våra handlingar. Vi står med Careena, redo att bekämpa denna ondska. Kan du säga detsamma?"

Rafails grepp hårdnade om min hand, en tyst uppvisning av stöd. Jag kunde känna spänningen som strålade från honom, instinkten att slåss eller fly som krigade inom honom.

Jag talade igen, min röst stadig trots tumultet inom mig. "Aurelius, jag vet att jag inte har någon rätt att be om ditt förtroende. Men det här är större än våra tidigare tvister. Set hotar allt vi håller kärt. Vi måste stå enade, annars kommer vi säkerligen att falla."

Aurelius var tyst en lång stund, hans blick borrade sig in i min som om han kunde se rakt in i djupet av min själ. Slutligen talade han. "Mycket väl. Ni får komma in i Fristaden. Men kom ihåg mina ord, jag kommer att ta reda på sanningen i denna fråga, och om någon av dina följeslagare är här under falska förespeglingar, kommer de inte att lämna denna plats levande."

Aurelius vände sig om, hans klädnad svepte bakom honom. Med en handviftning svängde portarna upp och avslöjade en innergård av skinande vit sten.

Jag sneglade på Rafail och Alyster och såg vaksamheten i deras ögon. Vi hade kommit in, men till vilket pris? Änglarnas misstänksamhet hängde tung i luften, en påtaglig vikt på mina axlar.

När vi följde Aurelius in på innergården kunde jag känna de andra änglarnas blickar på oss. Deras blickar var kalla, värderande, som om de försökte mäta värdet på våra själar.

"Ni måste förstå vår motvilja", sa Aurelius utan att vända sig om för att se på oss. "Det fagra folket har inte alltid varit änglaskaranas allierade. Och din hamnskiftande följeslagare ... Hans närvaro här är utan motstycke."

Jag blev irriterad av påminnelsen om min fallna status, men jag tvingade mig själv att förbli lugn. "Vi är här för att situationen kräver det. Vi har inte råd att låta gamla fördomar splittra oss."

Aurelius stannade och vände sig mot oss. Hans ögon var som isflisor, hårda och obevekliga. "Och vilka garantier har vi för att dina följeslagare inte kommer att förråda oss? Att de inte kommer att använda detta tillfälle för att slå till mot änglaskaranas hjärta?"

Rafail steg fram, med spända käkar. "Jag är ingen vän till dem som förbannade mig. Min lojalitet ligger hos Careena, och hos att stoppa Set. Inget mer."

Alyster nickade, hans silverögon var allvarliga. "Det fagra folket må vara kända för våra knep, men vi vet också värdet av heder. Jag ger dig mitt ord, jag är här för att hjälpa till i denna kamp."

Aurelius studerade dem en lång stund, som om han vägde uppriktigheten i deras ord. Slutligen nickade han. "Mycket väl. Men vet att ni är här på nåder. Ett felsteg, och konsekvenserna kommer att bli fruktansvärda."

"Hur visste du att jag var en hamnskiftare?" frågade Rafail nyfiket när Aurelius ledde oss djupt in i fästningen.

Det var en intressant fråga; Jag såg Aurelius vingar stelna till och förstod att den uråldriga ängeln inte hade förväntat sig den. Han sa bara: "Jag har levt länge och sett många olika sorters varelser. Det var länge sedan jag såg en av din sort."

Jag kunde se att Rafail ville ställa fler frågor – fanns det andra som han? – men vi nådde Aurelius arbetsrum, och jag klämde Rafs hand försiktigt. Vi hade viktigare saker att ta itu med nu. Efter ett ögonblick nickade Raf och accepterade min tysta bön. Vi hade inte råd att reta upp Aurelius nu.

Jag klev in i arbetsrummet och kände tyngden av de uråldriga texterna och himmelska artefakterna som omgav oss. Luften surrade av en påtaglig energi, ett bevis på den makt och kunskap som fanns inom dessa väggar. Aurelius gick för att ställa sig bakom sitt massiva skrivbord i ek, med sina silvervingar prydligt hopvikta bakom sig, och fäste en genomträngande blick på oss.

"Ni har kommit hit för att söka hjälp", konstaterade han, hans röst genljöd av auktoritet. "Ändå har ni inte helt förklarat situationens allvar. Vad är det som tvingar er att söka änglaskarans hjälp? Förklara dig, Careena Seraphiel."

Plötsligt böljade ett raseri genom mig. "Jag har inte förklarat situationen? *Jag* har inte förklarat mig?" Jag slet min hand från Rafails och stegade fram, slog båda händerna i skrivbordet och stirrade ilsket på Aurelius. "Du först, Aurelius! Det är du som skickade ut mig med förbundna ögon, in i en cirkel av farliga häxor, för att hämta en grimoire som innehöll besvärjelserna för att släppa lös en av de farligaste varelser som någonsin vandrat i rikena, utan så mycket som ett varningsord!"

Aurelius ögon vidgades en aning av min ilska, men allt han sa var: "Fick du tag på den?"

"*Fick jag tag på den?*" Jag skrek nu, oförmögen att lugna mitt raseri. "Åh, jag fick tag på den, minsann!" Jag drog svärdet ur dess skida och drämde ner det på skrivbordet, med spetsen mot Aurelius. "Här är din jävla bok!"

Jag förväntade mig inte Aurelius reaktion. Väktaren, den mäktigaste ängeln på jorden, årtusenden gammal med krafter vid sina fingertoppar som jag knappt kunde förstå, skrek och kastade sig bakåt som om jag hade slängt ner en levande orm på skrivbordet.

# KAPITEL TRE

# ALYSTER

DE TORNANDE PORTARNA TILL Fristaden reste sig framför oss och deras pärlemorskimrande yta glänste i det eteriska ljuset. Jag kisade och betraktade den imponerande strukturen som tycktes sträcka sig oändligt upp mot himlarna. Bredvid mig rörde Careena oroligt på sig medan Rafail stirrade med uppspärrade ögon av förundran.

Två änglavakter stod som skiltvakter med blänkande rustningar och vingarna prydligt hopvikta bakom ryggen. När vi närmade oss korsade de sina spjut och spärrade vägen för oss.

Jag kunde känna tyngden av deras blickar, prövande och dömande. Såg alla änglar på utomstående med sådant förakt? De ville inte släppa in oss, det var uppenbart, men Careena stod på sig och till slut gick en av dem för att hämta Väktaren; det måste vara Aurelius, som från första början hade skickat Careena på det ödesdigra uppdraget.

Minuterna gick och övergick i en obekväm tystnad. Rafail skruvade nervöst på sig medan Careena vandrade fram och tillbaka med pannan i djupa veck. Jag förblev stilla med handen vilande på fästet till mitt förvandlade svärd. Dess kraft pulserade under mina fingertoppar, en ständig påminnelse om de fruktansvärda omständigheter som hade fört oss hit.

Till sist återvände vakten med outgrundlig min, och bakom honom kom en varelse så ljus att det nästan gjorde ont att se på honom. Hans vingar var av silvermetall, men det var kraften som strålade ut från honom som fick mig att vilja skärma av ögonen. Den himmelska kraft jag såg hos Careena var som ett stearinljus bredvid denna brasa.

Aurelius genomträngande blick svepte över oss och dröjde kvar vid Rafail och mig med ohöljt förakt. Jag mötte hans blick utan att vika undan och vägrade låta mig kuvas av hans auktoritet.

Careena konfronterade Aurelius, okuvligt orädd även inför hans uppenbara ogillande. Jag såg dock hur hans ansiktsuttryck förändrades när hon nämnde Set, och inom några ögonblick hade Aurelius nickat och beviljat oss inträde.

Portarna svängde upp med ett tungt stön och uppenbarade ett rike av hisnande skönhet. Orörda gångvägar slingrade sig genom lummiga trädgårdar, och storslagna byggnader av marmor och guld glittrade i fjärran. Men även mitt i all denna prakt hängde en underström av spänning i luften.

När vi steg in i Fristaden kunde jag inte skaka av mig känslan av att vår närvaro var ett ovälkommet intrång. Tyngden av otaliga ögon vilade på oss, dömande och prövande. Men nu fanns ingen återvändo. Flera rikens öde stod på spel, och Fristaden bar på nyckeln till de svar vi så desperat sökte.

Jag hade inte förväntat mig att den uråldriga, mäktiga ängeln skulle reagera på åsynen av Careenas svärd med vad som för allt i världen såg ut att vara... skräck? Men där stod han, med ryggen pressad mot den gamla träpanelen, vingarna utbredda och händerna defensivt upplyfta framför sig.

Careena vände sig om för att se på mig, med pannan rynkad av förvirring.

Jag tog ett steg framåt med blicken låst på Aurelius. "Slut på undanflykterna", krävde jag. "Vi behöver svar. Vad är det här för svärd, och varför skrämmer det er så?"

Aurelius pressade samman läpparna till ett tunt streck och hans blick flackade mellan Careena och mig. Tystnaden drog ut på tiden, tung av outtalade hemligheter och uråldriga bördor.

Till slut talade han, med en röst som knappt var mer än en viskning. "Jag var där", erkände han med blicken i fjärran, förlorad i sedan länge begravda minnen. "Jag var en av änglarna som mötte Set i den stora striden för eoner sedan."

Careena flämtade till och förde handen till munnen. Jag kände hur mina egna ögon vidgades och hur tyngden av hans avslöjande lade sig över mina axlar som en fysisk börda.

*Stred han mot Set?* Tanken rusade genom mitt huvud, en svindlande virvelvind av följder och frågor. *Hur gammal är han? Set har varit inspärrad i årtusenden!*

Aurelius fortsatte och hans röst blev starkare när han återberättade historien. "Vi trodde att vi hade besegrat honom, förvisat honom till tomheten. Men hans inflytande dröjde kvar. Hans dyrkare försökte återuppväcka sin fallne gud."

Jag lutade mig framåt med hjärtat bultande i bröstet. "Och svärdet? Vilken roll spelar det i allt detta?"

Aurelius blick fladdrade till klingan vid min sida, en blandning av rädsla och vördnad i hans ögon. "Svärdet var en ledare, ett kärl för Sets mörka makt. Vi kunde inte förstöra det, så vi..."

Han tystnade med rösten stockad i halsen. Jag kunde se kampen i hans ögon, tyngden av århundraden som pressade ner honom.

"Fortsätt, Aurelius", manade jag och mjukade upp tonen, nästan vädjande. "Vi måste få veta."

Careena tog ett steg fram och lade varsamt sin hand på Aurelius arm. "Snälla", viskade hon med mjuk, enträgen röst. "Vi måste få veta allt om vi ska kunna stoppa Set."

Aurelius såg på henne och hans uttryck mjuknade för ett kort ögonblick. Sedan, med en tung suck, nickade han och hans axlar sjönk ihop under tyngden av hans bekännelse.

"Mycket väl", sa han med en röst som var en ren viskning. "Jag ska berätta allt för er."

Aurelius tog ett djupt andetag och hans blick blev fjärran medan han grävde i djupet av sitt minne. "Sets dyrkare var obevekliga. De utförde blodsoffer med svärdet för att samla tillräckligt med kraft för att bryta kedjorna som band deras gud."

Jag kände en isande kyla löpa längs ryggraden när fasan i deras handlingar sjönk in. "De dödade folk? För att befria Set?"

Aurelius nickade dystert, med blicken plågad av minnena. "Vi visste att vi var tvungna att agera, förhindra att svärdet användes för sådana avskyvärda syften. Men dess kraft var för stor för att kunna förstöras."

Han tystnade och hans blick vandrade mot fönstret där Fristadens gyllene ljus strömmade in. "Vi sökte hjälp hos en häxcirkel av vita häxor, de som utövade magi för det allmänna goda. Tillsammans utarbetade vi en plan."

Jag lutade mig framåt med hjärtat rusande av förväntan. "Vad gjorde de?"

Aurelius röst sjönk till en viskning, som om han fruktade att själva väggarna kunde höra honom. "Vi kunde inte förgöra svärdet, det hade redan absorberat för mycket kraft. Så istället förvandlade vi det, formade om dess essens till en ny form. En grimoar, en bok med besvärjelser och ritualer."

Careena flämtade till och hennes ögon vidgades av insikt. "Trollboken? Den jag skickades för att hämta?"

Aurelius nickade med allvarlig min. "Ja. Vi band svärdets kraft inom bokens sidor, vilket gjorde det oanvändbart för blodsoffer. Men genom att göra det skapade vi en artefakt med enorm potential, en som fortfarande kunde användas för stor ondska i fel händer."

Mina ögon vidgades när allvaret i Aurelius avslöjande sjönk in. Svärdet, just det vapen som Sets dyrkare använt för att samla kraft genom blodsoffer, hade förvandlats till trollboken. Samma trollbok som Careena hade skickats för att hämta, den som hade orsakat så mycket kaos och fara. Och nu, i ett försök att förgöra boken, hade Careena av misstag förvandlat den tillbaka till svärdets ursprungliga form.

Jag kunde inte låta bli att känna en våg av frustration och min röst blev skarpare när jag talade. "Varför Careena? Varför skicka henne för att hämta boken? Hur kunde ni överhuvudtaget tappa bort en så mäktig artefakt?"

Aurelius ögon smalnade och hans hållning stramade till vid min anklagande ton. "Ni måste förstå, beslutet fattades inte lättvindigt. Vi trodde att boken skulle vara säkrare undanstoppad, långt från de som kunde tänkas utnyttja dess kraft."

"Varför inte förvara den här då?" Jag gestikulerade runt omkring mig och pekade på den väldiga fästningen som inte ens var synlig för vanliga ögon. "Det skulle krävas helvetets egna legioner för att bryta sig igenom dessa murar."

Aurelius tvekade och tittade bort, och det var Rafail som skrattade till.

"Ni kunde inte ha den här, eller hur? Ni kunde känna av den, precis som jag kunde ana dess plats."

Aurelius såg ut som om han ville protestera, men till slut gav han en ryckig liten nick. "Nej. Vi stod inte ut med dess närvaro. Genom århundradena placerade vi den i ett dussintal olika säkra förvaringsplatser, men en efter en föll de, och varje gång var vi tvungna att ingripa, att hämta boken innan den föll i fel händer."

"Säkra förvaringsplatser?" Jag stirrade på honom, nyfiken. "Som till exempel...?"

"Troja. Biblioteket i Alexandria. Pompeji." Aurelius ryckte på axlarna och såg nästan uppgiven ut. "Vi drog slutsatsen att bokens närvaro kan ha bidragit till händelserna, varje gång."

"Och någon gång tappade ni bort den", konstaterade Careena.

"Pompeji. Vi trodde den var begravd för alltid, kanske till och med förstörd, och vi blev slarviga i vårt beskydd och vände blicken mot andra angelägenheter. Men vid någon tidpunkt hittades den, och den som fann den hade magi stark nog att dölja den för oss."

"Trollkarln som förbannade mig, kanske", sa Rafail fundersamt.

"Och vem vet vart den tog vägen därifrån, tills den hamnade i Maeves händer", mumlade jag.

"Ursäkta mig?" Aurelius stirrade på mig. "Drottning Maeve?"

"Hon hade den", sa jag. "Någon stal den från henne, och hon skickade mig för att hämta den."

"Vad gjorde hon med den?" Aurelius såg djupt bekymrad ut, vilket han hade all anledning att vara.

"Försökte återuppväcka Set. Hon planerade att bli hans tjänarinna. Vad hon skulle med mer makt till kan jag inte föreställa mig." Jag ryckte på axlarna. Jag hade genuint ingen aning. Maeve var faefolkets Högdrottning; allt hon behövde göra var att peka så skulle hennes vilja ske, och hälften av tiden behövde hon inte ens göra det, för bokstavligen varenda fae i hennes omloppsbana ansträngde sig för att vara henne till lags.

"För vissa människor kommer för mycket makt aldrig att vara nog", sa Rafail mörkt.

"Faefolkets drottning som Sets tjänarinna." Aurelius pressade handflatorna mot sina slutna ögon, som för att driva ut synen som den tanken hade framkallat.

"Jag kunde inte genomföra det", sa jag och mötte hennes blick utan att vika undan. "Jag tänker inte vara med och släppa lös den sortens ondska i världen. Inte ens för min drottning."

Aurelius uttryck hårdnade, och hans röst var som stål. "Ni har valt en farlig väg, Alyster. Maeve kommer inte att se med blida ögon på ert svek."

"Jag vet", sa jag med stadig röst trots rädslan som ringlade sig i maggropen. "Mitt liv är förverkat om hon kommer ikapp mig. Men jag kan inte föreställa mig några omständigheter under vilka ett återuppväckande av Set skulle vara bra för faefolket. För någon alls."

Careena sträckte ut handen och lade den på min arm i en gest av solidaritet. "Vi möter det här tillsammans, Alyster. Du är inte ensam."

Jag lyckades få fram ett litet leende, tacksam för hennes stöd. Jag visste att jag hade fattat rätt beslut. Jag kunde inte stå bredvid och se världen brinna. Inte ens för min drottning.

"Vi behöver en plan", sa jag med en röst som var fast av beslutsamhet. "Vi kan inte låta Set återuppstå, oavsett vad det kostar."

Aurelius nickade med bister min. "Enig. Men först måste vi se till att boken är säker. Och sedan måste vi förbereda oss för krig."

Aurelius blick flyttades och landade på Rafail med en blandning av misstänksamhet och förakt. "Och var, om jag får fråga, plockade ni upp denna... hamnskiftare?" Ordet "hamnskiftare" droppade från hans tunga som gift, som om han syftade på en skabbig byracka.

Jag blev stel av den avfärdande tonen, och en plötslig beskyddarinstinkt vällde upp inom mig. Rafail hade visat sig vara en värdefull allierad, och ännu viktigare, en vän. Jag kunde inte stå och se på när Aurelius behandlade honom som en lägre stående varelse.

"Hans namn är Rafail", sa jag med en röst skarp av knappt undertryckt ilska. "Och han har varit ovärderlig i att hjälpa oss hämta grimoaren och slå tillbaka häxcirkeln. Vi hade inte klarat det utan honom."

Rafail stod rakryggad bredvid mig, med en utmanande hållning inför Aurelius förakt. Men jag kunde se en glimt av sårbarhet i hans ögon, sättet hans käke spändes åt vid ängelns ord.

Jag tog ett steg framåt och ställde mig mellan Rafail och Aurelius. "Han är med oss", sa jag i en ton som inte tålde några protester. "Och jag kommer inte att acceptera att någon behandlar honom respektlöst. Inte ens ni, Väktare."

Ärkeängelns ögon smalnade och hans läppar pressades samman till ett tunt streck. För ett ögonblick trodde jag att han skulle slå till, med sin kraft sprakande i luften omkring oss.

Careenas röst skar genom den spända tystnaden. "Aurelius, hur vet ni om Rafails förmågor?"

Ärkeängelns blick fladdrade till henne, med en motvillig respekt i ögonen trots föraktet som fortfarande etsat sig fast i hans drag. Han tystnade ett ögonblick, som om han noga vägde sina ord.

"Besvärjelsen som förändrade honom", sa Aurelius slutligen med mätt, sval ton, "var avsedd att skapa ett kärl för Sets själ."

Jag kände hur blodet isades i mina ådror vid hans ord, en kyla som löpte längs min ryggrad. "Ett kärl för Set?" Tanken var för fasansfull för att kunna begrunda.

Rafails ögon vidgades och hans ansikte bleknade medan han bearbetade Aurelius avslöjande. Jag kunde se rädslan och förvirringen kämpa i hans uttryck, sättet hans händer darrade vid sidorna.

Aurelius fortsatte, och hans röst antog en klinisk, distanserad kvalitet. "Sets själ kräver en kropp om han ska återuppstå, och en med förmågan att skifta hamn till vilket djur som helst skulle vara oerhört användbar för honom."

Fasa översvämmade mina ådror som isvatten när Aurelius ord sjönk in. Careenas röst darrade något när hon frågade enträget: "Finns det något sätt att hindra Set från att ta Rafails kropp? Vad... vad skulle hända med Rafail ifall han gör det?"

Aurelius rörde på sig och hans silvervingar prasslade. Han undvek Careenas genomträngande blick. "Om Set inkarnerar i ett dödligt kärl, skulle den ursprungliga själen bli..." Han tystnade och harklade sig.

Den outtalade sanningen hängde tung i luften. Förlorad. Förtärd. Förstörd. Jag kunde se det tydligt skrivet i spänningen kring Aurelius ögon, den bistra linjen hos hans mun.

Rafail hade blivit dödsblek, hans ögon vida av gryende insikt och fasa. Hans händer knöts vid sidorna, knogarna vitnade. Jag sträckte mig instinktivt ut och grep tag i hans axel i tyst stöd.

"Det finns mer", fortsatte Aurelius motvilligt. "Om Set antar fysisk form skulle han ha makten att fullständigt kuva sin tjänarinnas vilja. Hon skulle inte vara något mer än en förlängning av hans mörka begär."

Careena bleknade och såg ut som om hon skulle kunna bli sjuk. Hennes vingar darrade, och hon såg på svärdet på skrivbordet med sjuklig avsky.

"När jag försökte förgöra boken, och den förvandlades till svärdet", medgav hon tveksamt, "så... bands det till mig."

Aurelius suckade och plötsligt såg han mycket, mycket gammal ut. "Det var det jag fruktade."

*Vad har vi släppt lös?* tänkte jag dystert. Trollboken, svärdet, Sets lömska plan – allt hängde ihop, ett trassligt nät av uråldrig magi och gudomlig politik. Och vi var fångade i mitten, i ett desperat försök att reda ut trådarna innan de ströp oss alla.

Jag mötte Aurelius stålblå blick, med käken spänd av beslutsamhet. "Säg oss vad vi behöver göra", sa jag med låg och intensiv röst. "Det måste finnas ett sätt att stoppa detta, att hålla Rafail och Careena säkra och förhindra Set från att återuppstå."

*Snälla*, lade jag tyst till, ordet en innerlig bön till vilken makt som än lyssnade. *Snälla låt det finnas ett sätt.*

Men även när jag klamrade mig fast vid den tunna tråden av hopp, kunde jag känna skuggorna samlas, mörkret som trängde på från alla håll. Och jag visste, med en visshet som satt djupt i märgen, att den verkliga striden bara hade börjat.

Aurelius betraktade mig tyst, med outgrundligt uttryck. Under ett långt ögonblick stirrade han bara, hans uråldriga ögon tycktes tränga igenom lagren av mitt väsen, sökande efter sanningen i min beslutsamhet.

*Han tvivlar på oss*, insåg jag, och en gnista av ilska tändes inom mig. *Han tror inte att vi är starka nog, inte hängivna nog att slutföra detta.*

Men jag vägrade vackla och mötte hans blick med orubblig intensitet. Jag lade varenda uns av min beslutsamhet, min vilda beskyddarinstinkt för Careena och Rafail, i den blicken, i hopp om att få Aurelius att se djupet av mitt engagemang.

Slutligen, efter vad som känts som en evighet, slappnade Aurelius hållning av något. Det var en subtil förändring, en knappt märkbar uppmjukning av hans stela hållning, men den sa volymer.

Han nickade en gång, en motvillig acceptans av vår allians. "Mycket väl", sa han, hans röst fortfarande kall och distanserad, men med en antydan till respekt. "Vi ska arbeta tillsammans för att stoppa Sets återuppståndelse."

Lättnad översvämmade mig, blandad med en förnyad känsla av syfte. Vi hade Aurelius stöd, hur motvilligt det än var. Det var ett steg i rätt riktning, en strimma av hopp i det tilltagande mörkret.

"Ni tre har mest att förlora i denna strid", erkände han, och hans blick svepte över oss. "Er motivation att stoppa Set är obestridlig."

Han tystnade, som om han noga vägde sina nästa ord. "Jag kommer att bistå er med att hitta ett sätt att hejda Sets återuppståndelse." Hans ton var mätt, men där fanns en underström av beslutsamhet. "Men först måste jag rådgöra med Ärkeänglarnas råd."

Jag spände mig vid omnämnandet av Rådet, medveten om deras makt och inflytande. Careenas vingar ryckte till något, vilket förrådde hennes egen oro.

Aurelius fortsatte, till synes omedveten om våra reaktioner. "Jag begär att ni stannar i Fristaden i några dagar medan jag överlägger med Rådet." Hans ögon mötte mina, en tyst befallning. "Ni får fri tillgång till biblioteket för er forskning. Jag kommer att instruera bibliotekarierna att visa er till de rätta texterna."

Jag nickade och accepterade erbjudandet. Tillgång till Fristadens väldiga förråd av kunskap kunde visa sig ovärderlig i vår jakt.

När vi vände oss för att lämna Aurelius arbetsrum, fick jag en glimt av Careenas ansikte. Hennes ögonbryn var rynkade, en glimt av oro i hennes midnattsvarta ögon.

När vi var utom hörhåll rörde jag varsamt vid hennes arm. "Vad är det?" frågade jag med låg röst.

Careena tvekade och hennes blick flackade runt i korridoren. "Det är bara..." Hon tystnade och bet sig i läppen. "Ärkeänglarnas råd. De är inte direkt förtjusta i mig."

Jag rynkade pannan och en våg av beskyddarinstinkt steg inom mig. "Varför? Vad har hänt?"

Hon skakade på huvudet och hennes korpsvarta hår föll ner runt ansiktet. "Det är en lång historia", mumlade hon med en sorgsen underton. "Vi kan väl säga att min nyfikenhet och trotsighet inte har gjort mig populär hos dem. Det var de som sparkade ut mig ur Himlen från första början."

Jag klämde lugnande om hennes arm, ett tyst löfte om stöd. "Oavsett vad de tycker, så ändrar det inte vem du är", sa jag bestämt. "Och det minskar definitivt inte ditt värde i den här kampen."

Careena gav mig ett tacksamt leende, men skuggan av oro lämnade inte riktigt hennes ögon.

"Din historia med Rådet kan väl knappast spela någon roll inför hotet från Set", sa Rafail i en ton som var lika delar självsäker och lugnande.

Jag sneglade på Careena för att bedöma hennes reaktion. Hennes uttryck förblev avvaktande, men en gnista av hopp dansade i hennes ögon.

"Du har rätt", sa hon mjukt, och hennes röst blev starkare för varje ord. "Insatserna är för höga för småaktigt groll. Vi måste fokusera på helheten."

Jag nickade instämmande och en våg av stolthet svällde i mitt bröst. Careenas motståndskraft upphörde aldrig att förvåna mig. Trots tyngden av sitt förflutna vägrade hon låta det definiera henne.

När vi steg in i biblioteket omslöts vi av den unkna doften av uråldriga luntor. Tornande hyllor sträckte sig så långt ögat kunde nå, var och en lastad med böcker som viskade om bortglömd kunskap.

*Någonstans härinne,* tänkte jag medan min blick svepte över den väldiga samlingen, *ligger nyckeln till att stoppa Set och skydda dem vi håller kära.* Åtminstone hoppades jag det. Alternativet tålde inte att tänkas på.

Jag vände mig mot Careena och Rafail med en beslutsam glimt i ögat. "Då sätter vi igång", sa jag och min röst klingade av beslutsamhet. "Vi har en gud att överlista och mer än ett rike att rädda."

Med det dök vi ner i bibliotekets djup, enade i vår jakt på svar. Vägen framför oss var osäker, men en sak var klar: tillsammans skulle vi möta vilka utmaningar som än väntade, oavsett vad det kostade.

# Kapitel fyra

## Careena

Våra fotsteg ekade genom det grottlika biblioteket när vi steg in, och ljudet förstärktes av de kalla marmorväggarna och de välvda taken. Jag rös och mina vingar prasslade. Detta var en av Fristadens äldsta delar, sällan använd längre förutom av lärda och vise män.

Alyster gick före och såg sig omkring med knappt dold förundran. "Jag har aldrig sett så många böcker på ett och samma ställe." Hans röst var dämpad, som om han inte ville störa den tunga tystnaden.

Rafail gick sist, med händerna nedstuckna i fickorna, och såg avgjort obekväm ut. "Låt oss bara hämta det vi behöver och gå. Det här stället ger mig kalla kårar."

Jag himlade med ögonen. "Det är bara ett bibliotek, Rafail. Vad skulle kunna hända?"

"Med vår tur? Vem vet." Han såg bister ut.

Jag ignorerade hans vresighet och gick fram till den massiva disken, intrikat snidad ur mörkt mahognyträ. En uråldrig ängel i lärda mäns dräkt kikade på oss över sina glasögon. "Kan jag hjälpa er?"

"Aurelius skickade oss för att undersöka en ytterst viktig och hemlig angelägenhet. Han sa att ni skulle hjälpa oss."

Bibliotekariens ögonbryn höjdes nästan till hans stripiga hårfäste. "Jag förstår. Mycket väl, den här vägen." Han vinkade med en knotig hand.

Medan vi följde honom djupt in bland de labyrintliknande hyllraderna kunde jag inte låta bli att känna en rysning av förbjuden spänning. Så mycket kunskap, undanstoppad i århundraden ... Vilka hemligheter skulle vi komma att avslöja? Det nästan kliade i fingertopparna av förväntan.

Bredvid mig gav Alyster mig en medveten blick, och hans silverfärgade ögon glittrade. Han kunde känna min iver. Jag gav honom ett halvt leende tillbaka. Kanske skulle min fördömda nyfikenhet för en gångs skull visa sig vara användbar.

När vi snirklade oss fram genom bibliotekets labyrintiska korridorer kunde jag inte undgå att lägga märke till de föraktfulla blickar som kastades mot oss av de änglar vi passerade. Deras viskningar, även om de knappt var hörbara, hängde i luften som ett ihärdigt surr.

"Fallen ..."

"... umgås med fae och hamnskiftare ..."

"... Aurelius har tappat förståndet som släpper in dem här ..."

Jag bet ihop tänderna och höll huvudet högt, fast besluten att ignorera deras fientlighet. Låt dem prata. Jag hade ett uppdrag att utföra, och deras småaktiga fördömanden skulle inte stoppa mig.

Alyster lutade sig nära, och hans andedräkt kittlade mitt öra. "Tuff publik, va? Man skulle kunna tro att vi har sparkat deras valpar eller något."

Jag fnös. "Änglar har inte valpar, Alyster."

"Synd. Det kanske skulle vara bra för dem att slappna av lite." Han visade ett skälmskt leende som troligen hade krossat otaliga hjärtan genom århundradena.

Rafail, å andra sidan, verkade krypa in i sig själv för varje steg och hans ögon for nervöst runt bland de tornande hyllorna. Jag kunde inte klandra honom. Tyngden av änglarnas ogillande var kvävande.

Jag sträckte ut handen och gav hans hand ett snabbt, lugnande kläm. "Ignorera dem bara, Rafail. De spelar ingen roll."

Han lyckades få fram ett stelt leende. "Lätt för dig att säga. Du är van vid att vara rebellen."

"Och det är inte du?" Jag höjde ett ögonbryn.

En antydan till rackartyg glimmade till i hans ögon. "Touché."

Slutligen stannade bibliotekarien framför en uråldrig trädörr vars gångjärn stönade i protest när han knuffade upp den. "Här är vi. Den begränsade forntida egyptiska avdelningen. Allt vi har om Set och hans gelikar borde finnas här inne."

Jag nickade som tack och steg in, med Alyster och Rafail hack i häl. Dörren svängde igen bakom oss med en olycksbådande duns.

Alyster lät höra en låg vissling. "Tja, det här var ju mysigt."

Jag var tvungen att hålla med. Rummet var litet och trångt, varenda yta belamrad med sönderfallande skriftrullar och läderinbundna böcker. Ett fint lager damm täckte allt, och luften var tjock av den unkna doften av gammalt pergament.

Men för mig var det perfekt. Gömda kunskaper som bara väntade på att avslöjas. Jag gnuggade händerna i förväntan.

"Okej, pojkar. Då sätter vi igång."

Jag gick fram till den närmaste högen med texter och lät fingrarna vördnadsfullt glida över de gamla bokryggarna. Var skulle man börja? Den enorma mängden information var överväldigande, men jag kunde inte låta det avskräcka mig. Hela världen räknade med oss, även om de inte visste om det.

Jag valde en lovande skriftrulle och rullade försiktigt ut den, medveten om det ömtåliga papyruset. Hieroglyferna var bleknade och svåra att tyda, men jag kände igen några nyckelsymboler. Sets namn hoppade fram mot mig, tillsammans med vad som tycktes vara en lista över hans kända krafter och svagheter.

"Jag tror jag har hittat något", ropade jag över axeln.

Alyster och Rafail skyndade sig för att ansluta sig till mig och kikade över mina axlar på den uråldriga skriften.

"Vad står det?" frågade Rafail med pannan rynkad i koncentration.

Jag lät fingret löpa längs raderna medan jag översatte. "Det är en beskrivning av Sets förmågor. Manipulering av stormar och kaos, hamnskifte, dröminvasion ..." Min röst dog bort när innebörden sjönk in. Om Set kunde invadera drömmar var ingen av oss säker, inte ens i sömnen.

Alysters hand hårdnade om svärdshjaltet. "Står det något om hur man stoppar honom?"

Jag skannade resten av rullen med sjunkande hjärta. "Inte vad jag kan se. Men det måste finnas något här som kan hjälpa oss. Vi måste bara fortsätta leta."

Och det gjorde vi, i timmar som kändes som en evighet. Rulle efter rulle, bok efter unken bok, tills mina ögon sved och mitt huvud bultade. Men fortfarande, inget konkret. Bara fragment och bitar, lockande antydningar om en större bild som förblev frustrerande utom räckhåll.

Jag sjönk tillbaka i min stol och gnuggade tinningarna. "Det här är omöjligt. Det är som att försöka lägga ett pussel där hälften av bitarna saknas."

Rafail såg upp från den tjocka boken han hade suttit försjunken i, med en sympatisk min. "Vi hittar ett sätt, Careena. Det måste vi."

Jag ville tro honom. Men när skuggorna blev längre och ljusen brann ner började tvivlet smyga sig på. Tänk om vi inte kunde hitta de svar vi behövde? Tänk om vi svek Maeve och Selene, och Sets mörker uppslukade allt vi höll kärt?

Jag skakade på huvudet och fördrev de mörka tankarna. Nej. Jag vägrade att ge upp. Det måste finnas något vi missade, någon avgörande pusselbit som skulle få allt att falla på plats.

Timmarna tickade förbi medan ljusen brann allt lägre. Mina ögon värkte, ryggen bultade, men jag fortsatte ändå. Rafail och Alyster försökte hjälpa till där de kunde, men de flesta texterna var bortom deras förstånd, skrivna på språk som varit döda långt innan ens Alyster föddes. Jag lämnades ensam att läsa dem, och de två männen drog sig undan för att inte vara i vägen och satte sig på en bänk på andra sidan rummet där de pratade tyst med varandra.

Jag blundade för ett ögonblick och samlade tankarna. Frustrationen växte, och jag kunde känna en begynnande huvudvärk pulsera bakom tinningarna. Jag önskade att jag haft förutseendet att be Aurelius om ytterligare hjälp.

Även ett par andra änglar skulle ha varit en enorm hjälp med att filtrera bort de irrelevanta texterna. Symbolerna tycktes simma på sidorna, deras betydelser precis utom räckhåll. Jag var tvungen att hitta ett sätt att förstå allt, att avslöja hemligheterna som dolde sig på dessa sönderfallande sidor. Någonstans i denna labyrint av kunskap fanns nyckeln till att förstå Sets makt, och jag var fast besluten att hitta den.

Jag kastade en blick på Rafail och Alyster, deras huvuden tätt ihop medan de pratade. En stickande känsla av ensamhet drabbade mig, och för ett ögonblick längtade jag efter att ansluta mig till dem, att dela deras samtal och sällskap.

Men det kunde jag inte, inte än. Jag hade ett uppdrag, ett syfte som drev mig framåt. Och tills jag hittade vad jag letade efter skulle jag fortsätta söka.

Min blick återvände till skriftrullen framför mig, och jag stelnade till. Där, etsad i blekt bläck, fanns en symbol jag kände igen – jag hade sett den i besvärjelseboken, och det var en av dem som var inristade i svärdets klinga. Mitt hjärta slog snabbare när jag rullade ut papyrusrullen ytterligare, och mina ögon slukade orden som följde.

Det var en ofullständig kopia av en av besvärjelserna från boken, men med anteckningar nedklottrade i marginalen. Jag lutade mig närmare och försökte förstå den trånga handstilen. Anteckningarna verkade vara en kommentar till besvärjelsens komponenter, med förslag på ändringar och förfiningar.

Jag lutade mig tillbaka i stolen, och det snurrade i huvudet. Det här kunde vara det, genombrottet jag hade hoppats på. Med darrande händer bredde jag ut rullen på bordet och slätade ut de skrynkliga kanterna. Jag kunde känna tyngden av Rafails och Alysters blickar på mig, men jag såg inte upp. Jag kunde inte, inte än.

Istället fokuserade jag på orden framför mig och läste och läste om varje rad tills de var inbrända i mitt minne. Anteckningarna var komplexa, fyllda med referenser till forntida texter och obskyra magiska teorier. Men sakta, bit för bit, började jag nysta upp deras betydelse.

Världen kantrade, och jag flämtade till när en plötslig syn slog emot mig. Maeve och Selene, deras ansikten förvridna av illvilja, deras gestalter insvepta i mörker. Sets inflytande klamrade sig fast vid dem som en miasma och förvrängde deras drag till något knappt igenkännligt.

Jag grep tag i bordskanten och knogarna vitnade när jag kämpade för att hålla balansen. Synen var så levande, så verklig, att jag för ett ögonblick glömde var jag var.

”Careena?” Alysters röst, låg och bekymrad, bröt igenom dimman. Han var vid min sida på ett ögonblick, med handen på min axel för att stadga mig. ”Vad är det? Vad såg du?”

Jag skakade på huvudet och försökte rensa bort de kvardröjande bilderna från mitt sinne. ”Maeve och Selene”, lyckades jag få fram med darrande röst. ”Sets inflytande ... det är starkare än vi trodde. Jag tror att han kan nå dem nu när han är vaken, även om ingen av dem har boken.”

Rafail anslöt sig till oss, med ögonen smalnade av oro. ”Vad menar du? Vad såg du?”

Jag beskrev synen så gott jag kunde, och mina ord forsade fram i en ström av brådska och rädsla. De förvrängda gestalterna, mörkret som klamrade sig fast vid dem, känslan av illvilja som genomsyrade varje detalj.

”Vi måste göra något”, avslutade jag, med hjärtat bultande i bröstet. ”Selene och Maeve är båda otroligt farliga. Set kanske kan använda en eller båda för att bryta sig fri på något sätt, även utan svärdet eller boken.”

Alyster och Rafail utbytte en blick, deras miner var dystra. Jag visste att de förstod situationens allvar, faran vi stod inför.

”Vi hittar ett sätt”, sade Alyster, hans röst låg men beslutsam. ”Vi fortsätter att söka, fortsätter att leta efter svar. Vi kommer inte att låta Set vinna.”

Rafail nickade, med en beslutsam min. ”Vi är med dig, Careena. Vad som än krävs.”

Jag kände en våg av tacksamhet, en gnista av hopp mitt i rädslan och osäkerheten. Vi var i detta tillsammans, förenade av ett gemensamt mål, ett delat syfte.

Men även när jag hämtade styrka från deras stöd kunde jag inte skaka av mig den känsla av fasa som dröjde sig kvar i bakhuvudet. Synen hade varit en varning, en glimt av mörkret som väntade.

Och jag visste, med en säkerhet som isade mig ända in i märgen, att detta bara var början.

Rafail gned sig i ögonen, och utmattningen var etsad i varje linje i hans ansikte. ”Vi borde ta en paus, äta lite och vila. Vi har rest hela dagen för att komma hit, och vi kommer inte att vara till någon nytta för någon om vi kollapsar av trötthet.”

Jag ville protestera, insistera på att vi skulle fortsätta, men jag kunde känna hur tröttheten slet i mina egna lemmar, hur tyngden lade sig över mitt sinne som en dimma. Hur mycket jag än hatade att erkänna det hade Rafail rätt.

”Okej”, samtyckte jag motvilligt, med blicken kvar på de forntida texterna som låg utspridda över bordet. ”Men bara en liten stund. Vi har inte råd att slösa bort för mycket tid."

"Tror du att skyddsformlerna här kommer att hålla Set borta ur dina drömmar?" frågade Rafail tyst med en röst färgad av oro, när vi lämnade den begränsade avdelningen och tog oss ut ur biblioteket.

"Jag hoppas det", viskade jag och hatade darrningen av rädsla som smög sig in i mina ord. "Jag vet inte om jag kan möta honom igen, inte efter den synen."

Rafail sträckte ut handen och slöt den om min, och värme sipprade in i min kalla hud. "Du är inte ensam, Careena. Vi är här med dig, varje steg på vägen."

Jag klamrade mig fast vid hans hand som en livlina och hämtade styrka från den enkla kontakten. Jag kunde inte skaka av mig känslan av att Set fanns där ute, väntande, iakttagande, redo att slå till när som helst. Och djupt inom mig visste jag att oavsett hur mycket jag hoppades kunde ingen skyddsformel eller besvärjelse hålla honom borta från mina drömmar för alltid.

"Kom nu", sade jag och rätade på mig. "Jag visar er vägen till matsalen."

"Kommer det att finnas mat där? Klockan är väldigt sent."

"Det finns alltid mat där. Änglar följer inte direkt något schema med tre måltider om dagen." Jag tvingade fram ett leende.

Matsalen var tyst, men täckta silverfat på sidoborden innehöll gott om varm mat, och snart hade vi fyllt våra tallrikar och slagit oss ner vid ett bord. Jag stönade av njutning när den första tuggan gled ner i halsen; det hade gått fler dagar än jag ville minnas sedan jag senast åt en riktig måltid, och så fort jag började äta insåg jag hur hungrig jag var. Jag var fortfarande så pass ny i att behöva äta riktig mat att jag glömde bort det ibland.

Ljudet av fotsteg närmade sig, och jag rätade på mig i stolen när en grupp änglar kom in i matsalen. Deras blickar svepte över oss, kalla och värderande, innan de slog sig ner vid ett bord på andra sidan rummet, så långt från oss som möjligt.

Jag reste ragg, och vreden blossade upp i bröstet över deras uppenbara ignorans. De behandlade Rafail och Alyster som paria, som om deras blotta närvaro var en skamfläck på Fristadens helighet. Jag öppnade munnen, redo att ge röst åt min frustration, men Alysters hand på min arm stoppade mig.

"Det spelar ingen roll", sade han tyst, och hans silverfärgade ögon mötte mina med en uppgiven förståelse. "Fae har gett änglarna få anledningar att lita på dem genom århundradena."

Jag stirrade på honom och min ilska försvann när jag bearbetade hans ord. Historiens tyngd hängde tungt mellan våra folk, en klyfta som verkade oöverstiglig i stunder som dessa. Men när jag såg på Alyster och Rafail såg jag inte det förflutnas misstag, utan potentialen för en bättre framtid.

"Det spelar roll för mig", sade jag, min röst låg men häftig. "Ni är inte era förfäder, och det är inte jag heller. Vi är här, nu, och försöker stoppa Set från att förstöra allt vi alla håller kärt. Det borde räknas som något."

Alysters läppar ryckte till i ett litet leende, och han klämde min arm försiktigt innan han släppte mig. "Det räknas som allt, Careena. Men förändring tar tid, och gamla sår läker långsamt."

Jag suckade, petade i maten på min tallrik och min aptit var borta. Änglarnas viskningar nådde mina öron, deras röster för låga för att jag skulle kunna urskilja orden, men tonen var omisskännlig. Misstänksamhet, rädsla, misstro. Samma känslor som hade drivit dem att förvisa mig, att vända ryggen åt en av sina egna.

Rafail förblev tyst när vi lämnade matsalen, men jag kunde känna tumultet som virvlade inom honom. Spänningen i hans axlar, stramheten runt hans ögon – jag kände honom tillräckligt väl vid det laget för att kunna läsa tecknen. Han oroade sig för sin förbannelse igen, undrade om besvärjelsen som var utformad för att skapa ett perfekt kärl för Sets själ på något sätt hade besudlat hela hans väsen.

Jag tog hans hand, flätade samman mina fingrar med hans och klämde försiktigt. "Du är ingen styggelse, Rafail", mumlade jag. "Oavsett vilken magi som förändrade dig förblir ditt hjärta sant."

Hans läppar ryckte till något vid mina ord, men leendet nådde inte hans ögon. "Lätt för dig att säga, ängel. Du blev inte förvandlad till ett monster av mörk häxkonst."

"Tyst. Jag vill inte höra sådant prat." Min röst var bestämd men spetsad med ömhet. Med min lediga hand sträckte jag mig upp för att smeka Alysters kind. "Ingen av er är monster. Inte för mig."

Alyster lutade sig mot min beröring, och hans silverfärgade ögon skimrade av outtalade känslor. Inga fler ord behövdes när vi tog oss fram genom de slingrande korridorerna till mina kammare. Väl inne drog jag dem båda in i en hård omfamning och lade all min kärlek i den enkla gesten.

Vi föll ner på sängen i ett trassel av lemmar och höll om varandra som om våra liv hängde på det. I det ögonblicket försvann omvärlden. Inga ogillande blickar, inga hotande faror, bara vi tre som klamrade oss fast vid det band vi delade. Imorgon skulle vi möta de utmaningar som väntade, men den natten, insvept i värmen från mina älskade, tillät jag mig själv denna stund av andrum.

# Kapitel fem

# Rafail

Jag låg och stirrade i taket, medan Careena och Alyster sov bredvid mig i den stora sängen med långsamma och jämna andetag. Eldskenet fladdrade och kastade dansande skuggor som speglade mina malande tankar.

Hur skulle jag kunna stanna här i Fristaden och utsätta dem för fara med min närvaro? När Aurelius berättade för mig att förbannelsen som förvandlat mig till en hamnskiftare var utformad för att göra mig till ett kärl för Set hade jag nästan kollapsat på fläcken. Jag kunde nästan känna den mörka gudens kraft ringla sig inom mig som en orm som väntade på att hugga.

Tänk om jag förlorade kontrollen, om så bara för ett ögonblick, och Set slet åt sig min kropp? Bilder blixtrade förbi i mitt sinne – Careenas lysande ögon, uppspärrade av skräck, Alysters charmiga leende, förvridet i plågor. Hjärtat drog ihop sig smärtsamt vid tanken.

Jag drog en hand genom håret och försökte stilla stormen i mitt sinne. Kanske skulle det vara bäst för alla om jag gav mig av nu, i skydd av mörkret. Smitit iväg som en vålnad och lagt så mycket avstånd som möjligt mellan mig själv och dem jag brydde mig om.

En självisk del av mig stretade emot tanken. För första gången på evigheter hade jag hittat människor som såg bortom min förbannelse, bortom bedragarfasaden jag upprätthöll. Människor som fick mig att känna att jag hörde hemma. Att jag betydde något.

Jag klev ur sängen och började vanka av och an, oförmögen att vara stilla när mina tankar snurrade så här. Jag kastade en blick på deras sovande gestalter och en underlig värk blommade upp i mitt bröst. Careenas midnattssvarta hår låg utspritt över kudden och bekymmersrynkorna som hade skämt hennes skönhet var äntligen utslätade i sömnen. Alyster var gyllene bredvid henne; faeriddarens smidiga muskler såg på något sätt fortfarande redo ut att kasta sig till handling när som helst.

Kunde jag verkligen gå ifrån dem, från det sköra band vi hade smitt genom svårigheter och faror? Mina händer knöts vid mina sidor, sliten mellan önskan att skydda dem och längtan att stanna kvar, att se vart den här vägen kunde leda. Att hålla fast vid den här känslan av tillhörighet, så förföriskt ljuv, som jag aldrig känt under hela mitt liv.

Men riskerna ... förbannelsen ... Sets hotande skugga ... hur kunde jag spela med deras liv på det sättet? Beslutets tyngd pressade ner mig, lika kvävande som den unkna luften i kammaren. Jag återupptog mitt vankande, inte närmare ett svar än tidigare.

Den uråldriga fästningen stönade runt omkring mig, varje knarr och viskning förstärktes av mina hamnskiftarsinnen. Jag kunde höra de trippande ljuden av små gnagarfötter i väggarna, det avlägsna droppandet av vatten som ekade genom tomma korridorer. Varje ljud fick mina nerver på helspänn, en obeveklig påminnelse om hur osäker vår situation var.

Jag försökte fokusera på mina följeslagares stadiga andetag i hopp om att finna något lugn i deras fridfulla sömn. Men till och med det besudlades av de lömska rädslosträngar som ringlade sig i min mage.

Tänk om Set hittade ett sätt att ta kontroll över mig? Att förvrida min förbannelse för sina egna onda syften? Tanken fick galla att stiga i halsen. Careena och Alyster skulle hamna mitt i skottgluggen.

Jag rös till och ett kallsvett bröt ut på min hud. Om Set lyckades sätta klorna i mig, göra mig till sin marionett ...

Jag stod inte ens ut med att fullfölja tanken. Bilderna som blixtrade förbi i mitt sinne var för ohyggliga, för plågsamma för att ens överväga. Careena och Alyster, sönderslagna och blodiga vid mina fötter, med matta och livlösa blickar. Allt på grund av mig. För att jag var för svag, för förbannad för att motstå Sets intriger.

En mild hand på min axel ryckte upp mig ur min tankespiral. Jag virvlade runt och famlade instinktivt efter ett vapen som inte fanns där, bara för att stå ansikte mot ansikte med Careena.

Hennes midnattsblå ögon var mjuka av oro, hennes panna rynkad när hon studerade mitt ansikte. "Rafail? Vad är det som är fel?"

Jag svalde med svårighet och försökte hitta orden för att uttrycka den storm som rasade inom mig. "Det är ... det är inget. Jag kunde bara inte sova."

Careenas läppar ryckte till i ett skeptiskt leende. "Du är en usel lögnare, vet du det?"

Ett humorlöst skratt undslapp min strupe. "En av mina många förtjänster, antar jag."

Hon steg närmare och hennes hand gled ner längs min arm för att ta min hand i sin. Värmen från hennes beröring var både tröstande och elektrifierande, ett balsam för mina söndertrasade nerver. "Prata med mig, Rafail. Snälla."

Jag tvekade. Driften att hålla mina farhågor inlåsta stred mot det desperata behovet av att anförtro mig åt någon, vem som helst. Men när jag såg in i Careenas ögon och såg den genuina omsorgen och medkänslan som lyste där, kände jag min beslutsamhet rämna.

"Jag är rädd, Careena", viskade jag, min röst sträv av känsla. "Rädd för vad jag kan bli. För vad Set kan förvandla mig till."

Hon klämde min hand och hennes beröring förankrade mig i nuet. "Du är starkare än du tror, Rafail. Starkare än någon förbannelse eller mörk gud."

Jag skakade på huvudet och drog mig undan hennes grepp. "Är jag? Hur kan du vara så säker?"

Careena sträckte ut handen och kupade mitt ansikte mellan sina händer. Hennes beröring var elektrisk och sände rysningar längs min ryggrad. "För att jag känner dig, Rafail. Jag har sett ditt hjärta, din själ. Och det finns inget mörker där som inte kan övervinnas."

Jag ville tro henne. Ville klamra mig fast vid hoppet hon erbjöd som en livlina i ett stormpiskat hav. Men tvivlen dröjde sig kvar, lömska viskningar i bakhuvudet.

"Tänk om ... tänk om jag inte kan bekämpa det?" frågade jag, min röst knappt mer än en viskning. "Tänk om Set tar kontrollen och jag ... jag skadar dig eller Alyster? Jag skulle inte kunna leva med mig själv om det hände."

Careenas tumme strök över mitt kindben och torkade bort en tår jag inte ens insett hade fallit. "Rafail, du är mer än den förbannelse som lades på dig. Din styrka, din motståndskraft, de kommer inifrån. Set må försöka ta kontrollen, men han kan aldrig släcka det ljus som skiner i ditt hjärta."

Hennes ord sköljde över mig, ett lugnande balsam för min oroliga själ. Jag ville tro henne, lita på min egen förmåga att motstå Sets inflytande. Men tvivlen dröjde sig kvar, som skuggor som dansade i utkanten av mitt medvetande.

"Jag är rädd, Careena", medgav jag, min röst knappt mer än en viskning. "Rädd för att när stunden är inne kommer jag inte att vara stark nog. Att jag inte blir något mer än en marionett som dansar efter Sets förvridna pipa."

"Du är inte ensam i den här kampen, Rafail. Vi står vid din sida, Alyster och jag. Tillsammans kommer vi att möta alla utmaningar som kommer i vår väg."

Hennes övertygelse var påtaglig, en kännbar kraft som tycktes fylla rummet. Jag hämtade styrka från den och lät hennes orubbliga tro på mig skölja bort en del av den rädsla som hade slagit rot i mitt hjärta.

"Men tänk om Set hittar ett sätt att kontrollera mig? Att använda mig mot er?" Orden smakade bittert på min tunga, men jag tvingade fram dem, i behov av att ge röst åt den skräck som hemsökte mig.

Careenas blick mötte min, hennes midnattsblå ögon skimrade av en våldsam beslutsamhet. "Då hittar vi ett sätt att hämta tillbaka dig. Oavsett vad som krävs, oavsett hur långt vi måste gå, kommer vi aldrig att ge upp om dig, Rafail. Du är en del av oss nu, och vi kommer att kämpa för dig till vårt sista andetag."

Hennes ord slog an en sträng djupt inom mig och genljöd med en sanning jag länge hade försökt förneka. Under den korta tid vi hade känt varandra hade Careena och Alyster blivit mer än bara allierade. De var min familj, de enda som någonsin verkligen hade sett mig för den jag var, under de lager av garderat försvar jag hade byggt upp under åren.

Hennes tro på mig var ett balsam för min sargade själ, men det gnagande tvivlet fanns kvar, en lömsk viskning som vägrade att tystna.

Jag knöt nävarna, naglarna grävde sig in i handflatorna medan jag kämpade mot den stigande vågen av panik. Tänk om Sets inflytande var för starkt? Tänk om jag inte kunde motstå dragningen från hans mörka kraft, oavsett hur hårt jag försökte?

Min kropp kändes som en främlings, ett kärl som kunde kapas när som helst. Tanken på att förlora kontrollen, på att bli en marionett i Sets förvridna spel, sände en rysning längs min ryggrad.

Jag såg på Careena, hennes ögon fyllda av en blandning av oro och beslutsamhet. Hon trodde på mig, på min styrka, men trodde jag på mig själv?

Jag vände mig bort, med sänkta axlar, och stirrade in i det fladdrande ljusskenet. Skuggorna dansade på väggarna, en makaber balett som tycktes håna min inre oro.

Mitt sinne rusade med scenarier, det ena mer skrämmande än det andra. Om Set tog kontrollen, skulle jag tvingas se hjälplöst på när mina egna händer skadade dem jag brydde mig mest om? Tanken var outhärdlig, en kniv som vreds om i min mage.

Jag drog ett darrande andetag och försökte samla mig. Careenas ord ekade åter i mitt sinne, en livlina i mörkret. Hon trodde på mig, på min förmåga att slå tillbaka mot Sets inflytande.

Men tvivlet dröjde sig kvar, ett giftigt frö som hade slagit rot i djupet av min själ. Hur kunde jag skydda Careena och Alyster om jag inte ens kunde lita på mig själv?

Jag vände mig om för att möta Careena igen, mina ögon sökte hennes efter svar jag inte var säker på fanns. Tyngden av mina rädslor pressade ner mig, en kvävande börda som hotade att krossa mig.

"Jag kanske borde ge mig av", sa jag, och orden kändes bittra på tungan. "Min närvaro här kan utsätta er båda för fara och äventyra säkerheten i Fristaden."

Careenas ögon vidgades och ett sting av smärta for över hennes drag. "Rafail, nej. Vi är starkare tillsammans. Du kan inte möta det här ensam."

Jag skakade på huvudet, min beslutsamhet vacklade. "Men tänk om jag inte kan kontrollera det? Tänk om Set tar över och jag skadar er?"

En välbekant röst skar genom spänningen. "Jaha, jaha, jaha. Vad har vi här då?"

Alyster satte sig upp i sängen, hans silverögon glimmade av illmarighet. Trots situationens allvar kröktes hans läppar i ett charmigt flin. "Verkar som att jag missar en riktig fest."

Jag blängde på honom, inte på humör för hans lekar. "Det här är inget skämt, Alyster."

Han höll upp händerna i skenbar kapitulation. "Ta det lugnt nu, rävpojke. Jag kommer i fred."

Careena suckade och hennes vingar fladdrade av oro. "Alyster, snälla. Det här är allvarligt."

Alysters flin försvann och ersattes av en blick av genuin oro. "Jag vet, jag vet. Jag kunde känna spänningen på mils avstånd." Han vände sig mot mig, hans blick var genomträngande. "Du funderar väl inte på att lämna oss, Rafail?"

Jag undvek hans blick, mina axlar sjönk ihop. "Jag vet inte vad jag ska tänka längre."

Alyster reste sig och kom närmare, hans röst var låg och enträgen. "Lyssna på mig, Rafail. Att fly löser ingenting. Vi behöver dig här, med oss."

Jag skakade på huvudet, mina tvivel virvlade som en storm inom mig. "Men tänk om jag är en belastning? Tänk om Set använder mig för att komma åt er?"

Alysters hand grep min axel, hans beröring var förvånansvärt mild. "Det möter vi tillsammans, precis som vi alltid har gjort. Du är inte ensam i det här, Rafail. Inte längre."

Jag såg upp och mötte hans blick. För en gångs skull fanns det inget spår av svek eller dolda motiv i hans ögon. Bara en våldsam beslutsamhet och orubblig lojalitet.

Careena kom fram till min andra sida, hennes närvaro ett lugnande balsam för mina söndertrasade nerver. "Alyster har rätt. Vi är ett lag, Rafail. Vi kommer inte att låta Set slita isär oss."

Jag kände tyngden av deras ord lägga sig över mig, ett stråk av hopp som trängde igenom mina rädslors mörker. Ändå fanns det gnagande tvivlet kvar och viskade lömskt i bakhuvudet.

"Jag ... jag vet inte om jag har styrkan att bekämpa honom", medgav jag, min röst knappt mer än en viskning.

Alysters grepp om min axel hårdnade. "Du är starkare än du ger dig själv äran för, Rafail. Jag har sett det. Vi har alla sett det."

Careena nickade, hennes ögon skimrade av övertygelse. "Du har övervunnit så mycket redan. Det här är bara ännu ett hinder vi kommer att möta tillsammans."

Jag såg från den ena till den andra och förundrades över den orubbliga tro de hade på mig. Det var en främmande känsla att bli så fullständigt accepterad och stöttad. En del av mig längtade efter att omfamna det, att tillåta mig själv att luta mig mot dem.

Men ärren från mitt förflutna var djupa, och tillit var en skör sak.

Alyster verkade känna av min tvekan. Han lutade sig närmare, hans röst fick en hypnotisk kvalitet. "Tänk efter, Rafail. Om du ger dig av, spelar du Set rakt i händerna. Han vill splittra oss, göra oss svagare."

Han kunde ha rätt. Set frodades i kaos och oenighet. Genom att isolera mig skulle jag ge honom exakt vad han ville ha. Kanske var det han som planterade de här tankarna i mitt huvud, till och med nu ...

Careena sa mjukt: "Vi är starkast när vi är tillsammans, Rafail. Förenade har vi en chans att besegra honom. Splittrade faller vi."

Alysters ögon glittrade med ett illmarigt ljus när han talade, hans ord dansade som skuggor i eldskenet. "Dessutom, Rafail, vad är det roliga med att ge sig av nu? Tänk på allt trubbel vi kan ställa till med tillsammans."

Jag kisade mot Alyster och försökte tyda de dolda lagren under hans lekfulla ton. "Och exakt vilken sorts trubbel hade du i åtanke?"

Hans flin breddades, en vetande glimt i hans ögon. "Åh, du vet, det vanliga. Hindra uråldriga förbannelser, slåss mot mörka krafter, kanske till och med lite rackartyg på vägen. Allt är ju en del av äventyret, eller hur?"

Något i sättet han sa det på fick mig att hejda mig. Det fanns en underström i hans ord, en antydan om något mer än bara ett lättsamt uppdrag. Jag kunde inte skaka av mig känslan av att Alyster hade sin egen agenda, en som han inte var riktigt redo att avslöja.

”Och vad får du ut av det?” frågade jag rakt på sak, med blicken låst på hans. ”Varför är du så angelägen om att ha mig kvar?”

Alysters uttryck förändrades, ett flimmer av något oläsligt for över hans drag. ”Är det inte uppenbart? Vi är ett lag, Rafail. Vi behöver varandra om vi ska ha något hopp om att stoppa Set.”

Hans ord var lena, hans ton uppriktig. Ändå kunde jag inte låta bli att undra vad han inte sa. Alyster var en mästare på manipulation, kapabel att vrida ord och känslor till sin fördel. Hur kunde vi lita på honom? Han hade redan svikit sina eder till drottning Maeve, eder svurna med blod och magi. Vad skulle hindra honom från att svika Careena och mig också, om Set erbjöd honom tillräckligt med makt?

Bara tanken sände en rysning längs min ryggrad och en kallsvett pärlade sig i min panna. Jag kastade en blick på svärdet som stod lutat mot den bortre väggen, klingan som en gång hade tillhört Set själv. Om jag skapade avstånd mellan mig själv och det där förbannade vapnet, skulle det försvaga Sets grepp om mig?

Men då dök en annan möjlighet upp, mer skrämmande än den förra. Om Careena förlorade sin inre kamp mot Sets inflytande, om hon gav efter för hans vilja och blev hans tjänarinna ... var jag då dömd till samma öde?

Var Alyster och Careena till och med en större fara för mig än jag var för dem?

Luften blev tjock av spänning och tyngden av mina rädslor pressade ner mig som en fysisk kraft. Jag drog ett darrande andetag, mitt hjärta bultade en frenetisk rytm mot revbenen.

”Rafail?” Careenas röst skar genom dysterheten, mjuk och fylld av oro. ”Prata med mig. Vad är det som rör sig i ditt huvud?”

Jag vände mig mot henne med ett plågat ansiktsuttryck. ”Jag är bara ... jag är livrädd, Careena. Livrädd för att oavsett vad jag gör så kommer Set att hitta ett sätt att använda mig mot er. Mot allt vi kämpar för.”

Hon steg närmare och hennes hand fann min i dunklet. ”Vi är starkare tillsammans, Rafail. Det vet du. Om vi skiljs åt nu spelar vi Set rakt i händerna.”

Jag ville tro henne, klamra mig fast vid den tröst hennes ord erbjöd. Men tvivlen kvarstod, en lömsk viskning i bakhuvudet.

”Och om Set tar kontroll över mig?” frågade jag, min röst knappt mer än en viskning. ”Om han gör mig till sin marionett, sitt vapen? Hur kan du vara säker på att det rätta valet är att stanna?”

Careenas grepp om min hand hårdnade, hennes blick var våldsam och orubblig. ”För att jag tror på dig, Rafail. På din styrka, din motståndskraft. Du är inte ensam i den här kampen, och du kommer aldrig att bli det.”

En tung tystnad sänkte sig över rummet och tyngden av min obeslutsamhet hängde i luften som en påtaglig närvaro. Jag kunde känna Careenas blick på mig, sökande i mitt ansikte efter någon antydan om vad jag skulle välja. På andra sidan rummet stod Alyster orörlig, med pannan rynkad av oro.

De utbytte en blick, en tyst kommunikation passerade mellan dem. I det ögonblicket såg jag djupet av deras oro, den genuina omsorg de kände för mig. Det var en främmande känsla, att vara föremål för ett sådant orubbligt stöd. En del av mig längtade efter att omfamna det, att tillåta mig själv trösten av deras närvaro.

Men den andra delen, den starkt oberoende sidan som hade hållit mig vid liv så länge, viskade sina tvivel. Den uppmanade mig att springa, att lägga så mycket avstånd som möjligt mellan mig själv och dem jag brydde mig om. Om jag stannade, om Set lyckades ta kontrollen ...

Jag slöt ögonen, mitt hjärta slitet mellan två lika starka begär. Behovet av att skydda, att skärma Careena och Alyster från den fara jag utgjorde, stred mot längtan att stanna vid deras sida, att möta detta hot tillsammans.

"Jag stannar tills Aurelius återvänder från sitt samråd med Höga rådet", sa jag till slut, min röst med en försiktig ton. "Men efter det ... kan jag inte lova något."

Careenas leende vacklade något, men hon nickade förstående. "Den smällen tar vi när den kommer", sa hon. "Tills vidare fokuserar vi på nuet."

Alyster klappade mig på axeln, hans beröring ett lugnande ankare. "Och i nuet har vi varandra", sa han, och hans ord klingade med en sällsynt uppriktighet. "Det är det som betyder något."

Jag ville tro honom, förlora mig i trösten av deras närvaro. Men även när jag lät mig luta mig mot deras stöd kunde jag inte skaka av mig känslan av att våra problem var långt ifrån över.

Fristadens uråldriga murar tycktes pressa sig inpå oss, århundradenas tyngd som vilade på vår lilla krets av ljus. Utanför var världen mörk och osäker, hotet från Sets inflytande en ständig skugga vid horisonten.

Luften var tjock av olöst spänning, framtiden ett hotande frågetecken. När Careena tog min hand och ledde mig tillbaka till sängen och mjukt sa åt mig att försöka sova,

kändes tillit som den mest sällsynta och dyrbara varan av
alla.

# Kapitel sex
## Careena

Jag bläddrade i en dammig lunta, vars gulnade sidor prasslade under mina fingertoppar. Bredvid mig följde Rafail en rad uråldriga runor med fingret medan Alyster studerade ett illuminerat manuskript. Bibliotekets stillhet omslöt oss som en mantel.

"Det här stycket nämner 'Schakalens huggtand' ...", mumlade jag. "Jag undrar om det kan vara ett annat namn på Sets svärd?" Bladet hängde vid min sida, oroväckande tungt.

Dörren till det lilla forskningsrummet svängde upp med ett knarrande. En ängel steg in, och hans silverfärgade klädnad fångade skenet från stearinljusen. Hans blick for över Rafail och Alyster, och hans läppar kröktes i avsmak.

"Careena Seraphiel." Ängelns melodiska röst skar genom luften. "Väktaren begär er närvaro. Han väntar på er i sitt arbetsrum."

Min puls ökade. Var Aurelius redan tillbaka från sitt möte med Höga rådet? Jag undrade om det bådade gott eller illa. Hade de fattat ett snabbt beslut, eller hade de avfärdat honom för att överväga sitt nästa drag, eller ville de träffa mig, förhöra mig?

Jag reste mig och slog igen boken. Alyster och Rafail reste sig också, och en vaksamhet fladdrade till i deras blickar.

"Sa Aurelius vad det gäller?" frågade jag.

Ängelns ansikte förblev en känslolös mask. "Det är inte min sak att ifrågasätta Väktarens order. Han förväntar sig er. Omedelbart."

Med de orden vände han på klacken och gled ut, och hans silverklädnad viskade mot marmorgolvet.

Jag tog ett djupt andetag för att samla mig. "Vad rådet än har beslutat, så möter vi det tillsammans. Rafail, Alyster ... tack. För allt."

Alyster gav mig ett skälmskt leende, även om det inte riktigt nådde hans ögon. "Visa vägen."

Rafail nickade bara, och ett uttryck av vild beslutsamhet lade sig över hans anletsdrag.

Jag rätade på ryggen och klev ut ur biblioteket med Alyster och Rafail vid min sida. När vi gick genom Fristadens ekande salar försökte jag ignorera den sjunkande känslan i magen. Höga rådets beslut skulle avgöra vårt uppdrags fortsättning – och själva våra öden.

De utsmyckade dörrarna till Aurelius arbetsrum tornade upp sig framför oss, och de invecklade snideierna tycktes vrida och vända på sig i det eteriska ljuset. Jag hejdade mig med handen svävande över det polerade handtaget. Bredvid mig ryckte Alysters hand, som knöts om svärdsfästet, till och avslöjade hans oro. En muskel ryckte till i Rafails kind.

Jag sköt upp dörren.

Aurelius satt bakom sitt skrivbord, med ett outgrundligt uttryck. Hans silvervingar var prydligt hopfällda på ryggen och glänste i det mjuka ljuset som silade in genom de välvda fönstren. Hans genomträngande ögon låstes vid mig, och jag kämpade emot lusten att rygga tillbaka.

”Careena.” Hans röst var sval, behärskad. ”Var snäll och kom in.”

Jag klev fram och kände Alysters och Rafails närvaro i ryggen. Spänningen i rummet var påtaglig, en levande varelse som ringlade sig runt oss, redo att hugga.

”Jag litar på att ni har gjort framsteg i er forskning?” Aurelius knäppte händerna och släppte mig aldrig med blicken.

Jag svalde. ”Vi har arbetat outtröttligt, genomsökt varje uråldrig text och skriftrulle efter något omnämnande av Set, trollboken eller svärdet.”

”Och?” Ett silverfärgat ögonbryn höjdes.

Mitt hjärta bultade mot revbenen. Det här var det. Sanningens ögonblick.

Jag lyfte hakan och mötte Aurelius blick rakt på. ”Vi har avslöjat några lovande spår, men vi har fortfarande mycket kvar att lära oss. Nyckeln till att besegra Set är fortfarande svårfångad. Ärligt talat? Jag tror att ni har långt mer kunskap i era minnen än vad vi skulle kunna hitta i biblioteket på ett års sökande. Ni stred mot Set; er förstahandskunskap skulle vara ovärderlig, om ni vill dela med er av den.”

Aurelius lutade sig tillbaka i stolen med ett outgrundligt uttryck. Sekunderna blev till en evighet medan han studerade mig, och hans uråldriga ögon tycktes genomborra min själ.

*Vad beslutade rådet?* Frågan brände på min tunga, men jag bet tillbaka den. Aurelius skulle avslöja deras dom när han själv ansåg att tiden var inne. Allt vi kunde göra var att vänta.

Aurelius reste sig från sin stol, långsamt och avsiktligt. Han vände sig bort från oss, mot fönstret, med händerna knäppta bakom ryggen. Tystnaden mellan oss sträcktes ut, en klyfta som vidgades för varje hjärtslag som gick.

*Säg det*, ville jag skrika. *Säg vad rådet beslutade.* Men jag höll tyst, medveten om att det bara skulle stärka Aurelius beslutsamhet om jag pressade honom.

Till slut talade han. "Er tillit till min kunskap är förståelig, Careena." Hans röst var låg, med en ton av en känsla jag inte riktigt kunde placera. "Hotet från Set ska inte underskattas."

Jag nickade, trots att han inte kunde se mig. "Vi behöver er vägledning, Aurelius. Utan den famlar vi i mörkret."

Han suckade och hans axlar sjönk under tyngden av hans ansvar. "Jag är medveten om situationens allvar."

Aurelius vände sig mot oss igen, och jag slogs av trött-heten i hans ögon. För första gången såg jag inte bara den stränge Väktaren, utan en varelse som var nertyngd av de val han var tvungen att göra.

Hans blick mötte min, och jag såg tvekan där, oviljan att uttala de ord som skulle forma vårt öde.

"Höga rådet har fattat ett beslut", började han med en omsorgsfullt neutral röst.

Jag stålsatte mig och knöt händerna vid sidorna. Bredvid mig kände jag hur Alyster och Rafail spände sig, deras förväntan en påtaglig kraft i rummet.

Aurelius käke spändes och hans ögon hårdnade av beslutsamhet. "De har valt ..."

Han gjorde en paus, och tystnaden mellan oss spändes som en pilbågssträng. Jag höll andan, och mitt hjärta bankade i öronen.

*Snälla*, bad jag, till vilken gudom som helst som kunde tänkas lyssna. *Snälla, låt dem hjälpa oss.*

Men när Aurelius blick mötte min igen såg jag sanningen skriven i de där uråldriga ögonen.

Och jag visste, med en sjunkande visshet, att våra förhoppningar hade varit förgäves.

"De har valt att inte bistå i kampen mot Set", sa Aurelius, och hans ord var som ett slag mot bröstet.

Jag stirrade på honom, tankarna snurrade. *"Vad?"* Ordet kom ur mig som en andlös viskning, medan misstro och chock forsade genom mina ådror.

Aurelius vingar sjönk nästan omärkligt, det enda yttre tecknet på hans egen besvikelse. "Rådet anser att jordens angelägenheter inte är deras sak. De kommer inte att ingripa, inte heller kommer de att tillhandahålla den kunskap ni söker."

Jag skakade på huvudet, och ett bittert skratt bubblade upp i halsen. "Så det är allt? De tänker bara överge oss?"

Det fanns något som nästan liknade medlidande i Aurelius patriciska drag. "Uriels sista ord var 'Careena Seraphiel har skapat detta problem. Låt henne lösa det, om hon vill förtjäna sin väg tillbaka till himlen.'"

Orden träffade mig som ett fysiskt slag och slog luften ur mina lungor. Jag stapplade ett steg bakåt, och mina vingar slog instinktivt ut för att stadga mig.

Bredvid mig blixtrade Alysters ögon av knappt återhållen vrede. Hans händer knöts till nävar vid sidorna, och musklerna i hans käke arbetade när han bet ihop tänderna.

"De kan inte göra så här", morrade han med låg, farlig röst. "De kan inte bara två sina händer från den här röran och lämna oss att ta itu med den ensamma."

Rafail sa ingenting, men jag kunde se nederlaget i hans hopsjunkna axlar, tröttheten inristad i linjerna i hans ansikte. Han såg ut som en man som hade utkämpat en förlorad strid alldeles för länge, och som slutligen hade nått slutet på sin uthållighet.

Jag tvingade mig själv att ta ett djupt andetag och försökte lugna den malström av känslor som virvlade inom mig. Chock, ilska, rädsla, förtvivlan – alla krävde de uppmärksamhet och hotade att överväldiga mig.

Men jag kunde inte låta dem göra det. Inte nu. Inte när så mycket stod på spel.

Jag rätade på ryggen och lyfte trotsigt hakan. "Må så vara", sa jag, och min röst klingade klar och stark i rummets tystnad. "Om rådet inte vill hjälpa oss, hittar vi ett annat sätt."

Alyster vände sig mot Aurelius, och hans ögon flammade av anklagelse. "Allt det här är ert fel", snäste han och pekade med ett finger mot ärkeängelns bröst. "Ni och era gelikar skapade det här problemet när ni förvandlade svärdet till en trollbok och sedan inte lyckades hålla reda på den. Och nu har ni mage att överge oss för att städa upp er egen röra?"

Alysters ord hängde i luften, skarpa och bitande. Jag kunde känna spänningen spraka mellan honom och Aurelius, en påtaglig kraft som hotade att antändas när som helst.

"Och Rafail då?" krävde Alyster. "Är hans förbannelse också Careenas problem? Den aktiverades århundraden innan hon ens var född. Och drottning Maeve och Selenes klan – de var alla ute efter trollboken långt innan Careena förvisades från himlen."

Alyster hade inte fel. Frågorna han ställde var berättigade, även om hans framförande lämnade en del övrigt att önska. Jag sträckte ut handen och lade den på hans arm i ett försök att lugna honom.

"Alyster", sa jag mjukt, min röst en mild tillrättavisning. "Att reta upp Aurelius kommer inte att hjälpa oss."

Han tittade ner på min hand och sedan upp på mitt ansikte. För ett ögonblick trodde jag att han skulle skaka av sig mig. Men sedan suckade han, och en del av kampviljan rann ur honom.

"Okej", muttrade han och tog ett steg tillbaka. "Men jag vill fortfarande ha svar."

Jag vände blicken mot Aurelius och mötte hans ögon direkt. "Det vill jag också", sa jag jämnt. "Alysters frågor förtjänar ett svar."

Väktarens käke spändes, och en muskel ryckte i hans kind. Under ett långt ögonblick sa han ingenting.

Sedan, till min förvåning, höll Aurelius upp händerna i en försonande gest. "Jag höll inte med om Höga rådets beslut", erkände han med låg och samlad röst. "De hade redan dragit sig tillbaka från jorden långt före kriget mot Set. Men jag ..." Han tvekade, och en skymt av något mörkt och plågat passerade genom hans silverögon. "Jag såg med egna ögon den skada kaosets gud kunde så."

Jag lutade mig framåt, och min nyfikenhet väcktes. "Vad menar ni?" frågade jag och studerade Aurelius ansikte uppmärksamt.

Väktarens blick blev frånvarande, som om han blickade in i ett förflutet som bara han kunde se. "Under kriget bevittnade jag Sets makt släppas lös över världen. Förödelsen, lidandet ..." Hans röst vacklade och han skakade på huvudet. "Det var olikt allt annat jag någonsin hade stött på. Rent, oförfalskat kaos."

Det fanns en råhet i hans ord, en sårbarhet som jag aldrig hade sett hos Aurelius förut. Det fick mig att inse att han under sin stränga yta bar på egna ärr.

"Jag kämpade tillsammans med de andra änglarna för att hejda Sets inflytande", fortsatte Aurelius, och hans ton blev mer beslutsam. "Vi lyckades med nöd och näppe försegla honom. Tanken på att han skulle återvända, att det kaoset skulle släppas lös än en gång ..." Han tystnade och knöt händerna vid sidorna.

En kyla for längs ryggraden vid innebörden av hans ord. Om Aurelius, en av de mäktigaste änglarna som fanns, var så skakad av utsikterna att Set skulle återvända ...

"Så ni förstår varför vi måste stoppa honom", sa jag mjukt och höll kvar Aurelius blick. "Varför det här är så viktigt."

Ärkeängeln nickade, och en dyster beslutsamhet lade sig över hans drag. "Det gör jag", bekräftade han. "Och det är därför jag anser att det borde vara vår högsta prioritet att stoppa Set, oavsett Höga rådets ståndpunkt."

Mina ögon vidgades, och förvåning strömmade genom mig vid Aurelius uttalande. "Är ni villig att hjälpa oss?" frågade jag och vågade knappt tro vad jag hörde. "Trots att Höga rådet vägrade?"

Aurelius mötte min blick stadigt, och hans silverögon glänste av övertygelse. "Höga rådet må ha avböjt att hjälpa, men de förbjöd mig inte att göra det", sa han. "Jag kanske inte kan ge andra änglar i uppdrag att hjälpa till, men jag har fritt val i vilka uppgifter jag tar på mig själv."

Han gjorde en paus, och hans uttryck blev mer beslut-samt. "Och jag anser att det borde vara min prioritet att stoppa Set."

Jag stirrade på honom, tillfälligt mållös. Aurelius, den orubbliga upprätthållaren av himmelsk lag, valde att trotsa Höga rådets beslut. Att han skulle ta en sådan ställning ...

"Tack", lyckades jag få fram, min röst tjock av känsla. "Er hjälp betyder mer än ni anar."

Aurelius böjde på huvudet som ett erkännande, och en skymt av värme mjukade upp hans stränga drag. "Jag kanske inte alltid håller med om era metoder, Careena", erkände han, "men i det här är vi överens. Sets återkomst skulle medföra outsäglig förödelse för världen. Det kan vi inte låta hända."

Jag nickade, och en nyfunnen beslutsamhet vällde upp inom mig. Med Aurelius på vår sida hade vi kanske en chans trots allt.

Rafail klev fram, och hans vaksamma uttryck gav vika för ett trevande leende. "Att ha er på vår sida skulle kunna vända strömmen", erkände han och mötte Aurelius blick. "Er kunskap och era resurser skulle kunna fylla de luckor vi har kämpat med."

Jag såg hur Rafails axlar slappnade av en aning, hans hållning ändrades från defensiv till försiktigt öppen. Det var en subtil förändring, men en som talade sitt tydliga språk om effekten av Aurelius beslut.

Alyster förblev dock inte övertygad. Hans silverögon smalnade, och en beräknande glimt fladdrade i deras djup. "Och vad, exakt, hoppas ni vinna på denna al-lians?" frågade han, hans melodiska röst spetsad med mis-tänksamhet. "Änglarna har aldrig brytt sig om faernas öde eller andra ickemänniskors."

Luften i rummet blev tjock av spänning när Alysters ord hängde mellan dem. Jag kunde känna tyngden av århundraden av misstro och motstridiga agendor pressa ner på oss och hota att splittra den bräckliga förståelse vi just hade börjat skapa.

Aurelius mötte oförskräckt Alysters blick, och hans egna ögon hårdnade. "Jag strävar endast efter att upprätthålla balansen och skydda världen från det kaos som Set skulle släppa lös", svarade han, hans ord vägda och precisa. "Våra intressen sammanfaller i detta, faeriddare, vare sig ni väljer att tro det eller inte."

Jag höll andan och såg den tysta viljornas kamp utspela sig framför mig. Alysters skepsis var påtaglig, hans misstro mot änglarna djupt rotad. Ändå fanns det något i Aurelius orubbliga övertygelse som tycktes få honom att tveka.

Ögonblicket sträcktes ut, och tystnaden bröts bara av det svaga prasslet från uråldriga skriftrullar och de avlägsna viskningarna från bibliotekets utomvärldsliga invånare. Slutligen slappnade Alysters axlar av nästan omärkligt, och en skymt av motvillig acceptans korsade hans drag.

"Mycket väl", medgav han med låg röst. "Men vet detta, Väktare: om era handlingar visar sig strida mot våra mål, kommer jag inte att tveka att agera därefter."

Aurelius böjde på huvudet, en glimt av respekt i ögonen. "Jag skulle inte förvänta mig något annat", svarade han.

En glimt av hopp fladdrade till i mitt bröst, en liten men envis gnista mitt i det överväldigande mörker som hade uppslukat vår värld sedan Sets återkomst. Höga rådets vägran att hjälpa oss hade varit ett förkrossande slag, men Aurelius villighet att stå vid vår sida kändes som en livlina, en chans att fortsätta kämpa mot oddsen.

Jag vände mig till Aurelius, min röst stadig trots de stormiga känslor som virvlade inom mig. "Tack", sa jag, mina ord tunga av tacksamhet. "Ert stöd betyder mer än ni anar."

Väktarens blick mjuknade, och en skymt av värme bröt igenom hans stränga fasad. "Det är mitt eget misslyckande att rätta till, Careena. Inte ert. Alyster hade rätt." Han kastade en blick på faeriddaren och nickade lätt. "Vi borde ha haft bättre koll på trollboken, borde ha ansträngt oss hårdare för att spåra upp den när den försvann ur sikte."

Hans ord hängde tungt i luften, och Aurelius silvervingar bredde ut sig bakom honom när Väktaren lade sin hand på fästet till det himmelska svärdet i skidan vid sin sida och avgav ett högtidligt löfte.

"Den här gången kommer jag inte att upphöra i mitt sökande förrän Set är besegrad. Permanent."

# Kapitel sju

## Alyster

*Jag hör inte hemma här.*

Tanken ekade i mitt huvud när jag vandrade genom Fristadens hallar, medan de kalla stenväggarna tycktes tränga sig på mig. Jag hade trott att platsen var en fästning när jag först kom hit, men ju längre jag stannade, desto mer kändes den som ett fängelse. Jag hörde inte hemma här, i detta rike av änglar och himmelska varelser, och det blev för varje timme alltmer uppenbart för mig att jag aldrig skulle göra det.

Mina fotsteg ekade mot väggarna, ett ljud lika främmande för mig som resten av denna plats. Här fanns ingen värme, inget liv. Luften luktade av pergament och bläck, av sten och metall, och jag längtade efter doften av jord och växande ting, av blommor och träd och de vilda platserna i mitt hemland. Jag behövde vara utomhus, under bar himmel, med solen i ansiktet och vinden i håret.

Jag behövde göra något nyttigt.

Jag hade trott att jag kunde hjälpa Careena och Aurelius, men sanningen var att jag inte hade någon aning om vad de höll på med. Forskning, kallade de det, men det verkade innebära en hel del läsande och pratande och väldigt lite handling. Jag var en krigare, inte en lärd man. Jag hade inget tålamod med att sitta och diskutera uråldriga texter och profetior. Jag ville vara där ute och bekämpa fienden, inte gömma mig på denna kalla, livlösa plats.

Jag svängde runt ett hörn i biblioteket och befann mig i ännu ett rum som verkade vara identiskt med de andra. Väggarna här var klädda med hyllor fyllda med böcker och skriftrullar. Jag undrade om någon någonsin hade läst dem alla. Förmodligen inte. Det fanns fler böcker här än jag någonsin sett på ett och samma ställe, och då hade jag ändå besökt några ganska imponerande bibliotek under min tid.

Jag suckade och fortsatte gå, och mina tankar återvände till min egen frustration. Jag kände mig värdelös här, som ett femte hjul på vagnen. Careena och Aurelius var så fokuserade på sin forskning att de knappt lade märke till mig för det mesta. Rafail var mer välkomnande, men just nu var han uppenbart rädd, skakad av nyheten att hans förbannelse var utformad för att förvandla hans kropp till ett kärl för Sets själ, och han hade dragit sig in i sig själv. Jag var lämnad åt mig själv och hade ingen aning om vad jag skulle ta mig till.

Jag saknade faeriket. Jag saknade skogarna och bergen, floderna och sjöarna. Jag saknade känslan av magi i luften, känslan av att vara förbunden med landet. Jag saknade stridens spänning, adrenalinkicken när jag stod öga mot öga med en fiende. Jag saknade kamratskapen med mina medkrigare, skämten och skratten, känslan av att höra till.

Jag saknade doften av jord, känslan av brisen mot min hud. Här fanns ingen bris, ingen rörelse i luften. Luften var stilla och unken, och det kändes som om jag höll på att kvävas. Stenväggarna var kalla och oförsonliga under mina fingrar, och jag längtade efter att få känna på bark och löv, på gräs och mossa.

Jag var så försjunken i mina tankar att jag nästan inte hörde ljudet av vapen som drabbade samman. Jag stannade till och lutade huvudet för att lyssna. Ljudet var svagt, men det fanns där, det välbekanta klingandet av stål mot stål. Pulsen hoppade till och jag följde ljudet, mina steg snabbare när jag tog mig igenom labyrinten av korridorer.

Jag klev ut från de dunkla korridorerna och in på innergården, och blinkade när mina ögon vande sig vid den plötsliga ljusstyrkan. Solen var varm mot min hud, luften frisk och ren, och jag tog ett djupt andetag och njöt av doften av blommor och gräs. Ljudet av vapen som drabbade samman var nu högre, ett rytmiskt, nästan musikaliskt ljud som fick pulsen att slå snabbare.

Jag såg mig omkring, och min nyfikenhet väcktes. Innergården var fylld av änglar, deras vingar glänste i solljuset medan de sparrades med varandra, med snabba fötter som rörde sig över det gröna gräset. Det var långt ifrån de kalla, livlösa salar jag just hade lämnat, och jag kände en märklig känsla av längtan när jag såg på dem. Det här var mer i min smak. Det här var vad jag var van vid, vad jag trånade efter. Synen av dessa änglar som tränade, deras kroppar som rörde sig med en nästan hypnotisk grace och kraft, var en välkommen distraktion från mina känslor av främlingskap.

Jag hade alltid dragits till strid, till klingornas dans och kampens spänning. Det låg i mitt blod, i hela min natur. Jag var en krigare, född och uppvuxen för det, och synen av dessa änglar som tränade väckte något djupt inom mig. Pulsen ökade, mina sinnen skärptes och jag kände en märklig känsla av tillfredsställelse när jag såg på dem.

En av änglarna lade märke till att jag stod där och nickade till hälsning. Jag kände igen honom som Hadraniel, vaktposten vid porten som hade utmanat oss när vi anlände till Fristaden. Han var en lång, bredaxlad man med gyllene hår och genomträngande blå ögon, och hans vingar hade en skimrande mörk bronsfärg.

"Var hälsad, fae", sa han med en djup och klangfull röst. "Vad för dig till vår träningsplats?"

Jag log och kände en gnista av rackartyg. "Mestadels uttråkning", erkände jag. "Jag undrade om jag kanske fick vara med?"

Hadraniel höjde ett ögonbryn och såg road ut. "Du vill sparras med oss?"

"Varför inte?", ryckte jag på axlarna.

Hadraniels läppar formades till ett leende. "Mycket väl. Det skulle vara intressant att korsa klingor med en fae. Jag har aldrig haft tillfälle till det förut."

Han gestikulerade åt mig att ansluta mig till dem, och jag klev fram och drog mitt svärd. En plötslig tystnad lade sig när de andra änglarna lade märke till mig, deras ögon vidgades när de såg klingan i min hand.

Hadraniels ögon smalnade när han såg på mitt svärd, och hans min blev misstänksam. "Det där är en himmelsk klinga", sa han med hård röst. "Var fick du den ifrån?"

"Careena gjorde den åt mig", sa jag och mötte hans blick utan att blinka. "När vi kämpade mot Sets undersåtar tillsammans."

Hadraniels min mörknade och jag såg ilska i hans ögon. "En himmelsk klinga är inget man delar ut hur som helst."

Jag ryckte på axlarna. "Hon gjorde den så att jag kunde rädda bådas våra liv. Om du inte tycker att jag förtjänar den är du välkommen att försöka ta den ifrån mig."

Hadraniels ansiktsuttryck förändrades, och något som kunde ha varit road nyfikenhet uppenbarade sig. Han gestikulerade åt mig att kliva in i cirkeln, och jag kände en fläkt av tillfredsställelse när jag gjorde det. Åtminstone här, på träningsplatsen, blev jag accepterad. Jag var inte en utomstående, en främling i ett främmande land. Jag var en krigare, och det var något dessa änglar förstod.

När jag klev in i cirkeln kände jag tyngden av deras blickar på mig. Änglarnas rörelser stannade av, deras uppmärksamhet förflyttades helt till mig, vilket skapade en påtaglig stillhet i luften. Larmet från träningen tonade bort till en förväntansfull tystnad, det enda som hördes var det svaga prasslet av vingar och vindens viskning genom innergården.

Änglarna iakttog mig med försiktig nyfikenhet, deras ögon fästa på mig. Några av dem hårdnade greppet om sina vapen, andra vinklade subtilt sina kroppar mot mig som om de var redo att gå till attack. Solen kastade skarpa skuggor över innergården och belyste scenen som om det vore en teater, vilket förstärkte spänningen.

Jag kunde se skepticismen i deras miner, sättet de bedömde mig på, dömde mig. Men det fanns också ett intresse där, en fläkt av fascination. En fae som svingade en himmelsk klinga var något de inte hade sett förut, och jag kunde se att de var nyfikna på vad jag kunde göra.

Jag log och kände en våg av självförtroende. Det här var mitt element, min arena. Jag kanske inte hörde hemma i Fristaden, men här, i stridens hetta, var jag i mitt rätta element.

Solen glittrade på Hadraniels svärd när han höjde det och intog en stridsposition, klingan fångade ljuset och skickade bländande blixtar över innergården.

Jag höjde mitt eget svärd som svar. Den himmelska klingan glimmade med ett eget ljus, de invecklade mönstren på klingan fångade solljuset och reflekterade det i en bländande uppvisning, och jag kände dess kraft tändas och skicka en våg av energi genom mig. Denna klinga var min, det visste jag in i själen. Jag hade smitt dolken själv, spillt blod, svett och tårar i processen, hade burit och använt den i strid i hundratals år innan Careena göt in sin himmelska magi i den och förvandlade den till ett överlägset vapen. Jag hade förtjänat denna klinga, och jag var mer än kapabel att svinga den.

Jag kände en rysning av förväntan när jag stod inför Hadraniel. Det var detta jag hade saknat, detta jag hade längtat efter. En chans att bevisa mig, att testa mina färdigheter mot en värdig motståndare.

Hadraniels ögon glimmade av utmaning när han höjde sitt svärd, hans min hårdnade. "Låt oss se om du är värdig den klingan, fae", sa han med en låg och farlig röst.

Jag flinade och kände en våg av upphetsning. "Kom och ta den, ängel", sa jag med en lika utmanande röst. "Om du kan."

Det här var min klinga, mitt vapen, och jag skulle inte ge upp den. Inte till någon.

Innergården var tyst, luften tjock av förväntan när änglarna såg på oss. Jag kunde känna deras ögon på mig, känna tyngden av deras blickar, men jag ryggade inte tillbaka. Jag var fae, och jag var stolt över det. Jag skulle inte låta mig kuvas av dessa himmelska varelser, oavsett hur mäktiga de var.

Klingan glödde klarare i min hand, som om den svarade på mitt trots, och jag kände en ström av kraft flöda genom mig.

Tystnaden sträcktes ut, spänningen i luften var nästan påtaglig. Jag kunde se änglarnas nyfikenhet, deras intresse för mig och min klinga, och jag visste att detta var ett test. Ett test av min värdighet, min rätt att bära en himmelsk klinga.

De skulle snart få reda på att en riddare från faehovet kunde möta dem på deras egen hemmaplan!

Hadraniels första hugg träffade med en kraft som nästan slog mig omkull.

Den skarpa klangen av metall som kolliderade ljöd över innergården och genljöd genom min arm, och jag vacklade ett steg bakåt med vidgade ögon. Ängeln var snabb. Snabbare än jag hade förväntat mig.

För ett ögonblick fladdrade tvivel genom mig. Hadraniels styrka var formidabel. Han var en värdig motståndare, och jag var plötsligt inte säker på att jag kunde besegra honom.

Hadraniels ögon glimmade av munterhet när han såg min tvekan, hans mun kröktes i ett skeptiskt flin. Han sa inget, men hånet i hans ansiktsuttryck var tydligt. De andra änglarna var tysta och såg på oss, och jag kunde känna deras ögon på mig, känna tyngden av deras blickar.

Jag tog ett djupt andetag och förlitade mig på min erfarenhet, min list. Jag hade utkämpat många strider i min tid, och jag tänkte inte låta en ängel få övertaget över mig.

Jag ändrade mitt grepp om svärdet, höjde det igen och mötte Hadraniels blick. "Du får nog ta i mer än så, ängel", sa jag med stadig röst, medan självförtroendet återvände.

Hadraniels flin breddades och han lyfte sitt svärd igen, redo att hugga.

Den här gången var jag redo för honom. Jag mötte hans slag med mitt eget, spänd och redo, och stod stadigt.

Tvivlet var borta, ersatt av en vild beslutsamhet. Jag skulle bevisa mitt värde, visa dessa änglar att jag var värdig min klinga.

Och sedan började kampen på allvar.

Klangen från våra klingor ljöd, det skarpa ljudet av metall mot metall ekade över innergården. Gnistor flög när våra svärd möttes, den himmelska klingan i min hand glödde starkt när den kolliderade med Hadraniels svärd. Jag kunde känna kraften i svärdet, energin som pulserade genom det och svarade på min vilja, min avsikt.

Hadraniel var snabb, hans hugg kom med bländande hastighet, men jag var snabbare. Jag förutsåg hans rörelser och kontrade hans hugg med mina egna, klangen från våra klingor en konstant rytm. Solen fångade kanterna på våra svärd och kastade blixtrande mönster på stengolvet, och jag kunde se intensiteten i Hadraniels ögon när han kämpade mot mig, den växande respekten i hans blick när han insåg att jag var en värdig motståndare.

Jag flinade och kände en våg av tillfredsställelse. Det var detta jag hade saknat, detta jag hade längtat efter. En chans att bevisa mig, att testa mina färdigheter mot en värdig motståndare.

*Han slåss enligt ett inlärt mönster.* Tanken for genom mitt huvud när Hadraniel slog till igen, med exakt samma rörelse som han hade använt några ögonblick tidigare. Hur länge sedan var det som den här ängeln hade kämpat mot en motståndare som inte var en annan ängel, bara i syfte att hålla sig i form? Medan jag hade tillbringat hundratals år med att försvara faernas drottning mot mycket verkliga hot, för att inte tala om de senaste veckorna då jag kämpat för mitt liv mot mörka häxor och en kaosguds undersåtar.

Jag ändrade min ställning igen, bytte anfallsvinkel, och såg Hadraniels ögon vidgas av förvåning när jag överrumplade honom. Jag pressade på, mina hugg kom snabbt och hårt, och jag såg respekten i Hadraniels ögon växa. Han var en skicklig krigare, men han var van vid att slåss mot andra änglar, van vid deras förutsägbara rörelser. Jag var något annorlunda, något oväntat, och han kämpade för att hänga med.

En känsla av tillfredsställelse sköljde över mig över att äntligen kunna göra något som kändes rätt. Jag var trött på att känna mig värdelös, på att vara fast på denna plats som kändes så främmande för mig. Jag längtade efter faeriket, efter de välbekanta synerna och ljuden från mitt hemland. Till och med solljuset här var annorlunda, insåg jag, hårdare och mer bländande än det mjuka, fläckiga ljuset i faeriket. Luften var också annorlunda, den saknade den rika, jordiga doften av skogarna och fälten jag var van vid. Allt på denna plats kändes främmande för mig, och det förstärkte bara min känsla av att vara vilsen, min känsla av att inte höra hemma.

Jag hade tillbringat hela mitt liv med att tjäna faeriket och kämpat för att skydda det från både inre och yttre hot. Jag hade vänner där, människor jag brydde mig om, och jag kunde inte bara överge dem. Maeve kanske inte längre hade min lojalitet, men jag kände fortfarande ett ansvar för mitt folk, för mitt hemland. Jag ville veta vad Maeve hade för sig, vilka hennes planer var. Jag ville förstå varför hon hade allierat sig med Set, och vad hon hoppades vinna på det. Jag behövde veta vad som hände där hemma, förstå Maeves planer och omintetgöra dem om jag kunde.

Mina rörelser blev mer flytande, aggressivare, när jag kanaliserade min frustration och ilska in i striden. Jag sparrades inte längre bara med Hadraniel; jag kämpade för något mer, något djupare. Jag kämpade för mitt hem, för mitt folk, för mina vänner. Jag kämpade för att bevisa mig, för att visa att jag fortfarande var en kraft att räkna med. Jag kämpade för att visa att jag inte skulle underskattas, att jag var en formidabel krigare, en kunglig riddare hos faerna.

Jag kunde se ansträngningen i Hadraniels ansikte när han kämpade för att hänga med mig. Jag pressade honom till hans gränser, testade hans färdigheter. Jag bevisade mitt värde, insåg jag, visade honom och de andra änglarna att jag inte skulle underskattas.

Jag kunde känna svetten sippra nerför min rygg, min hud glänste av den, och jag kunde se samma svett i Hadraniels ansikte, hans min präglad av intensiv koncentration.

Ett illmarigt leende krökte mina läppar när jag bestämde mig för mitt nästa drag. Jag hade alltid varit en listig kämpe, som använt mitt förstånd lika mycket som min styrka, och jag såg ingen anledning att ändra på det nu. Jag flyttade min ställning subtilt och lät Hadraniel se en svag glimt i mitt öga som signalerade en fint.

Jag fintade åt vänster, mina stövlar skrapade lätt mot stenen när jag rörde mig, ljudet ekade på innergården och drog Hadraniels fokus till fel sida. Med en vridning på handleden slog jag till höger, min klinga skar genom luften med dödlig precision. Med klingans flatsida slog jag med all min kraft mot insidan av Hadraniels handled.

Hans ögon vidgades av förvåning när hans grepp vacklade och hans vapen skramlade till marken. En våg av applåder kom från åskådarna, några av änglarna nickade i erkännande av min skicklighet.

Jag stod rak, mitt svärd glimmade i solljuset, svett glänste på min panna medan jag kort solade mig i min seger.

Hadraniels ansikte var för ett ögonblick en mask av chock, sedan stelnade han till, lade händerna mot varandra framför bröstet och bugade sig lätt för mig.

"Segern är din ... sir Alyster."

Det var första gången någon av änglarna förutom Aurelius hade kallat mig vid mitt namn istället för det nedsättande klingande *fae*, än mindre placerat den ridderliga hederstiteln framför det. Jag bjöd på ett genuint leende, stoppade ner svärdet i skidan och sträckte fram min hand för att skaka hans.

"Tack för matchen, Hadraniel. Jag har inte haft en så bra sparringsession på länge."

Men spänningen från sparringmatchen höll redan på att falna medan Hadraniel skakade min hand, och lämnade mig med en känsla av tomhet igen. Fristaden var inte min plats, inte mitt hem.

Änglarnas röster var ett avlägset sorl när jag stod där, försjunken i tankar. Allt på denna plats kändes främmande för mig, och jag kände en djup känsla av att vara vilsen, av att inte höra hemma.

Striden hade åtminstone känts bekant. Jag var en krigare, en riddare från faeriket, och strid låg i mitt blod. Klingornas klang, svärdens dans, stridens spänning – det var saker jag förstod, saker jag var bra på. Men här, i Fristaden, var jag ingenting. Jag hade ingen roll, inget syfte. Jag var en främling i ett främmande land, och jag hörde inte hemma.

Jag såg mig omkring på innergården, tog in den kalla stenen under fötterna, det skarpa solljuset, änglarnas obekanta ansikten. Jag hörde inte hemma här, och inte nog med det, jag behövdes på annat håll.

Änglarna skingrades, deras träningspass var över för dagen. Jag dröjde mig kvar på innergården en stund, lät solljuset värma min hud, kände den svala brisen i ansiktet, gräset under mina fötter. Jag visste vad jag var tvungen att göra. Jag var tvungen att återvända till faeriket, för att ta reda på vad Maeve hade för sig och stoppa henne om jag kunde. Jag var tvungen att skydda mitt folk, mina vänner, mitt hemland.

Jag var tvungen att prata med Careena och Rafail, berätta för dem om mitt beslut. Men inte än. Tills vidare skulle jag hålla mina tankar för mig själv, mina planer för mig själv. Jag skulle agera när tiden var rätt, och inte innan.

Med en sista blick över innergården vände jag mig om och gick därifrån, med tankarna redan fulla av planer och möjligheter.

# KAPITEL ÅTTA
## RAFAIL

JAG GNED MIG ÖVER tinningarna för att försöka lindra huvudvärken som hade plågat mig i flera dagar. Fristaden var tänkt att vara en plats för vila, men för oss som inte var änglar var den ansträngande. Jag saknade skogarna som jag hade gjort till mitt hem, och jag kunde se att Alyster också var obekväm. Faeriddaren, som vanligtvis var redo med en spydighet eller en sarkastisk kommentar, hade tystnat. Vi såg inte mycket av Careena, som tillbringade all sin tid begravd i biblioteket med Aurelius, där de två desperat letade efter ett sätt att hindra Set från att bryta sig ut ur sitt fängelse och sprida förödelse.

Dörren till kammaren knarrade och in steg de två änglarna jag just hade tänkt på, och Aurelius silvervingar glänste i lampskenet. Careenas mörka hår glänste i böljande obsidiansvarta vågor mot hennes midnattsmörka hy. Som alltid kunde jag inte slita blicken från henne.

De hade kommit på mig när jag låg på sängen och kastade upp en liten boll och fångade den igen, uttråkad till vansinne av allt väntande. Deras ansiktsuttryck sade mig dock att de var här i ett allvarligt ärende, och jag satte mig käpprakt upp, medan bollen föll ner bortglömd på madrassen bakom mig.

"Rafail, vår forskning har gett några spännande resultat", tillkännagav Aurelius utan omsvep, med sin vanliga stränga röst. "Vi kan ha funnit ett sätt att skydda er från Sets inflytande."

Mitt hjärta hoppade över ett slag. Kunde det vara möjligt? Att för evigt bli fri från den mörka gudens skugga?

Careena måste ha känt mitt stigande hopp. Hon lade en varsam hand på min arm och hennes midnattsmörka ögon mötte mina. "Det är fortfarande teoretiskt på det här stadiet. Och det finns risker ...", tvekade hon.

Jag svalde tungt. Självklart fanns det risker. När hade något i mitt liv någonsin varit enkelt eller säkert? Men löftet om befrielse var en sirensång som jag inte kunde ignorera.

"Berätta för mig", krävde jag, och min röst lät hes. Jag harklade mig. "Vad det än är, så vill jag veta."

Aurelius nickade allvarligt. "Vi föreslår att vi använder himmelsk magi i ett försök att kapa bandet som binder er till Set. Om det lyckas skulle det hindra honom från att besätta er kropp, även om han återfår sin frihet. Cirkeln skulle behöva skapa en ny värd, vilket skulle vara svårt eftersom de inte längre har trollboken."

Jag drog ett skakigt andetag innan en plötslig, isande tanke slog mig. Jag såg ner på mina händer, på kroppen som hade varit både en förbannelse och en gåva.

"Och mina hamnskiftarförmågor?" frågade jag tyst, nästan rädd för att höra svaret. "Kommer jag att förlora dem också? Kommer jag ..." Orden fastnade i halsen på mig. "Kommer jag att bli människa igen?"

Careenas hand hårdnade om min arm, och hennes beröring brände genom det tunna tyget i min skjorta. Jag kände tyngden av hennes blick på mig, men jag förmådde mig inte att möta den.

Inom mig rusade tankarna. Mitt hamnskifte hade varit en del av mig så länge nu, även om jag inte hade kunnat kontrollera det fullt ut förrän alldeles nyligen. Det hade räddat mitt liv fler gånger än jag kunde räkna. Tanken på att förlora det, på att inte vara mer än en vanlig man igen ... Den skrämde mig nästan lika mycket som tanken på att Set skulle ta kontroll.

Men om det var det enda sättet att hindra den mörka guden från att använda mig som sin marionett, hade jag då verkligen något val?

Aurelius min förblev oberörd, hans silverögon oläsliga. "Jag kan inte säga säkert", erkände han med neutral ton. "Ritualen är utformad för att kapa bandet mellan er och Set, men effekterna på era hamnskiftarförmågor är okända."

Han tystnade, och för ett ögonblick trodde jag att jag såg ett svagt skimmer av något i hans blick. Sympati, kanske? Men det var borta innan jag hann bli säker, ersatt av hans vanliga stränga fasad.

"Detta är okänd mark, Rafail, till och med för Aurelius", sa Careena mjukt. "Vi har att göra med uråldrig, mäktig magi. Det kan få oförutsedda konsekvenser."

Jag svalde tungt, plötsligt torr i munnen. *Oförutsedda konsekvenser.* Orden ekade i mitt sinne, och varje ord lade sig som en tung vikt på mina axlar.

Jag tänkte på alla gånger mitt hamnskifte hade tagit mig ur knepiga situationer, på alla sätt det hade blivit en väsentlig del av den jag var. Kunde jag verkligen ge upp det?

Kunde jag gå tillbaka till att bara vara Rafail, människan, efter all denna tid?

Men jag kunde inte riskera att bli Sets marionett, ett verktyg för hans ondska. Om priset jag var tvungen att betala för att stoppa honom var att förlora mitt hamnskifte, så fick det bli så.

Jag rätade på axlarna och mötte Aurelius blick rakt på. "Jag förstår", sa jag, och min röst lät stadigare än jag kände mig. "Om det är det enda sättet att stoppa Set, så är jag villig att ta den risken."

Careena sträckte fram händerna och kupade mitt ansikte. "Rafail", viskade hon, med rösten tjock av känsla. "Du är den modigaste man jag någonsin har känt."

Jag lutade mig mot hennes beröring och njöt av känslan av hennes hud mot min. I det ögonblicket ville jag inget hellre än att förlora mig i hennes famn, att glömma Set och ritualen och den ovisshet som låg framför mig.

Men det kunde jag inte. Inte än.

Jag drog försiktigt bort hennes händer och höll dem i mina. "Jag är inte modig, Careena", sa jag och ritade cirklar med tummen i hennes handflata. "Jag gör bara det som måste göras."

Hon skakade på huvudet och ett litet leende lekte i hennes mungipor. "Nej, Rafail. Du väljer att sätta andras behov före dina egna. Det är själva definitionen av mod."

Innan jag hann svara drog hon in mig i en hård omfamning. Jag slog armarna om henne och borrade in ansiktet i hennes halsgrop. Hennes doft omslöt mig, en berusande blandning av jasmin och stjärnljus som fick mitt huvud att snurra.

Jag andades in djupt och memorerade känslan av Careena i mina armar, doften av hennes hår, mjukheten i hennes hud. Om detta skulle bli vår sista omfamning ville jag minnas varje detalj.

"Careena", viskade jag, med rösten sträv av känsla. "Om det här inte fungerar, om jag inte är ... densamma efteråt, så måste du veta-"

Hon drog sig tillbaka och lade ett finger över mina läppar. "Gör inte det", sa hon, med ögonen skimrande av ohöljda tårar. "Säg inte hejdå. Det här kommer att fungera. Det måste."

Jag ville tro henne, ha hennes övertygelse, men tvivlet gnagde i mig. Tänk om ritualen gick fel? Tänk om den, istället för att befria mig från Set, bara gav honom en väg att gripa kontrollen?

Som om hon kände mina tankar kupade Careena mitt ansikte i sina händer och tvingade mig att möta hennes blick. "Jag tror på dig, Rafail. På oss. Oavsett vad som händer kommer det inte att förändras."

Jag svalde tungt och nickade. "Jag älskar dig", sa jag, och orden kändes på något sätt otillräckliga för att uttrycka djupet av mina känslor.

Hon log och en enda tår rann nerför hennes kind. "Jag älskar dig också."

Med en sista, våldsam kyss steg jag tillbaka och rätade på axlarna. Det var dags. Ritualen kunde inte vänta längre.

Jag tog ett djupt andetag och försökte samla mig, hitta det lugn jag skulle behöva för att möta vad som än väntade.

Careena klämde min hand en sista gång innan hon gick för att ställa sig bredvid Aurelius. När de började mässa uråldriga ord på ett språk jag inte kände igen, slöt jag ögonen och förberedde mig på den smärta jag visste skulle komma.

Jag kände hur magin byggdes upp, ett tryck i luften som gjorde det svårt att andas. Den sprakade över min hud och fick håren på mina armar att resa sig.

Sedan slog den till, rammade mig med kraften från en framrusande lastbil. Jag vacklade till och höll mig upprätt enbart med ren viljestyrka. Smärta skar genom mig, varje nervände brann. Jag bet ihop tänderna för att inte skrika.

I malströmmen kände jag Sets närvaro, hans grymma munterhet. "Tja, det här är spännande", väste hans röst i mitt sinne. "Vilken användbar kropp."

Jag tryckte emot honom med all min kraft, men det var som att försöka hålla tillbaka tidvattnet. Långsamt, obönhörligt kände jag hur jag drogs under, hur min kontroll försvann.

Långt borta hörde jag Careena ropa mitt namn, hennes röst spetsad av rädsla och desperation. Jag försökte svara, att lugna henne, men jag kunde inte få min kropp att lyda. Den var inte längre min att befalla över.

Sets skratt ekade genom min skalle när jag kände min gestalt börja förändras, ben som flyttade sig och omformades. Päls växte fram längs min hud när jag föll ner på alla fyra.

*Nej!* samlade jag mig och kastade allt jag hade i ett sista, desperat försök att återta kontrollen. *Jag är Rafail Rubakis,* påminde jag mig själv bryskt. *Jag tänker inte låta dig vinna.*

Allt jag hörde var det där grymma skrattet, och det var något fel på min gestalt – det var inte den röda räv jag föredrog. Den var större, tyngre, med längre ben, spetsigare nos, gyllene päls istället för röd ... en schakal, insåg jag vagt när mitt medvetande började blekna.

Jag kände Sets mörka närvaro strömma genom mitt sinne som en ostoppbar flodvåg. Hans illvilliga skratt ekade i min skalle och dränkte alla andra tankar.

"Tror du verkligen att du kan stå emot mig, dödlig?" dundrade Sets röst. Jag kände hans enorma kraft, uråldrig och fruktansvärd, som hotade att krossa min egen vilja.

Jag försökte kämpa emot, att knuffa ut honom, men det var som att försöka hålla tillbaka havet med bara händerna. Sets styrka var överväldigande, mycket större än något jag någonsin hade stött på. Rädslan steg i halsen och nästan kvävde mig.

Desperat klamrade jag mig fast vid min självuppfattning, vid minnena av vem jag var – Rafail, hamnskiftaren, överlevaren. Men Sets mörker var obevekligt och eroderade min identitet för varje sekund som gick.

"Du är ingenting", väste Set. "Ett kärl för min vilja, en bonde i mitt spel."

Jag ville skrika, förneka hans ord, men jag kunde inte hitta min röst. Det var som om Set hade stulit själva luften ur mina lungor. Jag var hjälplös, fången i mitt eget sinne medan kaosguden tog kontroll.

Aldrig i mitt liv hade jag känt mig så maktlös, så fullständigt skräckslagen. Sets illvilja sköljde över mig i kvävande vågor, och jag kände hur jag gled iväg, hur jag förlorade kampen om min egen själ.

Var det så här det skulle sluta? Skulle jag, efter allt jag hade uthärdat, varje prövning jag hade övervunnit, helt enkelt raderas, uppslukas av en uråldrig ondska? Tanken var outhärdlig, men jag kunde inte se någon utväg.

Sets skratt blev högre, mer triumferande, när han kände min förtvivlan. Schakalgestalten han hade tvingat fram ur mig vreds och förvrängdes under hans inflytande och blev en mardrömslik varelse av skugga och raseri.

Jag hade aldrig varit en troende man, men i det ögonblicket fann jag mig själv bedjande – till vilken gud som helst som ville lyssna, till vilken kraft som helst i universum som kunde erbjuda frälsning. För om jag inte kunde hitta styrkan att slå tillbaka, att återta mitt eget sinne och min egen kropp, då var allt hopp förlorat.

Även när Sets mörker hotade att helt och hållet uppsluka mig, klamrade jag mig fast vid en sista, desperat tanke: att jag på något sätt, mot alla odds, skulle hitta ett sätt att överleva detta. Att Rafail Rubakis inte skulle raderas så lätt. Det var ett bräckligt hopp, men det var allt jag hade kvar.

Genom dimman av Sets överväldigande närvaro fick jag glimtar av det kaos som utspelade sig runt omkring mig. Careena och Aurelius, med ansikten präglade av beslutsamhet, släppte lös en störtflod av himmelsk magi mot den mörka guden. Explosioner av bländande ljus och brännande hetta utbröt i kammaren, men Set bara skrattade och skakade av sig deras attacker som regndroppar.

"Dumma änglar", hånade han genom min mun, min röst förvriden till något grymt och hånfullt. "Ni kan inte hoppas på att mäta er med min kraft!"

Men de gav inte upp. De satsade allt de hade i kampen, deras magi sammanflätad i en bländande uppvisning av rå kraft.

Sedan föll min blick på Alyster, som stod lugn och redo vid utkanten av striden med sitt svärd i handen. Hans silverögon mötte mina, och i det ögonblicket förstod jag vad han tänkte göra. Vad han var beredd att göra, om allt annat misslyckades.

Tacksamhet vällde upp inom mig, även när mitt hjärta knöt sig av en djup sorg. Alyster, min vän, min vapenbroder. Han skulle göra det som måste göras för att stoppa Set. För att stoppa mig. Det var en börda jag aldrig skulle önska någon, men jag var glad att det var han. Han var stark nog att bära den.

Jag försökte förmedla allt detta med en enda blick, i hopp om att han kunde läsa de outtalade orden i mina ögon. *Tack. Jag är ledsen. Gör vad du måste.*

Sedan störtade Sets vilja över mig än en gång, och jag drogs tillbaka ner i djupet av mitt eget sinne. Världen bleknade bort, ersatt av ett oändligt tomrum av mörker och förtvivlan.

*Så det är så här det slutar,* tänkte jag, när de sista resterna av mitt medvetande började glida iväg. *Inte med en smäll, utan med ett kvidande.* En sista, ironisk observation, ett avslutande skämt med mörk humor inför förintelsen.

Jag stålsatte mig för slutet, för ögonblicket då Alysters klinga skulle träffa sitt mål. Jag bad att det skulle gå snabbt, att mina vänner skulle besparas det värsta av efterspelet. Och jag bad att de, på något sätt, skulle finna ett sätt att förlåta mig för att jag svikit dem.

När jag vacklade på randen till förintelse klamrade jag mig fast vid en sista, flyktig tanke: *Careena.* Jag hade aldrig älskat någon på det sätt jag älskade henne; med kropp och själ. Jag skulle göra vad som helst för henne. Vad som helst. Till och med dö.

*Vad är detta, dödlig?* ekade Sets röst genom tomrummet, lika delar hånfull och förbryllad. *Denna känsla du känner? Din aktiva önskan att offra ditt liv för en annans skull? Ni dödliga var alltid underliga varelser, men detta ...*

Jag kunde känna hans förvirring, hans oförmåga att förstå begreppet kärlek, eller självuppoffring. För en odödlig gud måste tanken på att frivilligt ge sitt liv verka fullständigt främmande.

*För att vissa saker är värda att dö för*, svarade jag, min mentala röst knappt en viskning. *För att jag inte tänker låta dig använda mig för att skada de människor jag älskar.*

För ett ögonblick var det tyst. Sedan, otroligt nog, kände jag hur Sets grepp om mitt sinne lossnade en aning. Det var inte mycket, men det var tillräckligt. En liten strimma av hopp i mörkret.

Jag tog tillfället i akt och samlade ihop de trasiga resterna av min viljestyrka. Jag fokuserade på Careena, på Alyster, på Aurelius – på alla människor som hade stått vid min sida, kämpat för mig, trott på mig. Jag hämtade styrka från deras kärlek, deras lojalitet, deras orubbliga tro.

Och sedan, med ett vrål som skakade grundvalarna i mitt väsen, tryckte jag tillbaka mot Sets inflytande. Jag kände änglarnas himmelska magi strömma genom mig, stärka mina ansträngningar, driva den mörka guden ur mitt sinne.

Det var en viljornas kamp, en strid om själva essensen av vem jag var. Men i slutändan kunde det bara finnas en segrare.

Med en sista, desperat ansträngning drev jag ut Set från mitt medvetande. Jag kände hur min kropp skiftade, förändrades, och återgick till sin mänskliga form.

Jag var Rafail Rubakis igen. Misshandlad, mörbultad, men inte bruten.

Jag kollapsade på det kalla stengolvet, med lemmar som skakade av utmattning. Varje muskel värkte, varje andetag sved i mina lungor. Men jag levde. Jag var mig själv.

Genom en suddig syn såg jag Careena rusa till min sida. Hon knäböjde bredvid mig, hennes händer varsamma när hon lade mitt huvud i sitt knä. "Rafail", viskade hon, och kärleken i hennes röst var ett balsam för min sargade själ.

Jag försökte tala, men min hals var rå och orden fastnade. Jag svalde tungt och försökte igen. "Är det ... är det över?"

Alyster dök upp i mitt synfält, hans silverögon glittrade av lättnad, svärdet tillbaka i sin skida. "Du klarade det, Rafail. Du besegrade honom."

Jag drog ett skälvande andetag och vågade knappt tro det. Set var borta, driven från mitt sinne av styrkan i min vilja och kraften i änglarnas magi. Men segern hade kommit till ett pris.

Jag kämpade för att sätta mig upp och grimaserade när min kropp protesterade mot rörelsen. Careena hjälpte mig, hennes arm om mina axlar en stadig närvaro. Jag såg på Aurelius, nästan rädd för att ställa frågan som brände i mitt sinne.

"Mina ... mina krafter", raspade jag. "Är de ...?"

Aurelius betraktade mig allvarligt, hans uttryck oläsligt. "Jag vet inte", erkände han. "Bara tiden kan utvisa om den himmelska magin har förändrat era hamnskiftarförmågor."

Jag nickade och en känsla av bister acceptans lade sig över mig. Oavsett resultatet visste jag att jag hade gjort rätt val. Även om det innebar att leva resten av mitt liv som en vanlig människa, var det ett litet pris att betala för att ha stoppat Set.

Vänta.

*Stoppade* vi Set?

"Är bandet brutet?" frågade jag, plötsligt skräckslagen för svaret.

Aurelius tvekade ett långt ögonblick, och sedan, långsamt, skakade han på huvudet.

Mitt förtvivlade skrik fick takbjälkarna att skaka.

# Kapitel nio

## Careena

Mina vingar darrade när jag stod mitt i efterdyningarna av den misslyckade ritualen. Rummet var dunkelt upplyst, luften tjock av doften av brända örter och kvardröjande magi. Mina händer, som vanligtvis var så stadiga, skakade när jag stirrade på Rafail, medan fasa och skuld kämpade inom mig.

Jag hade varit så säker på att det skulle fungera. Så säker på att vi kunde skilja honom från Sets magi.

Rafail skrek av smärta, raseri och ursinne; han kastade huvudet bakåt i vad som nästan var ett ylande. Alyster stod bredvid med handen fortfarande på svärdsfästet, och Aurelius sänkte sitt silverhåriga huvud med tydlig ånger i ansiktet över vårt misslyckande.

”Rafail ...”, viskade jag med en röst som var mjuk och fylld av skuld. Jag sträckte mig mot honom, men han ryggade undan, och hans ögon flammade av smärta och ilska.

”Rör mig inte”, väste han med rå röst. ”Bara ... rör mig inte.”

Jag lät handen falla och kände tyngden av vår gemensamma börda. ”Jag är ledsen”, sa jag tyst. ”Jag trodde att det skulle fungera. Jag trodde ...”

"Du trodde fel", sa Rafail hårt. Han slöt ögonen och tog ett djupt andetag. "Förlåt. Jag vet att du menade väl. Men ... det fungerade inte."

"Nej." Jag svalde tungt. "Det gjorde det inte. Men vi ska hitta ett annat sätt. Jag lovar dig."

Rafail öppnade ögonen och såg på mig. "Jag hoppas du har rätt", sa han tyst.

Jag sträckte mig mot honom igen, och den här gången drog han sig inte undan. Jag rörde försiktigt vid hans kind och kände värmen från hans hud. "Det ska vi", sa jag mjukt. "Det ska vi."

Rafails ögon smalnade en aning och hans blick hårdnade när han studerade mig. Hans käke spändes, och jag kunde se frustrationen i de strama dragen i hans ansikte, i sättet hans läppar pressades samman till ett tunt streck. En liten suck undslapp honom, nästan ohörbar i det dunkla ljuset och rummets skuggor.

"Jag lämnar er nu", sa Aurelius tyst, och jag kastade en överraskad blick på honom, då jag hade glömt att han var där. Väktaren såg bekymrad ut, med rynkad panna och hängande silvervingar. "Jag ska försöka ta reda på vad som gick fel, Rafail. Vi ska ställa det här till rätta. På något sätt."

Rafail nickade ryckigt, men jag kunde se hans skepsis och smärta. Aurelius gick och dörren stängdes bakom honom med ett ljudligt klick i tystnaden.

Rummet var dunkelt, skuggor samlades i hörnen och fördjupade den intima stämningen. Tystnaden var tung, fylld av outtalade känslor, och jag gick närmare Rafail, min beröring var mild, trevande. Jag kände mig skyldig, medveten om att jag hade orsakat honom smärta, och mina fingrar snuddade lätt vid hans arm.

Rafail ryckte till, hans kropp spänd, hans uttryck vaksamt. Jag kunde se ilskan i hans ögon, smärtan, och jag tvekade, osäker på om jag skulle fortsätta. Men Alyster iakttog oss, hans silverögon lugna, och han sträckte ut handen och lade den lätt på Rafails axel.

"Det är ingen fara", sa Alyster tyst. "Låt oss hjälpa dig."

Rafails blick for till honom, och jag såg hur spänningen i hans axlar lättade en aning. Han såg tillbaka på mig, och jag såg konflikten i hans ögon, vaksamheten. Men han drog sig inte undan, och jag tog det som tillåtelse att fortsätta.

Jag lutade mig in, mina läppar snuddade vid hans kind, och jag kände honom rysa till. Hans hud var varm under min beröring, och jag lät mina fingrar glida nerför hans arm och kände styrkan i hans muskler. Alysters hand gled nerför Rafails rygg, hans beröring var lugnande, och jag kände hur spänningen i Rafails kropp lättade lite mer.

Luften var laddad med spänning, med åtrå, och jag kunde känna hettan från Rafails kropp, värmen från Alysters. Jag kunde känna deras känslor, den outtalade kommunikationen mellan oss, och jag lät mina fingrar glida in under Rafails skjorta och känna den släta huden på hans rygg.

Rafail drog efter andan, och jag kände en våg av medkänsla för honom. Han hade gått igenom så mycket, och jag ville hjälpa honom, lindra hans smärta. Jag lutade mig in, mina läppar snuddade vid hans öra, och jag kände honom rysa till igen.

"Låt oss hjälpa dig", viskade jag med mjuk röst. "Låt oss ta bort smärtan."

Rafails ögon mötte mina, och jag såg kampen i hans blick, konflikten. Men han nickade, och jag kände en våg av lättnad. Jag lutade mig in, mina läppar snuddade vid hans, och jag kände honom svara, hans kyss var först tveksam, sedan mer självsäker.

Jag lät mig försvinna i stunden, i känslan av deras kroppar, värmen från deras hud. Men mina tankar var fortfarande distraherade, de kretsade fortfarande kring Set, kring hotet han utgjorde.

Jag trängde undan tankarna och fokuserade på nuet, på känslan av Rafails läppar mot mina, hettan från hans kropp.

Hettan från Rafails hud var en skarp kontrast till den svala luften i rummet, och hans värme trängde in i mig när jag pressade mig närmare.

Alysters händer gled nerför min rygg, hans beröring var lugnande, och jag kände en våg av tacksamhet för honom. Han var alltid så lugn, så stadig, och jag lutade mig mot honom och lät hans närvaro förankra mig. Rafails händer vilade på mina höfter, hans grepp var fast, och jag kunde känna spänningen i hans kropp, hur han höll sig tillbaka. Jag ville lugna honom, säga honom att det var okej, men jag var inte säker på vad jag skulle säga. Jag var inte säker på vad han behövde av mig. Vad det än var skulle jag ge honom det. Vad han än ville ha.

Medan våra kroppar rörde sig i samklang försökte jag tränga undan mina bekymmer och fokuserade istället på förnimmelserna som pulserade genom mina ådror. Rafails läppar lämnade mina och lämnade ett spår av heta kyssar nerför min hals, vilket skickade rysningar längs min ryggrad. Alysters händer vandrade över mina kurvor och utforskade varje centimeter av min kropp som om han memorerade den.

”Careena”, flämtade Alyster i mitt öra, hans röst tjock av åtrå. ”Du känns ... otrolig.”

Jag kunde inte finna orden för att svara. Istället svankade jag med ryggen och bjöd in till mer av hans beröring. Spänningen i rummet var påtaglig när vi tre gav efter för våra begär.

Trots sin passion kunde jag se att Alyster höll tillbaka och lät Rafail ta ledningen. Ta vad han behövde.

Rafails kyssar var som flytande eld, de tände varje nerv i min kropp. Han var lika begåvad i intimitet som i kaos, och jag kunde känna kriget som rasade inom honom. Det gav bara näring åt min önskan att lugna honom, att visa honom att han inte var ensam, att detta heliga utrymme mellan oss var en fristad från tyngden av våra bördor.

”Rafail”, flämtade jag och drog mig tillbaka en aning för att möta hans blick. ”Vad som än har hänt kommer vi att möta det tillsammans.”

Till min förvåning lyckades han frambringa ett skört leende genom känslostormen, hans uttryck mjuknade precis tillräckligt för att avslöja en glimt av mannen jag hade kommit att älska. Han lutade sig närmare, och jag kunde känna spänningen i hans kropp avta en aning, ett oförställt ögonblick som visade hans tillit.

”Vi gör det här tillsammans”, bekräftade Alyster, hans röst stadig som marken efter en storm. ”Ingen av oss behöver axla tyngden av allt detta ensam.”

Den ofiltrerade uppriktigheten i hans ord vecklade ut något djupt inom mig – en påminnelse om att vi var sammanflätade i denna märkliga, tumultartade resa.

Jag kunde känna hur känslostormen som rasade inom Rafail sakta lade sig, och han flyttade sig närmare och vilade sin panna mot min. ”Jag vill bara inte ... Jag vill inte förlora någon av er till mörkret, till Set”, erkände han, och sårbarheten bröt igenom det trots som vanligtvis dolde honom.

Jag kunde känna kriget inom honom, kampen mellan hans smärta och längtan efter närhet. Jag slog armarna om hans nacke och drog honom närmare, ville vara balsam för hans sår, ville visa honom att det fortfarande fanns värme att finna trots det kaos som bryggde utanför.

"Du behöver inte hålla tillbaka", mumlade jag mot hans läppar och fångade hans blick med min. "Inte med oss, inte längre."

Han drog efter andan, och för ett ögonblick flimrade osäkerhet över hans anletsdrag. Tvivlets skuggor klamrade sig fortfarande fast vid honom, men Alysters stadiga närvaro vid vår sida verkade ge den styrka han behövde. Vi var här, och vi var enade, vi tre sammanflätade i en delikat dans av intimitet och helande.

Rafail tvekade bara ett hjärtslag innan han drog mig djupare in i sin famn, hans läppar snuddade återigen mot mina och tände en låga som fördrev de kvardröjande skuggorna av förtvivlan. Jag kände honom ge efter för stunden, spänningen i hans kropp försvann när han lät sig uppslukas av fristaden i vår närhet.

Alltför snart stillnade våra andetag och våra hjärtan saktade ner. Rummet blev tyst förutom våra ansträngda andetag, och efter en liten stund tystnade även de. Både Alyster och Rafail sov snart, mätta.

Jag låg stilla, min kropp inbäddad mellan Alyster och Rafail, men mina tankar var långt borta. Rummet var dunkelt, det omgivande ljuset kastade skuggor över väggarna, ett svagt sken från månen genom fönstret. Värmen från Alysters bröst mot min kind och Rafails andedräkt på min hals kontrasterade mot kylan från mina bekymmer.

Sängen knarrade lätt när jag rörde på mig, mina ögon följde skuggornas mönster i taket. Mina tankar ville inte sluta snurra. Ansvarets tyngd pressade tungt på mig, en blytung börda som fick mina axlar att värka.

Jag hade mycket att tänka på. Jag hade dragit in Alyster och Rafail i min kamp med Set, och nu var de i lika stor fara som jag. Kanske större. Jag må ha fallit från nåden, men jag var fortfarande en ängel, skyddad av Härskaran. De var mycket mer sårbara.

Min blick for till fönstret, mörkret utanför en spegelbild av kaoset i mitt sinne. Hur skulle jag kunna besegra Set och befria Rafail från förbannelsen som band honom? Aurelius hade misslyckats med att skilja Sets magi från Rafails själ. Vilka andra alternativ hade vi?

Jag knöt nävarna, mina vingar ryckte av oro. Värmen från de två männen bredvid mig kontrasterade mot kylan från mina bekymmer.

Rafail hade lidit så mycket. Han förtjänade bättre än att vara besatt av en uråldrig gud. Även om förbannelsen hade lagts på honom innan jag ens var född, hade jag fullbordat den, i den oskyldiga tron att jag lindrade hans lidande genom att göra det möjligt för honom att skifta smärtfritt och efter behag. Istället hade jag tagit ett steg närmare att fullborda Sets plan. Jag kunde inte låta bli att känna att det var mitt fel.

Jag var tvungen att hitta ett sätt att besegra Set, att befria Rafail från förbannelsen som band honom. Men hur?

Sömnen kom motvilligt och drog mig från sängens tröstande värme in i den kalla, tryckande atmosfären i Sets fängelse. Luften var tjock och tung, vilket gjorde det svårt att andas, och skuggorna tycktes pulsera med ett eget liv. Det fanns inget ljud, ingenting annat än den kusliga tystnaden.

Jag stod stilla, med hjärtat bultande i bröstet, och såg mig försiktigt omkring i fängelset. Väggarna var mörka och hotfulla, och de tycktes pulsera med en ondskefull energi. Sets kraft.

Det var en tryckande plats, men jag var oberörd av mörkret. Mitt inre ljus förblev ofläckat, mina vingar ett svagt skimmer av regnbågsfärger i dysterheten.

Jag hade utforskat Sets fängelse många gånger sedan jag blev fördömd att dela hans drömmar, och jag kände det väl. Jag stod på en liten balkong och såg ner i huvudkammaren. Jag kunde se Set gå fram och tillbaka under mig, hans uttryck rasande.

Tystnaden i Sets fängelse var nästan påtaglig, en tjock, kvävande filt som tycktes dämpa till och med ljudet av min egen andning. En muskel ryckte i min käke när jag kämpade för att hålla mina andetag ytliga och kontrollerade, varje andetag en kamp mot den tryckande luften. I den dödstysta stillheten kunde jag höra de svagaste ljud – blodet som forsade i mina öron, min snabba puls och det låga, rovdjurslika morrandet Set gav ifrån sig när han strövade genom sitt fängelse.

Jag rörde mig inte. Om jag hade varit dödlig hade jag kanske skakat av rädsla, men nu var jag stilla och tyst, min kropp stel, varje muskel låst. Det minsta ljud kunde varna Set om min närvaro, och jag var medveten om att jag höll andan. Jag andades ut i små, ytliga pustar och tvingade min kropp att förbli avslappnad och stilla.

Spänningen i luften var tjock, nästan påtaglig, och jag kunde känna tyngden av Sets närvaro pressa ner mig. Skuggorna i rummets hörn tycktes pulsera med hans ilska, flimrande och skiftande som om de levde. Väggarna själva tycktes sluta sig om mig, den tunga stenen var tryckande och kvävande.

Sets rörelser var snabba och graciösa, hans kropp en märklig blandning av människa och djur. Hans långa, spetsiga nos ryckte till när han sniffade i luften, och jag undrade om han kunde känna min lukt. Jag vågade inte ens sträcka mig efter hans sinne, av rädsla för att varna honom om min närvaro.

Jag kunde känna svetten rinna nerför min ryggrad, de svala dropparna glida mellan mina skulderblad. Mina vingar var spända, musklerna hopknutna, och jag tvingade mig att slappna av dem, att låta mina fjädrar ligga platt mot min rygg. Mitt hjärta bultade i bröstet, men jag tvingade mig att förbli stilla, att förbli tyst.

Tystnaden var en levande sak som tryckte ner mig, och jag kunde känna hans ilska som en fysisk kraft som pressade mot mig och gjorde det svårt att andas. Varje andetag kändes som att suga in bly, och jag kämpade mot lusten att hosta, att rensa mina lungor.

Jag vet inte hur länge jag stod där och såg Set gå av och an, men det kändes som en evighet. Mina muskler värkte av ansträngningen att förbli stilla, min kropp kämpade mot min egen självkontroll. Men jag visste att om jag rörde mig, om jag gav ifrån mig ett ljud, skulle Set veta att jag var där, och det kunde jag inte riskera.

Spänningen i luften var nästan outhärdlig, och jag längtade efter att röra mig, att fly från den tryckande atmosfären i Sets fängelse. Men jag visste att om jag gjorde det, kunde jag gå vilse, fast i en plats där jag inte hade någon makt, ingen kontroll. Så jag förblev stilla, förblev tyst, med ögonen låsta på Sets ansikte, min kropp stel av rädsla och beslutsamhet.

Jag behövde inte sträcka mig efter hans sinne för att veta vad han tänkte. Han var arg, rasande över att han hade varit så nära att vinna sin frihet i en ny kropp – Rafails kropp – bara för att bli hindrad i sista stund.

Set slutade plötsligt att gå av och an och började mässa en besvärjelse. Vad höll han på med? Allt Aurelius hade berättat för mig sa att Sets fängelse var ogenomträngligt för magi. Att använda den skulle inte få ut honom härifrån, så vad försökte Set göra?

Skuggorna på väggen började röra sig och pulsera av energi. Jag kunde känna rytmen, känna mitt eget hjärtslag synkronisera med den. Luften började skimra, svagt först för att sedan bli nästan påtaglig, en slöja av energi som förvrängde utrymmet runt Set.

Ändå förblev jag tyst, gömd. Om Set insåg att jag var här, om han kände av mig ... Jag visste inte vad han skulle göra. Jag ville inte ta reda på det.

Besvärjelsen var kort, och Sets röst var ett lågt, väsande ljud. Kraften i orden fick min hud att sticka, fick håret på mina armar och i nacken att resa sig. Mina vingar ryckte till, och jag tvingade dem att vara stilla, tvingade mig själv att förbli orörlig.

Luften skimrade runt Set, en ridå av energi som dolde honom från min åsyn. Jag kunde känna kraften i luften, känna magin vibrera genom mina ådror. Det var berusande, en omtumlande känsla som fick mig att vilja sträcka ut handen, att röra vid energin, att smaka på den.

Men det gjorde jag inte. Jag förblev stilla, tyst och såg på medan luften skimrade och pulserade av Sets magi.

Luften runt Set skimrade igen, som ett värmedis, och en av väggarna i hans fängelse förändrades, blev som en spegel. Och i spegeln dök ett annat ansikte upp.

Drottning Maeve.

Maeve var praktfull, hennes långa, röda hår forsade ner-för hennes rygg från under hennes gyllene krona, hennes smaragdgröna ögon glittrade av illvilja. Hon bar en skim-rande grön och gyllene klänning, tyget smet åt hennes kurvor, och hon såg ut precis som en faedrottning. Hennes skönhet var så perfekt att det nästan var smärtsamt att se på henne.

Det fanns ingen underdånighet i hennes blick när hon såg på Set, ingen antydan till underkastelse.

”Herre Set.” Hennes röst var kylig, lugn. ”Ni kallade på mig.”

Sets läppar drogs tillbaka i ett morrande. ”Glöm inte din plats, Maeve. Du tjänar mig.”

Maeves ögon glittrade, men hon böjde knä för honom och sänkte sitt huvud. ”Självklart, min herre.”

”Bra.” Sets leende blev bredare, och hans blick for åt sidan, som om han såg på något jag inte kunde se. ”Du ska bli min gudinna-drottning, Maeve. Du ska härska vid min sida, över alla världar.”

”Ja, min herre.” Maeves ögon glittrade av en blandning av ilska och upphetsning. ”Hur kan jag tjäna er?”

”Du ska samla faearmén och föra den till mig.” Sets röst var ett morrande, och jag såg Maeves ögon smalna en aning.

"Jag är er lojala tjänare, min herre Set." Maeves röst var len, men jag såg hur hennes ögon fladdrade, hur hennes läppar kröktes en aning. "Men faerna låter sig inte så lätt kommenderas. Det kommer att ta tid att samla dem."

"Du ska göra det." Sets röst var ett rosslande, och jag såg Maeves ögon vidgas igen, hennes läppar skildes åt i en flämtning. "Du ska föra dem till mig, och du ska knäböja inför mig som min gudinna-drottning."

Maeves ögon glittrade av ambition, och hon böjde på huvudet igen, hennes läppar kröktes i ett leende. "Som ni befaller, min herre Set."

Sets läppar kröktes i ett hånleende, och han sträckte ut handen, som passerade genom väggens spegelliknande yta. Maeves ögon vidgades, och hon tog ett steg tillbaka, hennes hand for till fästet på svärdet vid hennes sida.

"Glöm inte, Maeve", sa Set med ett lågt morrande, "att du är min. Du ska tjäna mig, eller så ska du dö."

Maeves ögon glittrade av ilska, men hon böjde på huvudet igen, hennes läppar kröktes i ett leende. "Jag ska tjäna er, min herre Set. Jag ska föra faearmén till er."

"Se till att du gör det." Sets röst var ett rosslande, och han drog tillbaka sin hand, och väggens spegelliknande yta krusade sig som om den vore vatten. Maeves bild skimrade och försvann sedan, och lämnade bara den mörka, tryckande tystnaden i Sets fängelse.

Mitt hjärta bultade, mina tankar rusade. Skulle Maeve samla faearmén och föra den till Set? Vad betydde det för oss? För världen?

Tystnaden omslöt mig på balkongen, luften tung av ett outtalat hot så att varje andetag kändes som att suga in bly. Set gick av och an under mig, hans rörelser rastlösa, nästan rovdjurslika, och hans skugga fladdrade mot de mörka väggarna, en märklig blandning av hund- och människoformer. Stillheten var kuslig, den sortens tystnad som fick varje hjärtslag att verka förstärkt. Jag kunde känna hans ilska som en fysisk kraft som pressade mot mig och gjorde det svårt att andas. Själva luften tycktes pulsera av hans raseri, och skuggorna fladdrade och dansade som om de levde.

Jag förblev stilla och tyst och iakttog honom. Om han visste att jag var där skulle han ha sträckt sig efter mitt sinne, hånat mig. Jag var fast besluten att inte varna honom om min närvaro.

Set mässade besvärjelsen för andra gången, och väggen skimrade igen. Den här gången var bilden som dök upp en vacker kvinna med långt, mörkt hår och genomträngande gröna ögon. Hon var klädd i en svart klänning som smet åt hennes kurvor, hennes läppar var målade i en djupröd färg. Jag kände genast igen henne. Selene, ledaren för den häxcirkel som hade haft besvärjelseboken och jagat Alyster, Rafail och mig över halva Europa för att få tillbaka den, och frammanat demoner och helveteshundar utan hänsyn till de oskyldiga människor som kom i korselden.

Häxans ögon lyste av upphetsning. Hon såg på Set med en blandning av rädsla och lusta, hennes läppar skildes åt som om hon skulle tala, men Set talade först.

”Selene.” Sets röst var kall, och jag kände en rysning längs ryggraden.

”Min herre.” Selene böjde på huvudet, hennes ögon glittrade av slughet.

Sets läppar kröktes i ett hånleende. ”Kärlet du förberedde åt mig är komprometterat. Det är inte säkert att jag kan bemäktiga mig det.”

Selenes blick skärptes. ”Skepnadsskiftaren, Rafail?”

"Ja." Sets röst var ett morrande. "Den änglalika energin inom honom är för stark. Den kan hindra mig från att ta hans kropp. Jag kräver att du förbereder ett annat kärl."

Selenes leende bleknade, och hon böjde på huvudet, men inte förrän jag såg en antydan till rädsla i hennes ögon. "Utan besvärjelseboken kan vi inte förbereda ett annat kärl. Men vi ska finna ett sätt, min herre. Vi ska inte svika er."

Sets raseri var en påtaglig sak, och jag kände det som en het fläkt. Skuggorna vred och krängde sig, och jag tog ett ofrivilligt steg bakåt, med hjärtat bultande i bröstet.

"Se till att ni inte gör det." Morrningen ekade genom kammaren.

Selene böjde på huvudet igen. "Ja, min herre."

"Om du vill bli min gudinna-drottning måste du bevisa dig för mig", sa Set med en silkeslen röst. "Är det inte det du vill, Selene? Att härska över världarna vid min sida?"

"Jag önskar endast att tjäna er, min herre Set", sa Selene, men ambitionen låg naken i hennes ögon.

"Förbered då en ny kropp åt mig!" Set avfärdade henne med en handviftning, och den spegelliknande väggen skimrade innan den blev mörk.

Tystnaden var nästan öronbedövande i sin intensitet, och jag stod stilla, med bultande hjärta. Vad betydde detta för Rafail? För oss? Om Set inte kunde ta Rafails kropp, vad skulle han då göra?

Jag stod som fastfrusen i den tryckande tystnaden i Sets fängelse, med varje sinne skärpt. Luften kändes tjock och kvävande, den pressade mot min hud som en påtaglig tyngd. Det var svårt att andas, varje andetag en ansträngning, och jag kunde känna mörkret sluta sig omkring mig, kväva mig.

Sets ord om Rafail träffade mig som ett fysiskt slag, och mitt hjärta började rusa, en kall rysning rann längs min ryggrad. Rafail var fortfarande en måltavla. Om Set inte kunde ta hans kropp skulle han förgöra honom. Det tvivlade jag inte på.

Rädslan grep tag i mig, och jag kämpade för att andas, mina tankar rusade. Vad kunde vi göra? Hur kunde vi skydda Rafail? Tanken på att förlora honom var outhärdlig, och jag knöt nävarna så att naglarna borrade sig in i mina handflator. Andan fastnade i halsen på mig, och jag tvingade mig att andas långsamt för att försöka lugna mitt rusande hjärta.

Tystnaden var nästan öronbedövande, och jag kunde höra mitt eget hjärtslag, känna blodet pulsera i mina ådror. Mina muskler var spända, varje instinkt skrek åt mig att springa, att komma bort från den här platsen. Men jag kunde inte röra mig, kunde inte se bort från Set.

Sets plötsliga rasande morrning fick mitt hjärta att hoppa upp i halsgropen, och jag vaknade med ett flämtande, mitt hjärta bultade och resterna av drömmen klängde sig fast vid mig som en oljig hinna.

Jag satte mig spikrakt upp i sängen. De svala lakanen gled mot min varma hud, och jag drog in ett häftigt andetag, mina ögon var vidöppna och for runt i det dunkla rummet i jakt på trygghet. Rädslan från drömmen dröjde sig kvar, och jag förväntade mig nästan att se Set stå över mig, med ögonen brinnande av raseri.

Men det fanns ingenting, bara nattens mjuka ljud: prasslet av löv i vinden utanför, det svaga knarret från den uråldriga fästningen Fristaden när den satte sig. Den tryckande tystnaden i Sets fängelse var borta, ersatt av de subtila nattliga ljuden som omgav mig.

Mina vingar ryckte ofrivilligt till, fjädrarna prasslade, och jag rös, spänningen vibrerade fortfarande genom mig. Jag körde en hand genom mitt hår och försökte skaka av mig resterna av drömmen, den oljiga hinnan av Sets närvaro som klamrade sig fast vid mitt sinne.

Jag behövde lugna ner mig, tänka. Mina tankar rusade, implikationerna av vad jag hade sett snurrade runt i mitt huvud. Rafail var fortfarande en måltavla. Set skulle förgöra honom om han inte kunde ta hans kropp. Och häxan, Selene ... hon var ambitiös, farlig. Hon skulle göra vad som helst för att vinna Sets gunst. Och Maeve! Som skulle samla faearmén! Nu förstod jag varför hon var inblandad; Set hade lovat att göra henne till en gudinna-drottning, som härskade över alla världar, inte bara faernas. Men han hade lovat samma sak till Selene; kunde hans dubbelspel användas till vår fördel på något sätt? Jag kunde inte se hur.

Jag tog ett djupt andetag och försökte samla mig. Den svala luften fyllde mina lungor, och jag andades ut långsamt och försökte förankra mig i nuet. Lakanen var mjuka mot min hud, madrassen fast under mig. Rummet var dunkelt upplyst, gardinerna fördragna mot natten. Alyster och Rafail låg bredvid mig, deras andning var långsam och jämn, värmen från deras kroppar en tröstande närvaro.

Försiktigt trasslade jag mig loss från männen och gick bort till fönstret, satte mig på fönsterbrädan med knäna mot bröstet och slog armarna om dem. Jag blickade ut mot horisonten tills ett svagt grått ljus började tränga igenom himlen och bebåda gryningen, och fortfarande hade jag inga svar på frågorna som plågade mitt sinne.

# Kapitel tio

## Alyster

Morgonsolen smekte mitt ansikte och drog mig ur en orolig sömn. Jag rörde på mig i den obekanta sängen, och det värkte i kroppen från den hårda stenen under den tunna madrassen. Långt ifrån den mossmjuka bädden i mitt hem i skogen.

Jag andades in djupt, i hopp om att känna doften av vildblommor och solvarm jord, men luften här var kall och steril. Jag suckade och öppnade ögonen. Grå stenväggar, ett enda smalt fönster. Fristaden.

Min blick drogs mot fönstret, där ljuset kastade långa skuggor över rummet. Ännu en dag grydde, ännu en dag i exil från faeriket. Från mitt hemlands silverskalskogar och söta, blommiga vindar.

Careena satt vid fönstret med ansiktet vänt mot ljuset och ett frånvarande uttryck i minen. Hennes långa, mörka hår föll som en sidenridå över hennes axlar och glänste i den tidiga morgonsolen. Hon såg ut som en staty huggen ur svart marmor, och hennes stillhet var oroande. Hennes axlar var lätt hopsjunkna och hennes vingar darrade svagt, som om tyngden av hennes tankar var för mycket att bära.

Jag hade sällan sett henne se annat än perfekt samlad och graciös ut, till och med mitt i stridens hetta, men nu ...

Nu såg hon ut som om hon bar hela världens tyngd på sina axlar.

Jag betraktade henne en stund och beundrade hennes skönhet. Hon var så olik kvinnorna från mitt eget folk, med sitt ljusa hår och sina ljusa ögon, sitt skratt och sin sång. Careena var som en mörk juvel, hennes skönhet kall och skarp, hennes kraft en påtaglig närvaro i luften omkring henne.

Jag reste mig ur sängen med långsamma och försiktiga rörelser. Det värkte i kroppen på ett dussintal ställen efter den brutala sparringmatchen med Hadraniel, men det var en bra värk, en välbekant sådan. Jag korsade rummet till Careena och lade en hand på hennes axel.

Hon vände på huvudet för att se på mig, med mörka, outgrundliga ögon. "Alyster", sa hon mjukt. "Väckte jag dig?"

"Nej." Jag skakade på huvudet. "Är allt bra med dig, Careena?"

Careena svarade inte genast, och jag tog tillfället i akt att studera henne. Morgonljuset ramade in hennes gestalt och framhävde den fina kurvan på hennes vingar och det violetta skimret som dansade längs fjädrarna. Hennes vingar var halvt hopfällda, ett tecken på hennes oro, och hennes fingrar grep så hårt om fönsterbrädan att knogarna vitnade.

Hennes ögon var som tvillingspeglar av midnatt, som reflekterade den uppgående solens ljus, och jag såg både rädsla och beslutsamhet i deras djup. Ett stråk av vild beslutsamhet kämpade mot skuggan av rädsla, som en storm vid horisonten.

"Jag drömde om Maeve", sa Careena med stadig röst, även om jag kunde höra tyngden av hennes känslor i den. "Hon talade med Set. Hon tänker samla faearmén för hans sak."

Jag stirrade på henne, chockad till tystnad för ett ögonblick. "Vad?"

Careenas vingar darrade igen när hon drog efter andan. "Jag såg dem i min dröm. Maeve och Set. Maeve var vackrare än någonsin, men det var något ... befallande över henne. Hon såg ut som en drottning."

"Hon *är* en drottning", sa jag torrt, och Careenas läppar formades till ett svagt leende.

"Ja, men ... hon såg ut som en drottning från förr. Majestätisk. Mäktig. Och Set ..." Hon ryste. "Han var ... skrämmande. Han såg ut som en man, men det var något fel med honom. Något ... omänskligt. Hans ögon var som svarta hål som sög in ljuset. Och hans röst ..."

Jag klämde försiktigt hennes axel. "Vad sa de?"

"Maeve sa till Set att hon skulle samla faearmén för hans sak. Hon sa att hon skulle föra dem till honom, för att slåss för honom. Hon sa ..." Careenas röst darrade en aning. "Hon sa att hon skulle ge honom en armé av odödliga."

Jag stelnade till med vidöppna ögon när innebörden sjönk in. Maeve, min drottning, som samlade faearmén för Sets sak? Det var otänkbart. Ofattbart. Och ändå ... Careenas syner hade aldrig fel.

Jag började vandra av och an, och varje steg ekade av min stigande oro. "Maeve", muttrade jag och drog frustrerat handen genom håret. "Vad håller du på med?"

Careenas ögon följde mig när jag gick fram och tillbaka, men hon sa ingenting. Jag märkte det knappt, mina tankar rusade. Maeve hade alltid varit hänsynslös, ambitiös, men det här var bortom allt jag någonsin kunnat föreställa mig. Att förråda sitt eget folk, att leda dem i strid för en galen gud ...

Jag sneglade mot fönstret och kände en sting av längtan efter faeriket. Det var för länge sedan jag hade sett mitt hemlands skogar, känt jordens magi under mina fötter. Och nu ... nu var mitt folk i fara, och jag var den ende som visste om det.

Jag var tvungen att återvända. Jag var tvungen att varna dem. Men ...

Jag såg på Careena, på smärtan i hennes ögon, och det värkte i mitt hjärta. Jag hade svurit att skydda henne, att stå vid hennes sida. Hur kunde jag lämna henne nu, när hon behövde mig?

Men hur kunde jag stanna, när mitt folk var i fara?

Mina tankar rusade, med tankefragment som vältrade över varandra. Jag mindes skogarna i faeriket, de skyhöga träden och den mjuka, gröna mossan under fötterna. Jag mindes mina vänners skratt, solens värme i mitt ansikte. Jag mindes känslan av att höra hemma, att vara en del av något större än mig själv.

Och jag mindes mitt folks ansikten, stoltheten i deras ögon när de såg på mig. Jag kunde inte svika dem. Jag kunde inte låta Maeve leda dem i döden.

Jag var tvungen att återvända.

Jag blundade och kände tyngden av min plikt pressa ner mig. ”Jag måste återvända”, sa jag och kände hur orden föll som stenar i tystnaden. ”Jag måste stoppa henne.”

”Ja.” Careenas röst var mjuk. ”Det måste du.”

Jag vände mig tillbaka till Careena, min hand fann hennes axel igen och jordade mina stormiga känslor med den milda beröringen. Min blick svepte ut genom fönstret och lät morgonljuset lysa upp rummet. De gyllene strålarna verkade skänka en viss klarhet till mina tankar.

Under ett långt ögonblick var jag tyst, med sinnet som en virvelvind av minnen och förpliktelser. Mina axlar spändes, min blick var stadig, men min röst var mjuk när jag erkände: "Jag har tänkt ett tag på att jag måste återvända hem. Maeve måste stoppas, och jag är den ende som vet att hon har allierat sig med Set."

Careenas hållning förändrades subtilt och bekräftade allvaret i mina ord utan att bryta kontakten mellan oss. Min blick föll på hennes vingar, de skimrande svarta fjädrarna en gripande påminnelse om vad jag lämnade bakom mig. Men jag hade inget val. Jag var den ende som kände till Maeves svek. Den ende som kunde varna mitt folk.

Jag var tvungen att återvända.

"Set har lovat att göra henne till sin gudinna-drottning", sa Careena med låg röst. "Att härska vid hans sida över alla riken."

Careenas ord var som en kniv i magen. Jag stönade till och mitt grepp om fönsterbrädan hårdnade medan jag försökte bearbeta det hon sagt. Stenen var sval och grov under mina fingrar och jordade mig i nuet även när mitt sinne vacklade inför konsekvenserna av Maeves ambition.

En gudinna-drottning. Maeve ville bli en gudinna-drottning.

Jag skulle nästan kunna beundra hennes ambition, om den inte vore så fasansfull.

Jag blundade. Spänningen i mina muskler gjorde mitt grepp om fönsterbrädan nästan smärtsamt. Jag hade känt Maeve i århundraden, hade tjänat henne lojalt nästan hela mitt liv. Jag hade vetat att hon var hänsynslös, redo att göra vad som än krävdes för att behålla sin makt. Hon hade mördat sig till tronen, och jag hade aldrig tvivlat på att hon skulle göra samma sak för att behålla den. Men det här ...

Det här var något helt annat.

Jag hade aldrig insett den fulla vidden av hennes ambition. Jag hade aldrig insett att hon ville härska inte bara över faeriket, utan över alla riken. Att hon ville bli dyrkad som en gudinna.

Jag borde ha vetat. Jag borde ha sett det. Alla bitarna fanns där, om jag bara hade lagt ihop dem. Men det hade jag inte, och nu var mitt folk i fara på grund av det.

Jag öppnade ögonen och stirrade oseende på stenväggen framför mig. Rummet var stilla, det enda ljudet var det svaga prasslet från Careenas vingar när hon rörde på sig bakom mig. Morgonljuset hade flyttat sig, och de gyllene strålarna föll nu snett över golvet och lyste upp de intrikata mönstren i stenen.

En gudinna-drottning. Maeve ville bli en gudinna-drottning.

Det var logiskt på ett fruktansvärt sätt. Maeve hade alltid varit besatt av makt, alltid sökt mer. Hon hade aldrig varit nöjd med vad hon hade, alltid velat ha mer. Och nu hade hon hittat ett sätt att få det.

Jag tog ett djupt andetag och tvingade mig själv att släppa greppet om fönsterbrädan. Jag hade inte råd att låta mig förlamas av chock. Jag var tvungen att agera. Jag var tvungen att stoppa henne.

Under ett långt ögonblick var jag tyst, med sinnet som en virvelvind av minnen och förpliktelser. Mina axlar spändes när jag erkände: "Jag har tänkt ett tag på att jag måste återvända hem. Maeve måste stoppas, och jag är den ende som vet att hon har allierat sig med Set."

Careenas hållning förändrades subtilt och bekräftade allvaret i mina ord utan att bryta kontakten mellan oss. Min blick föll på hennes vingar, de skimrande svarta fjädrarna en gripande påminnelse om vad jag lämnade bakom mig. Men jag hade inget val. Jag var den ende som kände till Maeves svek. Den ende som kunde varna mitt folk.

Jag var tvungen att återvända.

Careenas hand lades över min, hennes beröring varm och stadig. "Jag förstår", sa hon tyst. "Du måste ge dig av."

Jag vände på huvudet för att se på henne, förvånad över stadgan i hennes röst. Hennes ögon var mörka av smärta, men det fanns en lugn acceptans i hennes blick. "Du förstår?"

Hon nickade. "Det här kriget kommer att utkämpas på mer än en front. Jag måste stanna här och förbereda Fristadens magiska försvar, försöka hitta ett sätt att hindra Set från att bryta sig ut ur sitt fängelse och göra mig till sin tjänarinna. Men du ... du måste bege dig till faeriket. Du måste stoppa Maeve."

Jag rynkade pannan och undrade om hon försökte övertyga sig själv lika mycket som mig. Men hennes ögon var klara, blicken orubblig när hon mötte min.

"Det är det logiska valet", fortsatte hon med lugn och rationell ton. "Om Maeve samlar faearmén för Sets sak kommer faeriket att vara det första som faller. Du måste varna ditt folk, Alyster."

Jag svalde med svårighet, med en klump av känslor i halsen. "Jag kommer tillbaka", lovade jag. "När jag har varnat mitt folk, när jag har gjort allt jag kan för att stoppa Maeve, kommer jag att återvända till dig."

"Jag vet." Hon log svagt. "Jag kommer att vänta på dig."

Hennes vingar darrade igen, men hon såg inte bort. "Jag kommer att sakna dig", erkände hon mjukt. "Men jag förstår. Du har en plikt gentemot ditt folk."

Jag klämde försiktigt hennes axel. "Jag kommer tillbaka", lovade jag igen.

"Jag vet." Hon log igen, lite varmare den här gången. "Jag kommer att vänta på dig."

Ett ögonblick var vi tysta, stundens allvar pressade ner oss. Ljuset från fönstret badade Careena i ett gyllene sken och framhävde hennes fina, vackra drag. Jag slogs på nytt av insikten om hur mycket jag skulle sakna henne.

"Tja, det här är väldigt rörande alltihop, men jag är inte säker på att jag klarar av så mycket mer av det." Rafails röst skar genom den laddade tystnaden, hans ton torrt road. Jag hade trott att han sov, men det verkade som om han hade varit vaken hela tiden. Hans bruna ögon var skarpa, hans hållning avslappnad men alert när han satte sig upp och svängde benen över sängkanten. Han såg ut som ett rovdjur som väntade på rätt ögonblick att slå till. Han korsade rummet för att ställa sig bredvid oss, och hans blick flackade mellan Careena och mig. "Så, vad är planen? Du återvänder till faeriket, försöker stoppa Maeve från att samla faearmén för Sets sak, medan Careena stannar här och försöker lista ut ett sätt att stoppa Set från att bryta sig ut ur sitt fängelse?"

Jag blinkade, överrumplad av hans raka sätt. "Det ... var den allmänna idén, ja."

Rafail nickade, med ett eftertänksamt uttryck. "Och jag då? Var passar jag in i den här storslagna planen?"

Jag rynkade pannan, osäker på hur jag skulle svara. Innan jag hann komma på ett svar fortsatte han.

"Jag gör inte mycket nytta här", sa han rakt på sak. "Jag är ingen krigare, och jag är ingen magiker. Jag kan inte hjälpa Careena med hennes magiska försvar, och jag kommer inte att vara till stor nytta i en strid mot Sets underhuggare. Men jag kanske kan vara till viss nytta för dig." Han tittade på mig, med en direkt blick. "Jag är en hamnskiftare. Jag kan anta vilken form jag vill. Jag skulle kunna vara användbar för dig i faeriket. Som spion, kanske."

Jag stirrade på Rafail, överrumplad av hans erbjudande. Ville han följa med mig? Till faeriket? Det var det sista jag hade förväntat mig.

Men när jag sedan övervägde hans ord kröktes mina läppar i ett långsamt leende. En hamnskiftare. En spion. Möjligheterna var oändliga. Rafail kunde infiltrera Maeves styrkor, samla information, kanske till och med sabotera hennes planer. Det var en riskabel plan, men den skulle kunna fungera.

Mitt ansiktsuttryck måste ha förändrats, för Rafails ögon smalnade och en vaksam blick korsade hans ansikte. "Vad tänker du?"

"Jag tänker", sa jag långsamt, "att du kanske är mer användbar än du inser." Jag återupptog mitt vandrande, mitt sinne rusade. "Maeve är listig, men hon är också arrogant. Hon skulle aldrig misstänka en hamnskiftare i sin närhet. Och om du kan anta vilken form du vill ..."

"Det kan jag", bekräftade Rafail. "Vilken djurform jag vill."

Jag nickade, mitt sinne arbetade redan på en plan. "Du skulle kunna infiltrera hennes styrkor, samla information. Kanske till och med sabotera hennes planer. Det är farligt, men ..."

"Jag är van vid fara", sa Rafail lättsamt. "Och jag är väldigt bra på att dölja min sanna natur. Jag tror att jag kan klara mig."

Jag återupptog mitt vandrande, mitt sinne rusade med möjligheter. En hamnskiftare. En spion. Potentialen var enorm. Men det var också riskerna.

Rafails förmågor kunde vara ovärderliga i faeriket. Det kungliga hovet var en labyrint av intriger och svek, en plats där hemligheter var en valuta och tillit en sällsynt vara. Jag kunde inte längre vistas där, men en hamnskiftare kunde.

Och den militära träningsplatsen ... Jag kunde nästan höra svärdsklanget, de skällande kommandona, det rytmiska dunkandet av marscherande fötter. Faearmén var en formidabel styrka, men det var också en plats där en hamnskiftare kunde smälta in, obemärkt, i form av en fågel eller ett litet djur. Rafail kunde samla underrättelser, lära sig Maeves planer, kanske till och med sabotera hennes ansträngningar inifrån. Tanken var både spännande och skrämmande.

Jag stannade och stirrade ut genom fönstret på den ljusnande himlen. Riskerna var enorma. Om Rafail blev upptäckt skulle han dödas. Och om Maeve misstänkte en spion i sin närhet skulle hon bli ännu farligare. Men de potentiella belöningarna ... om vi kunde lära oss hennes planer, störa hennes ansträngningar, skulle vi kanske ha en chans att stoppa henne.

Ju mer jag tänkte på det, desto mer insåg jag att Rafails förmågor kunde ge oss en betydande fördel. Maeve var listig, men hon var också arrogant. Hon skulle aldrig misstänka en hamnskiftare i sin närhet. Och med Rafails hjälp skulle vi kanske kunna vända oddsen till vår fördel.

Jag tog ett djupt andetag och kände en förnyad känsla av hopp. Det var en riskabel plan, men det var den bästa chansen vi hade. Och med Rafails hjälp skulle vi kanske kunna stoppa Maeve och Set innan det var för sent.

Jag vände mig tillbaka till de andra. Rafail iakttog mig med ett nyfiket uttryck, huvudet på sned. Careenas blick var frånvarande, hennes tankar uppenbarligen på annat håll. Jag undrade vad hon tänkte, men jag hade inte tid att grubbla över det. Vi hade en plan att fastställa.

"Rafail", sa jag med fast röst. "Om du menar allvar med det här måste vi diskutera vår strategi. Det är mycket du behöver veta om faeriket, och vi har inte mycket tid på oss."

Rafail nickade, med ett allvarligt uttryck. "Jag är redo. Berätta vad jag behöver veta."

Jag sneglade på Careena och förväntade mig att se ogillande eller oro i hennes ögon, men hon iakttog Rafail med ett eftertänksamt uttryck. "Du är välkommen att stanna här, om du vill", sa hon tyst. "Men jag förstår din önskan att vara till nytta. Om du vill följa med Alyster kommer jag inte att försöka stoppa dig."

"Tack, men jag tror att jag gör mer nytta med Alyster", sa Rafail med ett flin. "Dessutom har jag aldrig varit den som sitter och väntar på att saker ska hända. Jag föredrar att vara mitt i händelsernas centrum."

Careena nickade, och hennes blick flyttades till mig. "Då är det bestämt. Ni beger er till faeriket, och Rafail följer med. Jag stannar här och förbereder mig för striden som komma skall."

Jag nickade och kände en våg av beslutsamhet. Vi hade en plan. Den var riskabel, men det var den bästa chansen vi hade. Och med Rafails hjälp skulle vi kanske kunna stoppa Maeve och Set innan det var för sent.

# Kapitel elva

## Rafail

”Är du säker på att det här är bäst?” Careenas röst var stadigare än min skulle ha varit, även om jag uppfattade den svaga skälvningen under hennes ord. Hon stod bara ett steg bakom mig, hennes skugga sträckte sig mot min i det falnande ljuset.

”Ja.” Strupen snördes åt. Ordet kom ut kärvare än jag hade avsett. ”Set ... han väntar på minsta spricka, minsta stund av svaghet. Om han tar sig igenom mig ...” Jag vände mig halvvägs om och fångade det violetta skimret från hennes vingar. ”Om han använder mig mot dig –”

”Gör det inte.” Hon avbröt mig tvärt, men inte ovänligt. Hennes midnattsvarta ögon mötte mina, orubbliga. ”Tror du inte att jag känner till den risken? Tror du inte att jag har vägt den hundra gånger om?”

Hon tog ett steg närmare, hennes vingar prasslade mjukt, som siden som borstar mot sten. Pulsen dånade i öronen. För nära.

”Careena –” började jag, men hon lade huvudet på sned och tystade mig med en blick.

”Du är rädd”, mumlade hon, mjukare nu, med en nästan mild ton. ”Rädd att det förvärrar saker om du stannar. För mig." Ett svagt leende fladdrade förbi, borta lika snabbt som det kommit. "Men att hålla dig på avstånd löser ingenting. Det vet du."

"Kanske inte", erkände jag, och orden smakade bittert. "Men tänk om du har fel? Tänk om ett enda snedsteg från mig är allt som krävs för att han ska –"

"Då hanterar jag det", avbröt hon igen och tog ytterligare ett steg närmare. Den här gången backade jag inte. Hennes närvaro var magnetisk, outhärdlig och berusande på samma gång. "Tror du att jag är så skör? Att jag inte kan hävda mig?"

"Det är inte vad jag tror", sa jag med låg röst. "Men jag tänker inte ta den risken."

Under ett långt ögonblick stirrade vi bara på varandra, och luften mellan oss var tung av outtalade ting. Hennes hand ryckte till, som om hon ville sträcka sig efter mig men tänkte om. Jag knöt nävarna längs sidorna och kämpade mot dragningen att röra vid henne, att strunta i allt och stanna ändå. Att vara självisk.

"Okej", sa hon till sist och andades långsamt ut. Hennes blick föll kort ner mot marken innan den lyftes för att möta min igen. "Gå. Men kom ihåg det här, Rafail – du gör inte det här för mig. Du gör det för dig själv."

Hon vände sig om och gick, och rummet kändes kallare utan hennes närvaro, den svaga doften av jasmin hon bar med sig dröjde sig kvar som ett spöke som vägrade släppa taget om mig.

Alyster väntade, nonchalant lutad mot väggen med armarna i kors. Hans silverfärgade ögon fångade det dova ljuset och glimtade till som knivseggar. Han höjde ett ögonbryn och ett litet, snett leende ryckte i hans läppar.

"Grubblat färdigt än?" frågade han.

"Inte på humör", muttrade jag.

"Du är aldrig på humör", kontrade han. "Vet du, för att vara någon som påstår sig hata drama, verkar du verkligen njuta av att vältra dig i det."

"Vad vill du, Alyster?"

"Enkelt. En bekräftelse." Han gestikulerade vagt mot dörren. "Du följer med mig, eller hur? Till faernas rike?"

"Ja", sa jag kort.

"Ah." Hans leende breddades, vasst och rävlikt. "Så betryggande. Du kunde inte motstå min charm trots allt."

"Inbilla dig inget!" fräste jag. "Jag följer inte med på grund av dig. Jag följer med för att jag inte litar på dig."

"Lika ärlig som alltid", sa han och lät mer road än förolämpad. "Det är vad jag gillar med dig, Rafail. Inga krusiduller. Ingen finess. Bara ren, ofiltrerad misstänksamhet."

"Kul att jag kan roa dig", muttrade jag.

"Mer än du anar. Ska vi?" Han pekade mot dörren och jag ryckte på axlarna.

"Lika bra att passa på." Det var inte som att vi hade några väskor att packa. De skulle bara sinka oss i vilket fall.

Tystnad föll mellan oss när vi tog oss fram genom det enorma, uråldriga slottet och slutligen ut på den öppna borggården. Den sena eftermiddagssolen målade långa skuggor på kullerstenarna, men värmen gjorde ingenting för att tina spänningsknuten som snörde åt i bröstet.

Sanningen var att jag inte ville vara ensam. Inte nu. Inte med Set som klöste vid kanterna av mitt medvetande, hans röst en ständig, giftig viskning. Att vara nära Careena fick mig att känna mig ... sårbar på ett sätt jag inte hade råd med. Men Alyster? Han var något helt annat.

Jag sneglade på honom i ögonvrån. Han rörde sig med den där irriterande fae-elegansen, hans gyllene hår fångade ljuset som någon förbannad sagohjälte. Men det fanns en skärpa hos honom, en farlig egg under charmen och de lediga leendena.

"Varför låter du mig egentligen följa med?" frågade jag plötsligt.

Han såg förvånat på mig. Sedan skrattade han lågt. "Du är inte den som småpratar, va?"

"Svara på frågan."

"Mycket väl." Han lade huvudet på sned och studerade mig med de där oroande silverögonen. "Låt oss kalla det ... ömsesidigt intresse. Du vill härifrån, och dina förmågor råkar vara potentiellt mycket användbara för mina egna mål. Och, tro det eller ej, jag finner ditt sällskap ganska uppfriskande."

"Uppfriskande", upprepade jag torrt.

"Ja." Hans leende återvände, listigt och vetande. "Du är härligt okomplicerad i din misstro. De flesta försöker dölja den eller klä den i andra ord. Men du? Du är underbart direkt."

"Du svarar fortfarande inte på frågan", sa jag.

"Ah, men det gjorde jag", svarade han smidigt. "Du bara ogillar svaret."

"Toppen", muttrade jag. "Precis vad jag behöver. En gåtfull fae med ett överlägsenhetskomplex."

"Överlägsenhet? Jag? Aldrig." Han lade en hand över hjärtat i låtsad förolämpning.

"Fortsätt intala dig det", sa jag och klev på framåt.

Men trots mig själv kände jag hur ena mungipan ryckte till. Fan ta honom. Mot alla odds höll jag på att börja gilla den arroganta jäveln.

"Kom nu, Rafail", ropade Alyster efter mig, med skratt i rösten. "Om vi ska överleva det här lilla äventyret måste du lära dig att lita på mig förr eller senare."

"Räkna inte med det", kontrade jag.

"Ah, men jag är väldigt övertygande", sa han lättsamt och hamnade åter i steg bredvid mig. "Och vi har gott om tid."

Gudar, hjälp mig.

"Careena väntar", sa jag istället för att svara och avbröt vårt ordbyte.

Hon stod vid Fristadens portar, hennes vingar fångade det svaga ljuset som silades genom träden. De skimrade i skiftande nyanser – violett i ett ögonblick, obsidiansvart i nästa – som löftet om en storm som hölls precis utom räckhåll. Hennes ögon mötte mina, mörka som midnatt men mjuka i sitt djup. Synen av henne fick det att värka i bröstet på ett sätt jag hatade att erkänna.

"Rafail." Hon sa mitt namn som en inbjudan, och för ett andetag ville jag inget hellre än att stanna.

"Careena", sa jag tyst och steg närmare. Alyster höll sig på avstånd, precis tillräckligt långt borta för att ge oss utrymme, medan Aurelius tornade upp sig nära porten, hans närvaro en tyst påminnelse om lagarna vi redan brutit tillsammans.

"Du ger dig verkligen av." Det var ingen fråga.

"Ja." Jag tvekade och strök en hand genom håret. "Jag gillar det inte, men ... jag tror att det är bättre så här. För dig."

"På grund av Set", sa hon.

"På grund av Set", bekräftade jag. Min röst sjönk. "Om han tar mig igen, om jag förlorar kontrollen, skulle du hamna mitt i korselden. Och du har din egen kamp att utkämpa, utan att jag gör den värre."

Hennes blick vacklade inte, men något fladdrade till under ytan – förvåning? Nej, det var mjukare än så. Förståelse, kanske. Eller tacksamhet.

"Rafail, jag –" hon tystnade och lade huvudet på sned, så som hon alltid gjorde när hon valde sina ord. "Jag hade inte förväntat mig att du skulle ... bry dig så mycket."

"Övertolka det inte", mumlade jag och tittade bort. "Jag försöker bara att inte ställa till det mer än jag redan har gjort."

"Nåväl", sa hon, med en antydan till munterhet som bröt igenom hennes allvarliga ton, "du gör ett utmärkt jobb med att se efter mig trots dig själv. Tack för det."

"Ingen orsak", muttrade jag, även om tyngden i bröstet lättade en aning.

"Ändå ..." Hon klev närmare, hennes vingar skiftade när hon sträckte sig in i vecken på sina kläder. När hon drog fram händerna igen höll hon två hängsmycken, vart och ett på en tunn guldkedja. Svarta fjädrar, ombundna med fin tråd, glimtade svagt mot hennes fingrar. Hon gav det ena till mig först och vände sig sedan till Alyster, som slutligen hade kommit tillräckligt nära för att ansluta sig till oss.

"De här är till er", sa hon enkelt. "En bit av mig, så att ni kommer ihåg vad ni kämpar för. Eller kanske bara för att påminna er om att komma tillbaka." Hon log, svagt men retsamt. "Och Alyster, jag tänkte att guld skulle passa dig bättre än silver."

"Klokt val", skämtade Alyster och tog emot smycket med en liten bugning.

"Guld passar dig bättre än silver", sa jag högt och testade frasen i luften. "Vad menade du egentligen med det?"

Careena log, men hon sa inget, hennes blick fladdrade mot Alyster, som för att säga att det var hans hemlighet att dela med sig av.

"Silver", sa Alyster enkelt. Hans ton var nonchalant, men det fanns en antydan till försiktighet i den. "Det är inte bara smycken för faerna. Det kan döda oss. Inte lätt, men tillräckligt effektivt. Förr i tiden var silverknivar ... problematiska för mitt folk."

"Problematiska", upprepade jag torrt. "Och det nämner du först nu?"

"Hade det ändrat något?" Han sneglade på mig med de där oroväckande klara, silverfärgade ögonen. "Och du har väl märkt? De flesta vapen nuförtiden är av stål. Silver är sällsynt. Dyrt. Och stål –" Han viftade vagt med handen. "Det har samma bett."

"Men stål är förbjudet i faernas rike", gissade jag och lade ihop pusselbitarna. "Eller hur?"

"Mycket bra." Han gav mig en låtsad bugning. "Ingen vill riskera det. Drottningen själv upprätthåller den regeln."

"Praktiskt", muttrade jag och spände käkarna. Händerna knöt sig instinktivt, längtande efter något fast, vasst, pålitligt. "Så vad händer om mina klor eller tänder inte räcker till?"

"Då improviserar du", svarade Alyster smidigt och hans leende blev vassare. "Det är ju det du är bra på, eller hur?"

"Improvisation fungerar bara när man har alternativ", kontrade jag. "Att gå in i din värld obeväpnad låter som ett snabbt sätt att bli dödad."

"Inte obeväpnad", rättade han och knackade på hängsmycket vid sin egen hals. "Du har list, styrka och –"

Han pekade mot mig med ett snett leende. "Mitt charmiga sällskap. Vad mer kan du begära?"

"Något som inte förlitar sig på din charm", svarade jag uttryckslöst.

Aurelius röst skar genom vårt ordbyte som en kniv, vass och avvägd. "Kanske detta duger."

Jag vände mig om och såg honom stiga fram, hans silverfärgade dräkt fångade ljuset, det svaga skimret från hans vingar som föll ihop bakom honom. I hans utsträckta hand låg en dolk – dess fäste enkelt men elegant, bladet omisskännligt av silver. Metallen glänste, kall och farlig.

"Ta den", sa Aurelius och erbjöd mig den utan att tveka. Hans uttryck var som alltid otydbart, men det fanns något slutgiltigt i gesten.

Jag tvekade och min blick flackade mellan honom och vapnet. "Ni bara ger mig den här?"

"Betrakta det som ett tillfälligt lån", svarade han med kort ton. "Om ni ska bege er in i faernas rike behöver ni mer än klor och tänder. Detta blad kommer att tjäna er väl mot hot ni inte kan förutse."

"Generöst", muttrade jag, även om mina fingrar kröktes runt fästet. Tyngden kändes bra, solid. En liten del av mig hatade hur mycket jag uppskattade gesten.

"När tiden är inne", sa Aurelius kryptiskt, "kommer ni att veta vad ni ska göra med den."

"Silver", anmärkte Alyster med en överdriven vissling, uppenbart road. "Så väldigt omtänksamt av dig, ängel. Fast jag måste säga" – hans leende breddades – "att det gör mig inget alls om han behåller den."

"Utmana inte ödet", fräste Aurelius, även om hans uppmärksamhet förblev fäst på mig.

”Varför så ivrig att jag ska ha den?” frågade jag Alyster och kisade med ögonen.

”Låt oss kalla det ... sinnesfrid”, svarade han kryptiskt, och hans leende mjuknade till något som liknade uppriktighet. ”Dessutom vill jag helst slippa förklara för Careena varför du inte kom tillbaka.”

”Ni måste komma tillbaka! Båda två.” Hon såg upprörd ut vid blotta tanken och steg fram för att krama först Alyster och sedan mig.

Hennes armar kändes som hemma, och det var med största möda jag slet mig loss från den mjuka kyssen hon tryckte mot mina läppar och marscherade ut genom portarna med Alyster. Jag såg mig inte om. Jag kunde inte. Jag hade kanske brutit ihop och sprungit tillbaka till henne, och jag tänkte inte låta min egen svaghet vara sprickan i hennes himmelska rustning.

Vi var redan långt från Fristaden, det mjuka knastrandet av löv under mina stövlar det enda som bröt tystnaden mellan oss, när jag kände mig förmögen att tala igen. ”Så”, frågade jag och sneglade på Alyster, ”hur tar vi oss till faernas rike? Behöver vi någon uråldrig stencirkel, en mystisk ramsa under fullmånen, eller –”

”Inget så dramatiskt”, avbröt Alyster, hans silverögon glimmade av illmarighet. Det där leendet – den sorten som alltid såg ut som om han visste något du inte visste – krökte hans läppar. ”Vilken dörröppning som helst duger.”

”Vilken dörröppning som helst?” Jag stannade, skeptisk. ”Det låter för enkelt.”

”Ah”, sa Alyster och höll upp ett finger som om han föreläste för ett barn, ”det *är* enkelt. Men det finns en hake. När en dörr väl har använts för att ta sig in i faernas rike” – hans röst sjönk och fick en tyngd jag inte hade hört förut

– "kan den också användas för att återvända. Och lita på mig, Rafail, jag vill inte ha en förbindelse som leder tillbaka till Fristaden. Inte nu, inte någonsin."

Jag spände käkarna. "Det är rättvist." Det sista jag ville var att utsätta Careena för ännu större fara än hon redan var i. "Så, var är den här magiska dörren då?"

"Tålamod", svarade Alyster med ett irriterande skimmer av munterhet. "Vi behöver avstånd först. Fristaden måste förbli orört." Han tystnade och studerade mig, blicken sänktes mot silverdolken i slidan vid min höft. "Du är snabbare i dina andra former, eller hur? Varg skulle passa dig bättre för den här resan, tror jag."

"Praktiskt för dig", muttrade jag, men jag kunde inte argumentera emot. Att springa på fyra ben skulle gå fortare – fortare än han troligen ens insåg. "Är du säker på att du kan hänga med?"

"Försök med mig", sa han med ett snett leende, och sedan, helt plötsligt, satte han av.

"Viktigpetter", morrade jag för mig själv innan jag lät förvandlingen ta över. Päls böljade ner längs mina armar; mina ben vreds, omformades. Smärta flammade till för ett hjärtslag, skarp och elektrisk, innan den mattades av till rå kraft.

Jag landade på alla fyra och skogsmarken blev plötsligt skarpare för mina sinnen – den fuktiga jorden, doften av mossa, det svagaste prasslet av vind genom grenar. Varje ljud, varje doft strömmade in som en symfoni, överväldigande men upphetsande. Mina klor grävde sig ner i jorden när jag sköt iväg framåt.

Vinden ven i mina öron när jag slet mig fram genom skogen, tassarna dundrade mot jorden i en obeveklig rytm. Dofterna av fuktig bark och krossade löv fyllde mina näsborrar och blandades med den skarpa stanken av Alysters svett framför mig. Han var snabb – onaturligt snabb – men jag höll mig i hälarna på honom och vägrade låta honom dra ifrån. Min vargform frodades i jakten, den råa kraften böljade genom mina lemmar, spänningen i tävlingen gnistrade som eld i mina ådror.

”Är det allt du har?” Alysters röst skar genom vindens sus, retsam, alldeles för nonchalant för någon som borde springa för fullt.

Jag snappade med käkarna i luften, ett lågt morrande undslapp mig. Han var inte ens andfådd. Typisk faearrogans.

”Fortsätt prata”, tänkte jag, även om ord inte var något min varg riktigt klarade av. Istället rusade jag framåt och minskade avståndet mellan oss. Han sneglade bakåt med ett flin som den självgode jävel han var, innan han hoppade över en fallen trädstam med en sorts elegans som fick det att se ansträngningslöst ut. Skrytmåns.

Natten föll utan ceremonier, och himlen ovanför tömdes på färg tills den löstes upp i bläcksvart mörker. Ändå fortsatte vi att springa. Skogen sträckte sig oändligt omkring oss och skuggorna blev djupare för varje mil. Mina muskler brände, men jag pressade mig vidare, ovillig att sakta ner. Alyster vacklade inte en enda gång – inte ens när undervegetationen blev tät och snårig, eller när terrängen blev förrädisk under våra fötter. Om något så verkade han starkare, mer levande, när månen steg högt över våra huvuden.

Slutligen, precis när gryningen började färga horisonten, saktade han ner. Hans gestalt blev suddig, och det gyllene håret fångade det lilla ljus som silades genom trädkronorna. Framför oss lutade sig en förfallen herdestuga osäkert mot sluttningen, dess väderbitna stenar täckta av mossa. Brutna bjälkar stack ut från taket som revben från ett kadaver.

"Här." Alyster stannade abrupt och vilade ena handen mot den skeva dörröppningen. Han vände sig om och såg på när jag tassade upp bredvid honom. "Det här duger."

Jag skiftade utan att tveka, och förvandlingen slet genom mig som en hård tidvåg. Pälsen gav vika för hud, klorna drogs in och blev till fingrar. Jag andades ut häftigt när jag rätade på mig, mina mänskliga sinnen slöare men stadigare. Den kalla luften bet i min bara hud, men jag ignorerade det och borstade bort smuts från händerna.

"Mysigt." Min röst lät grov, hes efter timmar av tystnad. Jag gestikulerade vagt mot den förfallna stugan. "Trodde inte att ni faer var så förtjusta i renoveringsobjekt. Är det här din magiska dörr?" frågade jag och lutade mig mot den splitterfyllda karmen. Han svarade inte genast, utan lyfte händerna och började frammana sin magi, som samlades runt hans händer i mörkgröna rankor. Hans kraft kom från jorden, och jag kunde nästan känna doften av fuktig jord och tallar när magin byggdes upp. Den skimrade onaturligt och samlades i invecklade mönster som spred sig utåt som frost som kryper över glas.

"Nära nog", svarade han slutligen, med ett tonfall som var lättare än jag gillade. "Håll dig undan. Den här delen är inte helt stabil."

"Lugnande", mumlade jag men tog ändå ett steg tillbaka och såg på när luften krusade sig, böjdes och förvrängdes runt dörröppningen. Ett svagt brummande växte och vibrerade i mitt bröst, och sedan, med ett plötsligt *knäpp*, var utrymmet bortom tröskeln inte längre detsamma.

"Efter dig", sa Alyster med en storslagen gest.

"Generöst", svarade jag vasst, men rörde mig framåt och tvekade bara en bråkdel av en sekund innan jag klev igenom.

Världen förvreds.

Det var inte som att gå genom en dörr. Det var mer som att bli svald – luft och ljus som pressades samman runt mig tills jag inte hade någon känsla för riktning, inget upp eller ner. Magen vred sig våldsamt på mig, och sedan var det över. Fast mark mötte mina stövlar, och jag snubblade framåt och tog stöd mot en grov trädstam.

"Gudar", mumlade jag för mig själv och stöttade mig medan illamåendet avtog. "Du kunde ha varnat mig för det där."

"Hade du lyssnat då?" Alysters röst kom bakifrån, alldeles för road. Han klev lätt igenom den skimrande dörröppningen som redan höll på att tyna bort i tomma intet, och såg irriterande samlad ut.

"Sant", grymtade jag och rätade på mig. Sedan såg jag mig omkring – och stelnade till.

Jag vet inte vad jag hade förväntat mig. Slott gjorda av månsken? Fält av glödande blommor? Något omöjligt vackert och bortomvärldsligt. Det här ... det här var bara skog. Träd högre än några jag sett sträckte sig ändlöst i alla riktningar, deras stammar breda och knotiga, deras grenar sammanflätade högt ovanför för att stänga ute allt utom strimmor av blekt ljus. Luften var tjock av doften av mossa och jord, fuktig och tung, och det enda ljudet var det svaga prasslet från löv, trots att det inte blåste.

"Är det allt?" sa jag, oförmögen att dölja besvikelsen i min röst. "Är det här ert legendariska faerike?"

"Förväntade du dig förgyllda torn, eller?" frågade Alyster och gled förbi mig. Hans leende var skarpt, retsamt, men det fanns en underton av stolthet i hans röst när han gestikulerade mot skogen. "Detta *är* vår kraft. Oändlig. Otämjd. Levande. Allt behöver inte glittra för att vara enastående."

"Levande, va?" mumlade jag och iakttog vaksamt skuggorna mellan träden. Stället kändes verkligen levande – alltför levande. Det fanns ett surr under stillheten, en subtil energi som fick huden att pirra. Det satte mina instinkter i beredskap, som om jag vore iakttagen. "Det känns mer som att den vill äta upp mig."

"Möjligtvis", sa Alyster med ett irriterande lugn. "Det beror på hur artig du är."

"Toppen", suckade jag och drog en hand genom håret. Mina fingrar blev fuktiga av svett, trots kylan i luften. "Vad händer nu då? Ska vi bara vandra runt tills något försöker döda oss?"

"Inte precis." Alyster vände sig om, och hans silverögon glimmade när han studerade mig. "Men jag föreslår att du håller dig nära, hamnskiftare. Du kanske inte gillar det som lurar här i mörkret."

Att hålla mig "nära" låg inte riktigt i min natur, men jag sa inte emot. Någonting i sättet skogen verkade andas runt oss höll min sarkasm i schack – för tillfället.

Vi hade kommit fram mitt i en stencirkel, insåg jag, när Alyster gick förbi en knähög sten.

Stenarna runt oss var skrovliga och uråldriga, täckta av mossa och svagt glödande sigill. Jag kunde nästan höra dem, viskande hemligheter jag inte ville höra.

"Varför här?" frågade jag skarpt, och min röst skar genom stillheten. Jag gillade inte att stå mitt i något så här... laddat. "Vad är så speciellt med de här stenarna?"

"Långt från Maeve", svarade Alyster, hans tonfall omöjligt att tyda när han lät en hand glida över en av stenarna. "Och tillräckligt nära där jag växte upp." Han vände sig om och gav mig det där listiga leendet som alltid verkade rymma mer än han lät påskina. "En del av min familj vandrar fortfarande i dessa trakter. Om vi ska hitta allierade, så börjar det med dem."

"Familj", upprepade jag korthugget och korsade armarna. "Är du säker på att de kommer att rulla ut välkomstmattan? Eller kliver vi rakt in i en ny dödsfälla?"

"Jag skulle inte drömma om att dra in dig i något farligt", sa han lättsamt, även om hans ögon glittrade av rackartyg. "Nåväl, skifta tillbaka, räv eller varg, du väljer. Vi har en bit att avverka, och jag skulle föredra att slippa lyssna på dina klagomål hela vägen. För att inte tala om att du kommer vara mycket mindre iögonfallande i djurform om vi blir upptäckta först."

Han hade rätt, och jag sa inte emot. Jag var för mänsklig för den här världen, trots all min hamnskiftarmagi. Förvandlingen kom snabbt, ben och muskler knäppte och omformades tills jag landade på fyra tassar. Världen blev skarpare – dofter, ljud, färger vällde in på en gång. Den fuktiga jorden bar på tusen berättelser, och vinden mumlade antydningar om rörelser långt borta i skogen.

"Bättre", sa Alyster gillande. Han hukade sig kort och strök mig med fingrarna över pälsen innan han rätade på sig. "Häng med nu, hamnskiftare." Med det klev han in bland de täta träden som om skuggorna själva hade delat på sig för att släppa fram honom.

Jag följde efter, med tassar som var tysta mot undervegetationen. Faeskogen var inte bara levande – den pulserade. Varje gren, varje löv vibrerade av en energi som fick ragg att resa sig på mig. Det var... fel. För vilt. För medvetet. Och ändå, även genom mitt obehag, fanns det en märklig skönhet i det. Förvridna rötter slingrade sig som ådror under jorden. Blommor glödde svagt i nyanser jag inte kunde namnge.

Då såg jag den.

En varelse klev in på vår stig, elegant och blek som månsken. Dess man böljade som flytande silver, och ett spiralvridet horn stack stolt ut från pannan. En enhörning. En förbannad enhörning.

"Menar du allvar?" Tanken slank ur mig som ett morrande, eftersom min vargkäke inte kunde forma orden ordentligt. Ändå sneglade Alyster över axeln, såg min chockerat gapande käft och brast ut i skratt.

"Din min!" flämtade han fram mellan skrattsalvorna, lutad mot ett träd i närheten. "Åh, obetalbart. Vadå, trodde du att de inte var verkliga?"

"Trodde de var överskattade", snäste jag – eller försökte i alla fall. Det kom ut mer som irriterade gnyenden och morrningar, men han verkade förstå andemeningen.

"Överskattade?" Han flinade och höjde ett ögonbryn. "Nåväl, förbered dig, Rafail. Det finns långt större underverk framför oss."

Luften förändrades i samma ögonblick som vi klev in i gläntan. En samling hem – om man nu kunde kalla dem det – reste sig ur jorden själv, deras väggar formade av vridna rötter och gyllene bark. Ljus silades genom trädkronorna ovanför och fläckade allt i nyanser av grönt och guld. Min vargnos ryckte till av den tunga doften av magi, uråldrig och livfull, spetsad med en svag blommig underton jag inte kunde placera.

”Hemma bäst”, mumlade Alyster, hans röst ovanligt mjuk. Han sneglade bak på mig, och hans silverögon fångade ljuset som speglar. ”Försök att inte bita någon.”

”Det beror på dem”, sa jag när jag skiftade tillbaka till mänsklig form, medan mina ben knakade och omformades. Övergången lämnade mig sårbar, blottad. Men jag ville inte möta dessa människor på fyra ben. Jag ville se deras ansikten när de såg på mig. Avgöra om de såg ett byte eller en allierad.

Innan jag hann säga mer trädde gestalter fram ur skuggorna mellan husen – eller kanske *från* skuggorna. De rörde sig som vålnader: långa, skarpskurna, omöjligt gracila. Deras ansiktsuttryck varierade från nyfikenhet till misstänksamhet, men ingen av dem talade.

”Alyster”, sa en av dem till slut och klev närmare. En man som såg ut att kunna vara Alysters tvilling, om det inte vore för åldern som svagt tecknats i hans ögonvrår. ”Du för med dig främlingar hit?”

”En främling”, rättade Alyster honom smidigt och gestikulerade mot mig. ”Och en vän, åtminstone för stunden. Var är faster Artaria?”

”Inne”, svarade mannen, och hans blick dröjde kvar på mig en aning för länge. ”Hon kommer att vilja ha en förklaring.”

”Självklart kommer hon det.” Alyster log stramt och gav mig en vink att följa efter. ”Kom igen, Rafail. Låt oss få det här överstökat.”

Insidan av det största huset var dunkel, upplyst av glödande klot som svävade i luften. Luften var tjock av doften av örter och något metalliskt, som blod efter att det nått den öppna luften. I bortre änden av rummet satt en kvinna som bara kunde vara Artaria. Hennes närvaro fyllde rummet, trots att hon knappt rörde sig. Hennes hår, silverfärgat som Alysters ögon, föll över hennes axlar, och hennes blick naglade fast oss i samma ögonblick som vi kom in.

"Tala", befallde hon, hennes röst låg och fyllig, som dånet av avlägsen åska. "Varför har du kommit hit, Alyster? Du svor trohet till Maeve; vad vill hon Vayir?"

Han bugade sig lätt, en rörelse så subtil att jag nästan missade den. "Maeve konspirerar med Set."

Det var som om rummet höll andan. Artarias ansiktsuttryck förändrades inte, men luften runt henne blev kallare, skarpare. Till och med de glödande kloten dämpades.

"Förklara", sa hon, hennes ton dödligt lugn.

"Hon söker makt bortom vad ens faerna kan ge", fortsatte Alyster, hans ord var noggranna, avvägda. "Set erbjuder henne den makten, men till ett pris. Ett som jag tvivlar på att hon kommer att bära ensam."

"Skulle hon sälja ut oss?" Artaria reste sig långsamt, hennes rörelser var avsiktliga. Hennes raseri var inte högljutt; det var kontrollerat, som en storm som väntar på att bryta ut. "Till *honom*?"

"Det är så det ser ut", sa Alyster, med stadig röst. "Jag tyckte du borde veta innan Maeve gör sitt nästa drag."

"Nästa drag?" Artarias skratt var bittert, vasst som krossat glas. "Om hon redan har allierat sig med Set, då har hon redan gjort sitt drag. Vi kan inte vänta på att hon ska slå till igen."

Hennes blick svepte över de andra i rummet, vild och orubblig. "Samla arméerna. Vartenda svärd, varenda båge, vartenda uns av magi vi kan uppbåda. Om Maeve tror att hon kan förråda sitt eget folk, ska hon få lära sig precis hur fel hon har."

"Är inte det lite... förhastat?" sa Alyster finkänsligt, även om det fanns en spänning i hans röst. "Vi vet inte hur djupt Sets inflytande sträcker sig än—"

"Nog!" fräste Artaria och tystade honom. Hennes ögon borrade sig in i hans. "Du uppmärksammade mig på detta, Alyster, och jag kommer att agera. Eller skulle du föredra att jag sitter sysslolös medan Maeve drar oss alla i fördärvet?"

Alyster mötte hennes blick ett ögonblick innan han böjde på huvudet. "Nej, faster. Gör som du måste."

"Bra." Hon vände sig om för att tilltala resten av rummet. "Förbered er. Kriget är på väg, vare sig vi är redo eller inte."

Artarias befallning ekade fortfarande i mina öron när jag följde efter Alyster ut ur salen. Luften utanför var kallare än jag hade väntat mig och bet mot min hud även genom det täta skogstaket. Han slutade inte gå, hans långa kliv bar honom bort från de andra som om han behövde springa ifrån samtalet vi just haft. Jag höll jämna steg med honom, även om det inte var lätt.

"Vart är du på väg?" frågade jag till slut.

"Ingenstans", sa han utan att se sig om. "Bara... någonstans tystare."

Vi hamnade vid kanten av en grund bäck, vars vatten var mörkt och rastlöst under det svaga månskenet som silades genom träden. Alyster stod där ett ögonblick och stirrade på den krusande ytan som om den bar på svar.

Kanske gjorde den det. Jag var inte mycket för eftertanke – varken bokstavlig eller bildlig – men killen såg ut att kunna behöva lite sällskap som inte var fullt av vassa kanter och order.

"Inte vad du hoppades på, va?" sa jag och lutade mig nonchalant mot ett träd i närheten. Mitt tonfall var lättsamt, men mina ögon var fästa på honom. Spänningen i hans axlar hade inte lättat sedan Artarias tillkännagivande.

"Knappast." Hans röst var låg, nästan dränkt av bäckens sorl. Han korsade armarna, och för första gången sedan jag träffat honom såg han... trött ut. Inte fysiskt, inte precis. Något djupare. "Tror du att jag ville det här?"

"Vet inte vad du vill", erkände jag. "Men du verkade sannerligen inte överlycklig över att din faster samlade en armé. Så ja, jag gissar att det här inte var en del av planen."

Han skrattade till, ett kort, humorlöst och skarpt skratt. "Nej. Det var det inte." Hans silverögon mötte mina då, deras vanliga glitter mattat av något jag inte riktigt kunde sätta fingret på. "Inbördeskrig är ingen lösning, Rafail. Det är förödelse. Kaos."

"Varför berätta för henne då?" Jag knuffade mig från trädstammen och klev närmare. "Du måste ha vetat vad hon skulle göra."

"Självklart visste jag det!" Orden kom ut högre än han hade tänkt sig, och han ryggade tillbaka med en grimas och sneglade mot husets avlägsna ljus. Hans röst sjönk igen, låg och rå. "Tror du inte att jag hatar mig själv för det? För att ha lagt den här röran i hennes händer?"

"Gissar att du inte såg så många andra val", sa jag tyst.

"Inga som inte ledde hit till slut." Han hukade sig vid bäcken och drog frustrerat en hand genom sitt gyllene hår. "Maeve flyttar redan sina pjäser, samlar arméerna. Om vi väntar, om vi tvekar, kommer det vara över innan vi kan slå tillbaka. Men att starta det här nu..." Han tystnade och skakade på huvudet.

"Ja, tja." Jag knäböjde bredvid honom och ignorerade den fuktiga kylan från marken. "Ibland betyder det vi vill inte så mycket när världen håller på att rasa samman."

"Visa ord från en tjuv", mumlade han, men utan någon hetta i rösten.

"Hallå där, jag stjäl saker, inte visdom. Den är gratis", sa jag och fick en svag ryckning i hans mungipor. Det var inte ett leende, inte riktigt, men det var något. Tystnad lade sig mellan oss efter det, tung men inte obekväm. Bara... där.

Bäcken fortsatte att porla, skogen viskade runtomkring oss, medan vi satt tillsammans i tystnaden. Väntade. Tänkte. Förberedde oss på vilken storm vi än just hade släppt lös.

# Kapitel tolv

## Careena

Biblioteksdörren stönade när jag sköt upp den; det uråldriga träet var tyngre än det såg ut. Dammkorn virvlade i den svaga ljusstrimma som hade lyckats smita in genom det höga, smala fönstret. Mina stövlar ekade mot stengolvet, dunk-dunk-dunket en påminnelse om hur tomt det här stället kändes utan Alyster och Rafail.

"Fokusera", muttrade jag för mig själv och lät fingrarna glida längs kanten på det närmaste bordet. Ytan var kall, slät och fullkomligt gagnlös. Ingen mängd efterforskningar skulle kunna ändra tystnaden som pressade ner mig som en tyngd. Jag hatade den. Tystnaden var full av frågor jag inte ville besvara.

Rafails snabba kvickhet, hans irriterande sätt att vända varje dispyt till något vassare än den borde ha varit – det saknade jag. Och Alyster ... gudar, till och med hans retsamma flin hade lämnat ett hål någonstans inom mig. Ett som jag vägrade erkänna just nu. De var inte här, och jag hade inte råd att fundera över vad deras frånvaro innebar.

Jag grep tag i den närmaste luntan i högen och släppte den på bordet. Ljudet av läder mot sten bröt tystnaden och skrämde mig. Dumt. Svagt. Jag pressade handflatorna mot boken och jordade mig i dess grova yta. Jag var ingen kärlekskrank dumbom som trånade efter män som inte ens var mina att tråna efter.

”Careena.” Aurelius röst kom från skuggorna i bortre änden av rummet, låg och stadig. En livlina. ”Vi har inte tid att slösa.”

”Tack”, sa jag utan att se upp. ”Det hade jag inte märkt.”

”Din sarkasm är noterad. Ska du hjälpa till nu, eller tänker du sura?”

”Kanske både och.” Jag slog upp boken, de spröda sidorna prasslade under mina händer. Doften av gammalt bläck och papper steg upp, tjock och kväljande. Den lade sig i halsen, ett ovälkommet sällskap till värken som redan satt där.

”Vad som än får dig att fortsätta röra på dig”, svarade Aurelius och steg närmare. Hans gyllene ögon glimtade i det svaga ljuset, lika outgrundliga som alltid. Han var lugn, samlad. Tänkte förmodligen inte på någon annan än sig själv och Set. Jag avundades den klarheten, oavsett hur kall den verkade.

”Hur gör du?” frågade jag, knappt mer än en viskning. Mina fingrar stannade på sidan och följde de bleknade symbolerna som var inristade där. ”Fortsätter när ...” Rösten sprack, så jag bet ihop om orden innan de avslöjade mig ytterligare.

”Eftersom jag måste”, sa han enkelt. Ingen medömkan. Ingen värme. Bara fakta. ”Och det måste du också.”

Jag spände käkarna och nickade, trots att mina vingar ryckte till i protest. Det svaga violetta skimret fångade min blick i ögonvrån och hånade mig med sin skönhet. Jag kände mig inte vacker. Jag kände mig trasig. Men det fanns inte tid för det.

"Okej", sa jag och drämde ner ändan på en pall. "Då sätter vi igång."

Dagarna släpade sig fram, ändlösa och tråkiga, fyllda av gamla böcker och skriftrullar. Till och med en ängels ögon kunde bli trötta, upptäckte jag, och till och med mitt sinne, ständigt törstande efter kunskap, kunde få nog. Jag ville göra något.

Mest av allt ville jag veta hur Alyster och Rafail hade det, men det skulle vi få vänta med tills de återvände.

Ljudet av Aurelius stövlar ekade från stengolvet, skarpt och beslutsamt när han kom för att göra mig sällskap. Han gick inte – han marscherade, rakryggad och säker, som om varje steg var en proklamation.

"Selene väntar inte på att vi ska komma ikapp", sa han, och hans röst skar genom bibliotekets tjocka tystnad. "Vi behöver ha ögon på hennes häxcirkel. Nu."

"Jag skulle kunna gå ..." Jag reste mig, men han skakade redan på huvudet.

"Inte du."

"De andra änglarna?" frågade jag. Mina vingar spändes instinktivt, och spänningen i mina muskler speglade den strama knuten i mitt bröst. "Skulle du skicka dem efter henne? Hur är det med rådet – de sa att ni inte fick lägga er i Sets angelägenheter?"

"Det är ett berättigat användande av resurser", svarade Aurelius utan att tveka, och hans silverfärgade hår fångade det svaga ljuset som smält metall. "Selene och hennes häxcirkel mixtrar med farlig magi. Jag tänker inte vänta på att de ska frammana en högre demon, eller värre."

"Resurser", upprepade jag bittert för mig själv. Allt med honom kokade ner till strategi, till verktyg och pjäser. Aldrig människor. Aldrig liv.

"Håller du inte med?" Hans ton var jämn, men det fanns en egg begravd under den, som utmanade mig att säga emot honom.

Jag bet tillbaka min replik när de tunga dörrarna svängde upp. Hadraniel stod strax innanför, hans massiva bronsvingar utbredda, en väktare huggen ur sten. Hans hand vilade på svärdsfästet, och det svaga skenet från dess runor kastade skarpa skuggor över hans fridfulla ansikte.

"Väktare", hälsade Hadraniel med en djup nick. Hans röst var som grus som maldes mot stål. "Ni kallade på mig?"

"Selene och hennes häxcirkel ska spåras", sa Aurelius utan att slösa tid. "Vi behöver veta deras rörelser, deras antal, deras avsikt."

"Skicka mig." Hadraniels svar kom omedelbart, beslutsamt. Hans hållning förändrades något, vikten jämnt fördelad, redo för vad som än komma skulle.

"Inte ensam", konstaterade Aurelius, och hans genomträngande blick låste sig vid Hadraniels. "Två andra kommer att följa med dig. Detta kräver precision, inte dumdristighet."

"Dumdristighet." Hadraniels läpp ryckte till, precis tillräckligt för att antyda vad han tyckte om kommentaren. Men han nickade ändå. "Som ni befaller. Unakiel och Fenriel?"

"Bra." Aurelius nickade instämmande till hans val, vände sig sedan mot mig, och en kort glimt av något outgrundligt passerade över hans ansikte. "Något du vill tillägga?"

"Bara ..." Jag tvekade, orden fastnade i halsen. Hadraniels bronsvingar glänste som sköldar, orubbliga och stolta. Jag visste bättre än att ifrågasätta hans förmåga, men ändå – "Var försiktig. Selene spelar inte schyst."

"Det gör inte jag heller", sa Hadraniel, och ett spöklikt flin ryckte i mungipan innan han vände på klacken och gick därifrån.

Biblioteket var kvävande.

Bokhyllor tornade upp sig på båda sidor, deras ryggar spruckna av ålder, den unkna doften av pergament och damm hängde kvar i luften. En enda lykta brann med låg låga bredvid mig, dess ljus flimrade över sidorna i en uråldrig text jag hade suttit försjunken i i timmar. Mina fingrar följde de slitna bläcklinjerna, symbolerna som slingrade sig i mönster jag inte riktigt kunde dechiffrera – ännu.

Aurelius satt mittemot mig, tyst som sten. Hans silverfärgade hår fångade lyktans svaga sken, hans hållning oklanderlig trots de otaliga timmar vi redan hade tillbringat här. Han vände blad med precision, det svaga prasslet från papperet skar i mina nerver.

"Något än?" frågade jag utan att bry mig om att dölja frustrationen i rösten. Orden kom ut skarpare än avsett, men utmattningen hade berövat mig all finkänslighet.

"Tålamod", svarade Aurelius utan att se upp. Hans ton var irriterande lugn, kontrollerad. "Detta arbete kräver fokus."

"Just det. Fokus", muttrade jag för mig själv. Mina vingar – dolda men rastlösa – kliade av lusten att röra på mig, att göra något annat än att sålla igenom sköra sidor och döda språk.

Jag drämde igen boken framför mig, och ljudet ekade genom det grottlika utrymmet. "Vi har hållit på med det här i dagar, Aurelius. *Dagar*. Under tiden är Selene där ute och frammanar vem-vet-vad, och Set ..."

"Är exakt anledningen till varför vi måste fortsätta", avbröt han och lyfte slutligen blicken för att möta min. Hans ögon var av stål, orubbliga. "Om du vill bidra föreslår jag att du fortsätter läsa."

Jag morrade tyst när han böjde ner huvudet, innan jag suckade och sträckte mig efter en annan bok, där papyrusen inuti var betydligt äldre än läderbindningen någon hade fäst senare. Skriften inuti var taggig, med skarpa kanter – skriven på ett språk som få levande dödliga idag skulle kunna dechiffrera, om ens någon, men fullt läsbar för mina änglakrafter. Och där, etsad i ett bläck så mörkt att det tycktes sluka ljuset, fanns en avbildning av en dolk, med skrift runt den som stavade ut ett enda ord, om och om igen.

*Set*.

En kyla kröp längs min ryggrad när igenkänningen slog ner i mig som ett åsknedslag. Samma utsmyckade fäste, samma grymma kurva på silverbladet. Dolken Aurelius hade gett till Rafail.

"Vad i helvete är det här?" Orden forsade ur mig när jag sköt mig själv på fötter. "Aurelius, vad är det här?"

"Careena." Hans ton blev djupare, tung av auktoritet, men jag vände mig om mot honom innan han kunde säga ett ord till.

"Förklara", krävde jag och höll upp boken mellan oss. Min röst darrade, inte längre melodisk eller varm – bara rå. "Vad är det här? Varför är den här dolken kopplad till Set?"

Hans käke spändes, men han såg inte förvånad ut. Självklart inte. Aurelius såg aldrig förvånad ut över något.

"Lägg ner boken", sa han jämnt.

"Inte förrän du berättar vad det är du håller på med!" fräste jag tillbaka och drämde boken på bordet mellan oss. Lyktans låga fladdrade vilt av kraften. "Du gav *den här* till Rafail. Du beväpnade honom med något som är kopplat till Set, och du bara ..."

"Nog", fräste Aurelius, och hans röst small som en piska. Den plötsliga intensiteten i den fick mig att vackla, men bara för ett ögonblick.

"Nog?" upprepade jag, misstroget. "Hör du ens dig själv? Det där bladet – det är inget vanligt vapen. Så säg mig, Aurelius, vad har du gjort? Vad döljer du?"

Han reste sig då, långsamt och avsiktligt, och hans resliga gestalt kastade en lång skugga över bordet. Hans genomträngande blick borrade sig in i min, lika orubblig som alltid.

"Careena", började han med låg och avmätt röst, "du förstår inte invecklingarna i vad som står på spel här."

"Upplys mig då", kontrade jag och steg närmare. Jag tänkte inte backa – inte nu. Inte när bitarna i detta förvridna pussel började falla på plats.

För första gången flimrade något i hans ansiktsuttryck. Inte skuld, men ... tvekan.

"Varför", pressade jag, min röst mjukare nu men inte mindre fast, "skulle du ge Rafail något som är knutet till just det vi försöker stoppa? Vad är din plan, Aurelius?"

Hans tystnad var öronbedövande.

”Svara mig!” Jag slog handflatan platt mot bordet, och ljudet sprack genom den stilla luften. Aurelius hade inte rört sig en tum från där han tornade upp sig, hans silverfärgade hår glimmade i lyktans sken som en krona av frost. Hans tystnad var outhärdlig, tjock som dammet som täckte de uråldriga texterna omkring oss.

”Det där bladet”, sa han slutligen, hans röst kall och stadig, ”är inte vad du tror att det är.”

”Vad är det då?” Min andning stockade sig, och naglarna borrade sig in i mina handflator. ”För där jag står ser det ut som om du har gett Rafail en dödsdom!”

”Careena.” Han andades ut mitt namn som en varning, hans genomträngande blick låst vid min. ”Dolken är knuten till Set, ja. Men den tjänar honom inte. Det är ett verktyg – ett som är ämnat att motverka honom.”

”Motverka honom?” ekade jag misstroget. ”Säger du att den där saken ...” Jag stack ett finger mot boken, etsningen av dolken stirrade upp på oss, ”... är någon sorts skyddsåtgärd? Mot vad? Mot vem?”

”Inte ’vad’”, rättade Aurelius lugnt, även om hans käke spändes, vilket avslöjade hans frustration. ”Den som dödas med det bladet dör inte som man skulle förvänta sig. Deras själ skickas direkt till Sets fängelse i underjorden. Fångad. För evigt.”

Jag stelnade till, och hans ord skar genom min ilska som en isflisa. Sets fängelse? Tyngden av det sjönk in i mig och drog ner varje tanke. ”Och du tyckte inte att det var värt att nämna innan du gav den till Rafail?” Min röst sjönk till en farlig låg nivå. ”Bryr du dig ens om vad som händer med honom?”

”Självklart bryr jag mig”, fräste Aurelius, och hans avmätta ton sprack för ett ögonblick. ”Men det här handlar inte om bekvämlighet eller lätthet, Careena. Det här handlar om nödvändighet. Om strategi."

"Strategi?" Jag sökte efter sprickor i den orubbliga fasaden i hans ansikte. "Du gav honom ett vapen som kunde fördöma alla det rör vid, och det ska vi kalla strategi? Varför Rafail? Varför inte skicka en av dina dyrbara änglar med det istället?"

"För att det var meningen att Rafail skulle använda det." Hans ord bar på en slutgiltighet som fick min mage att vända sig. Han rätade på sig, axlarna bakåt, och hans närvaro var nu nästan kvävande. "Jag såg det."

"Du *såg* det?" väste jag och tog ytterligare ett steg framåt tills jag kunde känna tyngden av hans auktoritet pressa mot mitt trots. "Vad exakt såg du, Aurelius?"

Hans läppar smalnade, men något flimrade bakom de kalla ögonen – något motvilligt, något rått. När han talade igen var det tystare, men inte mindre tungt.

"Jag förutsåg att Rafail skulle döda Maeve."

Siare-gåvan. Försvinnande sällsynt bland änglar, men fullständigt ofelbar. Människor med gåvan såg saker höljda i dimma, öppna för tolkning. Änglar såg bara sanning.

Nåväl, det förklarade varför Aurelius var Väktaren.

Den tjocka luften i biblioteket kändes kvävande, och varje ord Aurelius just hade uttalat snärjde sig hårdare kring mitt bröst. Jag gick fram och tillbaka, med stövlar som skrapade mot det urgamla stengolvet. Det svaga ljuset från de höga, smala fönstren föll snett över rader av spröda luntor, men det gjorde inget för att lugna stormen i mitt huvud.

"Det är allt, då?" Min röst skar genom den tryckande tystnaden. "Du förutsåg att Rafail skulle döda Maeve, så du gav honom en förbannad dolk, fullt medveten om var hennes själ skulle hamna?"

"Inte förbannad", rättade Aurelius, med en avhuggen ton som om precision betydde mer än moral. Han stod stel, med armarna i kors bakom ryggen som en marmorstaty som för länge sedan glömt vad det innebar att böja sig. "Dolken är ett verktyg. Ett utformat för ett mycket specifikt syfte."

"Ja, att skicka folk raka vägen till Set." Jag slutade gå och vände mig om för att möta honom, och tyngden i min blick räckte för att få utrymmet mellan oss att kännas som ett slagfält. "Förstår du ens vad du har gjort? Om Maeve hamnar lös i underjorden ..."

"Hon kommer inte att vara lös." Hans avbrott var skarpt och skar genom mina ord som eggen på det där fördömda vapnet. "Dolken säkerställer att hennes själ kommer att vara fången inuti Sets fängelse, inte vandra fritt. Det är den enda platsen där hon inte kan göra någon skada."

"Om hon inte lyckas göra precis tvärtom", sköt jag tillbaka. "Maeve är inte vem som helst, och det vet du. Hon är bunden till Set. Länkad till honom. Vad händer när hon kommer dit ner och börjar riva sönder stället i ett försök att befria honom själv?"

"Då är hon redan där hon behöver vara." Hans silverögon glimmade kallt, orubbligt. "I hjärtat av hans fängelse. Inlåst med honom."

Jag stirrade på honom, och min andning fastnade någonstans mellan misstro och raseri. Logiken var felfri, visst. Elegant, till och med. Men gudar hjälpe mig, den smakade bittert. "Och du tyckte inte att Rafail kanske förtjänade en varning om något av detta innan du kastade in honom i det?"

”Att förvarna honom skulle inte ha förändrat något”, sa Aurelius, men hans blick flyttades. Bara en aning. Tillräckligt för att berätta för mig att han hatade det här lika mycket som jag – men han skulle aldrig erkänna det. ”Dolken har ett syfte, Careena. Och Rafail ... Rafail har sin roll att spela.”

”Hans *roll*?” Ordet spottades ur min mun som aska. ”Han är inte en av dina soldater, Aurelius! Han är en person, en man som redan har lidit mer än nog! En man som litade på dig!”

”Tillit är irrelevant.” Hans röst hårdnade och hamrade ut varje ord i luften. ”Det som betyder något är att förhindra Set från att sprida förstörelse över varje rike som existerar. Denna plan ...” Han gestikulerade med kontrollerad precision, som om ödets tyngd vilade i hans hand. ”... är den bästa chansen vi har att stoppa det. Har du en bättre lösning?”

”Kanske inte”, erkände jag och svalde hårt mot knuten som steg i min hals. Mina vingar vecklades tätt mot min rygg, och fjädrarna darrade när spänningen böljade genom mig. ”Men du borde ha berättat för honom. Du berättade inte för honom för att *vad*? Du trodde att han skulle klanta till det på något sätt? Du litar inte på honom?”

”Tillit är inte problemet”, sa Aurelius, med en röst som härdat stål. Han ryggade inte ens tillbaka. Självklart inte. Varje ord från honom var avsiktligt, kalkylerat, orubbligt. ”Att förvarna folk går sällan som avsett. Det förvränger framtiden till något kaotiskt, oförutsägbart. Jag har sett det hända tillräckligt många gånger för att veta bättre.”

”Det var ju bekvämt”, sköt jag tillbaka, och mina vingar slog ut för att understryka orden. De skar genom luften med ett ljud som åska – skarpt, ilsket. ”Rafail förtjänar kaos, då? För att det är lättare för *dig* om han går blint in i detta?"

"Careena." Hans ton sänktes, och varnade mig som om jag vore någon oregerlig ungfågel som testade sina gränser. "Det här är den bästa lösningen på Maeve-problemet. Den renaste vägen framåt."

"Renast för *dig*!" Orden slets ur mig innan jag kunde stoppa dem. Jag marscherade närmare, mina stövelklackar slog mot marmorgolvet. Gnistrar av violett ljus dansade svagt längs mina fjädrar, en rastlös energi jag inte kunde hålla tillbaka. "Men Rafail då? Vad händer när han lönnmördar faedrottningen? Har du förutsett deras hämnd? Hennes lojala riddare som sliter honom i stycken? Eller spelar det ingen roll för dig?"

Ett flimmer. Det var subtilt, knappt märkbart, men jag såg det – hans käke spändes, och den svagaste skuggan drog över hans blick. Det var inte tvekan, inte riktigt skuld heller, men ... något nära. För ett kort ögonblick såg han nästan dödlig ut. Nästan bräcklig.

"Careena", började han igen, hans röst tystare nu, men inte mindre beslutsam. "Det här är inte ..."

"Gör det inte." Jag avbröt honom och tog ytterligare ett steg framåt. Nära nog för att se de svaga silverådrorna i hans iris. Nära nog för att känna tyngden av hans auktoritet pressa mot mig som en storm. "Prata inte med mig som om jag är någon naiv dumbom som inte förstår vad som står på spel här." Min röst sprack, ilskan gav vika för något råare, mer sårbart. "Men Rafail är inte bara en pjäs på ditt bräde. Han är ..."

Jag hejdade mig och svalde hårt. De outtalade orden hängde tunga i luften mellan oss.

”Vad händer med honom efter Maeve?” tvingade jag mig att fråga, slutligen. ”Vad såg du?” *Skulle jag någonsin få se honom igen?*

Han ryggade inte tillbaka. Självklart inte. Aurelius stod där, statylik som alltid, hans silverfärgade hår fångade det svaga skenet från bibliotekets vägglampor. Men hans tystnad – den talade mer sanning än han någonsin skulle göra.

”Ingenting, alltså.” Min röst var knappt mer än en viskning, men den bar varje uns av det raseri som klöste i mitt bröst. ”Du har inte sett något för Rafail efter det ögonblicket, eller hur? Du vet inte ens om han överlever.”

”Careena ...”

”Gör det inte”, fräste jag. ”Säg det bara. Säg det vi båda redan vet. Du skickade in honom i det här fullt medveten om att han kanske inte skulle komma tillbaka. Han är förbrukningsbar för dig, eller hur? Bara ännu ett offer för din storslagna plan.”

Hans ögon smalnade, kallt stål låstes fast vid mig. ”Det där är inte sant.”

”Är det inte?” Jag steg närmare, så nära att jag var tvungen att luta huvudet bakåt för att möta hans blick. ”För det är precis så det ser ut härifrån. Du gav honom en dolk knuten till Set – ett vapen så farligt att du inte ens varnade honom om det – och du skickade honom rakt in i hjärtat av fae-hovet. Hur är det *inte* att behandla honom som en pjäs?”

”Nog.” Hans ton skar genom luften som ett blad, vass och slutgiltig.

Men jag slutade inte. Kunde inte. ”Bryr du dig ens om vad som händer med honom? Eller är du så distanserad, så högfärdig och mäktig, att ...”

”Nog!” Aurelius röst dundrade och tystade mig mitt i en mening. Hans hand kom ner hårt på bordet mellan oss och fick de återstående texterna att skallra. Hans genomträngande blick höll fast min, orubblig, och för första gången sedan jag träffat honom såg jag något brinna bakom de silverfärgade irisen. Något rått.

”Tror du att jag ville det här?” Hans röst sjönk, låg och giftig, men tyngden bakom den fick min andning att stocka sig. ”Tror du inte att jag har övervägt varje utfall, varje konsekvens? Tror du inte att jag bryr mig om vad som händer med Rafail – eller med dig?”

”Så varför ...”

”För att jag har kämpat mot Set förut.” Hans ord var avsiktliga, varje stavelse föll som hammarslag. ”Jag har sett vad han för med sig. Förstörelse. Lidande. Kaos bortom allt du kan föreställa dig. Hela riken nedbrända till aska. Det är vad som står på spel här, Careena. Inte ett liv. Inte två. Alla. Och allt.”

Utrymmet mellan oss kändes som om det hade sugits tomt på luft, och tyngden av hans ord pressade ner mig tills mina knän nästan vek sig. Jag stirrade på honom och letade efter något – vad som helst – som skulle göra detta lättare att svälja. Något uns av tvivel. Ett tecken på att han inte var så orubblig som han verkade. Men det fanns inget. Bara kall, orubblig övertygelse.

”Vi alla”, sa han, mjukare nu men inte mindre bestämt, ”är förbrukningsbara om det innebär att stoppa Set. Rafail. Du. Jag. Varenda en av oss. Du kanske inte gillar det, Careena, men det gör det inte mindre sant.”

Jag svalde hårt, min hals trång och torr. Mina vingar ryckte bakom mig, rastlösa, de violetta gnistorna dämpades till ett svagt surr. Jag ville skrika, kasta något annat, rasa mot den känslokalla logiken i hans ord. Men det fanns inget kvar att säga. Och värre ändå – jag kunde inte förneka att han hade rätt.

Den tunga dunken mot biblioteksdörrarna fick min andning att stanna. Ljudet ekade, skarpt och slutgiltigt, som om världen själv hade andats ut sin sista dödsrossling.

Aurelius och jag utbytte en blick – hans silverögon smalnade, mina vidgades. Mina vingar spändes instinktivt, och fjädrarna strök mot bordskanten. Han rörde sig först och gick mot dörren med en beslutsamhet som fick mitt hjärta att slå snabbare. Jag följde efter och höll precis handen från fästet på svärdet jag instinktivt trevade efter. Jag kanske var tvungen att bära Sets förbannade klinga, men jag tänkte absolut inte använda den om det inte var en fråga om liv och död.

Ännu en duns. Denna svagare. En fläck av något mörkt rann ut under dörrspringan. Blod.

”Öppna”, beordrade Aurelius, hans röst som stål som brister.

Jag svängde upp dörren på vid gavel, och Hadraniel kollapsade på tröskeln. Hans bronsvingar hängde slappt, illa tilltygade och sönderrivna, den metalliska glansen mattad till en livlös kopparton. En arm hängde slappt, medan den andra klämde om hans sida, där blod forsade fritt mellan hans fingrar.

”Hjälp mig ...” rossnade han, men knäna vek sig innan han hann avsluta. Jag fångade honom under hans friska arm, och tyngden av honom drog ner mig ett steg. Hans blod var hett mot min hud, och det brände värre än någon eld.

”Få in honom!” skällde jag och kämpade under hans tyngd. Aurelius rörde sig redan och lyfte Hadraniel med en lätthet som dolde spänningen i hans käke. Tillsammans sänkte vi ner honom på stengolvet, och värmen från hans blod samlades runt oss som utspillt bläck.

"Selene", kraxade Hadraniel, hans röst förstörd av vilka fasor han än hade sett. "Hon har ... hon har frammanat dem."

"Frammanat vad?" krävde jag och knäböjde bredvid honom. Mina händer svävade över såren, osäker på var jag skulle börja. Det var för många, och inget av dem såg ut att gå att överleva.

"Demoner", lyckades han få fram och hostade upp något tjockt och svart. Det stänkte över hans haka, och jag ryggade tillbaka trots mig själv. "Tre av dem. Minst tre. Hennes häxcirkel ... de är – de är borta. Men demonerna ..." Hans huvud föll bakåt, och hans andning blev ryckig, ytlig och ojämn.

"Var är de andra?" frågade Aurelius, hans ton kallare än is.

"Döda." Hadraniels ögon fladdrade upp en kort stund, precis länge nog för att möta Aurelius obevekliga blick. "Båda två. De klarade sig inte."

"Änglar ..." Ordet slapp ur mina läppar innan jag kunde hejda det. Mitt bröst drog ihop sig, och vidden av det störtade ner över mig på en gång. Änglar. Döda. Inte bara sårade eller skingrade, utan *döda*.

"Hur länge sedan hände det här?" pressade Aurelius och lutade sig närmare Hadraniel.

"Timmar. Kanske ... mindre." Hadraniels ord sluddrade nu, hans fokus gled undan. "De – de rör sig snabbt. Selene väntar inte på Maeve. Hon har startat det. Kriget – det har börjat."

Något kallt kröp in i mina ådror vid hans ord och domnade mig inifrån. Jag vände mig mot Aurelius, som hade blivit kusligt stilla. Hans silverfärgade hår fångade fackelskenet och glimmade som ett blad redo att slå till.

”Set behöver inte faearmén”, sa jag, mer till mig själv än till någon annan. ”Han behöver inte vänta på Maeve. Hon är bara en försäkring. Selene har redan släppt lös kaoset.”

”Ja.” Aurelius reste sig långsamt, hans blick sänkt, försjunken i beräkningar. ”Och vi har slösat bort tid vi inte hade.”

”Väntat för länge”, viskade jag, min hals torr. Mina vingar darrade bakom mig, den violetta glöden gnistrade svagt i upprördhet. ”Vi ...”

”Nog.” Aurelius avbröt mig, hans röst låg men befallande. Han tittade på Hadraniel, sedan på mig. ”Det finns inget utrymme för ånger nu. Vi agerar. Omedelbart.”

”Agerar hur?” Mina ord small vassare än avsett, men jag kunde inte hejda dem. Desperationen klöste i mig, rå och obeveklig. ”Vi vet inte ens vad hon planerar! Och tre demoner? Tror du att vi bara kan ...”

”Careena.” Hans blick låstes vid min och tystade resten av min protest. ”Du ville ha brådska? Här är den. Tiden för tvivel är förbi. Kriget har börjat.”

Hadraniel hostade igen, och hans kropp krampade när ytterligare en våg av svart galla vällde från hans läppar. Hans blod trängde igenom mina fingrar, klibbigt och varmt, och jag hatade hur hjälplös det fick mig att känna mig. Aurelius ropade på helarna, och jag hoppades att de skulle hinna i tid, även när jag hällde himmelsk magi i Hadraniel. Vi behövde honom. Vi skulle behöva dem alla.

”Spara ditt raseri till slagfältet”, sa Aurelius, hans röst mjukare nu men inte mindre bestämd. ”Vi kommer att behöva det snart nog.”

Jag stirrade på honom, min puls hamrade i öronen. Kriget hade börjat. Och vi var inte redo.

# Kapitel tretton

## Alyster

Dånet av stål mot stål ven genom luften när jag duckade under ett brett hugg och mina stövlar slirade över de mossbeklädda stenarna. En annan krigare stormade mot mig, och deras rustning glimmade som krossad is i det bleka månskenet. Min klinga var redan i rörelse – en flytande silverbåge som mötte deras mitt i slaget. Sammanstötens skakning for upp genom min arm.

"Är det så här lojalitet mot Maeve ser ut nu?", spottade jag ur mig medan jag vred loss mitt svärd och tog ett steg tillbaka. "Blind lydnad?"

"Förrädare", väste krigaren och gjorde ett nytt utfall, men deras balans var helt fel. Alltför ivrig. Alltför desperat. Jag tog smidigt ett steg åt sidan och drämde hjältet på min klinga i deras hjälm. De föll ihop som höstlöv.

Slagfältet var ett fullkomligt kaos – splittrade baner, krossade sköldar och magins kusliga surrande som laddade luften. Jag kunde känna smaken av den, bitter och skarp, som blod och bränt trä. Faemagi drabbade våldsamt samman i explosioner av ljus och skugga och skakade de uråldriga ekar som omgav oss. Någonstans i fjärran slet en explosion sönder natten och spred glöd som eldflugor.

”Det räcker!”, ljöd Artarias röst över stridsvimlet, kall och befallande. Jag vände mig om och fick syn på henne där hon stod rak på ett fallet träd, med sitt gyllene hår som fångade upp kringirrande gnistor från elden. Till och med mitt i blodbadet såg hon oberörbar ut, hennes närvaro som en klippa mot tidvattnet.

”Vayirs krigare, dra er tillbaka!”, skrek hon med en ton som inte tålde något motstånd. En efter en drog sig våra kämpar ur striden och gled undan sina motståndare med beräknad precision. Ingen vågade trotsa henne.

Jag stegade mot henne och torkade svetten från pannan med handryggen. ”Trodde du verkligen att Maeve inte skulle försöka dra in oss i den här röran i samma ögonblick som vi agerade mot henne?” Min röst blev hårdare än jag avsett, men frustrationen kokade nu för nära ytan. Det hade inte dröjt länge innan Maeves spioner rapporterat att Vayir hade börjat samla allierade mot henne, med början hos de som redan var missnöjda under Maeves hårda styre. Hon hade skickat en order om att Vayir skulle ansluta sina krigare till hennes arméer, och när vi inte omedelbart lydde skickade hon sina styrkor mot oss. Om än sparsamt. Fyrtio krigare, inte ens riddare, hade ingen chans mot de vi redan samlat, men det visste Maeve. Detta var bara ett test av vår beslutsamhet; de fyrtio krigarna var bara bönder som skulle offras.

Artaria ryggade inte tillbaka. Hennes silverögon mötte mina, stadiga som rötterna som löpte djupt under denna mark. ”Självklart skulle hon det”, sa hon jämnt. ”Men vi är inga pjäser som kan kallas in efter hennes nycker.”

”Hon kommer att kalla det förräderi”, varnade jag och lät min klinga glida tillbaka i sin skida med ett metalliskt väsande. ”Hon kommer att vrida det till något värre.”

"Låt henne göra det", svarade Artaria och hennes läppar kröktes i ett glädjelöst leende. "Om Maeve vill ha krig, så ska hon få det. Men på våra villkor, Alyster. Inte hennes."

"Hur många kommer att dö för de villkoren?", frågade jag tyst, även om jag redan visste svaret. Alltför många. Alltid alltför många.

Artaria klev ner från trädet och hennes stövlar krasade över förkolnade löv. Hon lade en hand på min axel, med ett fast grepp. "Det här är större än oss, brorson. Större än till och med Maeves oundvikliga vrede. Det vet du bättre än någon annan."

Hennes ord träffade rätt, som de alltid gjorde. Jag blickade tillbaka mot slagfältet, som nu var kusligt tyst förutom stönandena från sårade faer och det avlägsna sprakandet från brinnande trä. Det vred sig i magen på mig. Varje liv som gått förlorat ikväll var ännu en fläck på mitt namn, ännu en börda lagd till den börda jag redan bar. Men hur kunde jag stå sysslolös när drottningen jag hade tjänat i århundraden försökte sälja oss alla till undergången?

"Hon kommer att hämnas", sa jag slutligen och mötte Artarias blick igen. "Det vet du, eller hur? Hon kommer att skicka sina riddare – eller värre."

"Låt henne försöka", sa Artaria med en röst som härdat stål. Sedan släppte hon min axel och vände sig om, och hennes gyllene hår fångades av det svaga gryningsljuset som bröt fram över horisonten. "Skicka avvisandet, Alyster. Gör det tydligt. Vayir kommer inte att slåss för Maeve."

Den kalla säkerheten i hennes ton lämnade inget utrymme för tvivel. Jag nickade en gång och planerade redan formuleringen i mitt huvud. Direkt. Orubblig. Ett meddelande som inte skulle lämna några sprickor för Maeve att utnyttja.

"Betrakta det som gjort", sa jag med låg röst.

För ett ögonblick talade ingen av oss, medan vi såg de första solstrålarna sippra in i den rökstrimmiga himlen. Tystnaden efter strid var alltid den mest öronbedövande – den tryckte mot ens öron, fyllde de tomrum där skrik och stål hade funnits bara ögonblick tidigare.

"Hon kommer inte att sluta förrän hon har bränt ner allt", mumlade jag, mer för mig själv än för Artaria.

"Då ska vi se till att hon inte får chansen", sa Artaria enkelt. "Gå nu. Det finns fortfarande mycket att göra, och Maeves vrede kommer inte att vänta länge."

Jag vände mig bort, med tyngden av det som låg framför mig vilande tungt på mina axlar. Inbördeskriget var inte bara på väg – det var här. Och det fanns ingen återvändo.

Budbäraren anlände i gryningen, blek och darrande. Han föll på knä inför Artaria i rådskammaren, med huvudet så lågt böjt att hans hår snuddade vid det kalla stengolvet.

"Drottning Maeve kräver ett möte", sa han med en röst som knappt var mer än en viskning. "Omedelbart."

Artaria stod vid kortändan av det långa bordet och hennes fingrar följde de invecklade sniderierna längs dess kant. Hennes ansiktsuttryck förändrades inte – lugnt, samlat, en mask av orubblig beslutsamhet. Men jag såg hur hennes käke spändes en aning. Hon sneglade på mig, en tyst fråga i blicken.

”På neutral mark”, sa hon slutligen och vände blicken tillbaka mot budbäraren. ”Med överhuvudena för alla större hus närvarande. Det är mitt villkor.”

”Hennes Majestät kommer inte att...”, budbäraren avbröt sig själv och svalde hårt. ”Hon kommer att förvänta sig er vid Vinterspiran vid solnedgången.”

”Då kan hon förvänta sig så mycket hon vill.” Artarias röst skar som frosteggad stål. ”Du kan informera din drottning om att jag endast kommer att möta henne på rättvisa villkor. Neutral mark. Bevittnat av de församlade faehusen. Om hon vägrar är det hennes val.”

Budbäraren tvekade och sneglade mellan oss innan han snabbt nickade. Han reste sig och gick utan ett ord till, och hans fotsteg ekade i den tomma salen.

”Tror du att hon kommer att gå med på det?”, frågade jag, även om jag redan visste svaret.

”Självklart inte”, sa Artaria och korsade armarna. ”Maeve ser kompromisser som svaghet. Hon kommer att vägra rakt av.” Hon studerade mig ett ögonblick, med en genomträngande blick skarp nog att nagla fast mig där jag stod. ”Och när hon gör det måste vi vara redo.”

Min faster var en formidabel diplomat, och hon hade ägnat århundraden åt att finslipa allianser med många adliga hus. Hon visste exakt vilka spakar hon skulle dra i, exakt vem som hyste vilket agg, och hon utnyttjade varje uns av kunskap hon någonsin haft för att få Maeve på hälarna.

Maeve hade förstås gjort det lätt på vissa sätt. Hon var, milt uttryckt, en autokratisk satmara, och hon hade inte skaffat sig många vänner under sina århundraden på tronen. Hon hade dödat sina egna syskon, till och med sina egna barn när hon trodde att de kunde utgöra en utmaning för hennes styre, och att härska genom fruktan skapade osäkra allierade. Det tog bara några veckor innan Artaria hade mer än ett dussin mindre hus på vår sida, tillräckligt för att hon skulle få uppmärksamhet från några av de större husen i den norra delen av faeriket, och sedan begärde hon ett möte i vår klans stora rådskammare.

Det dök upp mycket fler personer än jag hade förväntat mig.

Rådskammaren surrade som en bikupa på gränsen till kollaps. Höjda röster drabbade samman, var och en försökte överträffa den andra i volym och auktoritet. Doften av krossade tallbarr blandades med den svaga metalliska anstrykningen av magi som hängde tung i luften. Jag lutade mig tillbaka mot den svala stenmuren med armarna i kors och försökte göra mig osynlig. Rafail stod vid min sida, och hans närvaro var en oväntad tröst även om han inte talade. Han hade hållit mig om ryggen hela tiden, lyssnat tyst när jag behövde någon att ventilera med och kämpat vid min sida när det kom till svärd.

Han hade väldigt snabbt blivit som den bror jag aldrig haft, och jag kunde inte föreställa mig att göra det här utan honom.

"Lord Alyster", skällde en av lorderna, med en ton så skarp att den skar genom larmet. "Ni har varit ovanligt tyst."

"Han döljer något", hånlog en annan. "Kanske är hans lojalitet inte så järnfast som vi alla har trott?"

Rafail kände på sin dolk, och jag lade en hand på hans handled.

"Det är lugnt", sa jag mjukt. "Artaria har hand om det här."

"Nog." Artarias röst bar över kaoset som den första åskknallen före en storm. Allas blickar vändes mot henne, och hon nickade mot mig, med ett outgrundligt men förväntansfullt uttryck. Min faster visste precis vad hon gjorde. Det gjorde hon alltid.

Jag rätade på mig och tog ner armarna från kors, och tvingade mina händer att förbli stadiga vid mina sidor. "Visst", sa jag med klar men inte högljudd röst. De lutade sig ändå fram, som vargar som kände doften av blod. "Om ni vill ha min redogörelse, så ska ni få den. Men förvänta er inte att tycka om den."

"Tala klarspråk", krävde lord Tharos. Hans förakt för mig var nästan påtagligt, men hans blekgröna ögon förrådde nyfikenhet. De ville alla veta. Även de som tvivlade på mig kunde inte motstå sanningens lockelse.

"Set", började jag och lät namnet hänga i luften som ett öppet sår. Rummet blev stilla. "Maeve slöt en pakt med honom. En överenskommelse som gjordes bakom stängda dörrar. Och ängeln Careena...", min strupe snördes åt ofrivilligt vid tanken på henne, men jag pressade mig vidare. "Careena var den som upptäckte henne. Änglar ljuger inte, de kan inte."

"Absurt", mumlade någon längst bak. En kvinna klädd i silver smalnade ögonen. "Ni anklagar vår drottning för att alliera sig med *den* varelsen? Ni gör bäst i att ha mer än vaga insinuationer, Vayir."

"Tror ni att jag är här för att jag tycker det här är roligt?", fräste jag, min röst skarpare än avsett. "Tror ni att jag skulle stå inför er och anklaga Maeve...", hennes namn smakade bittert på tungan, "...för förräderi om jag inte var absolut säker?"

Blickar utbyttes, och jag såg osäkerhet. De visste att jag hade förverkat allt genom mina handlingar. Sannerligen skulle jag väl inte göra det utan god anledning?

"Skulle jag riskera allt...", jag gestikulerade runt i rummet och mina fingrar snuddade omedvetet vid hjältet på min klinga, "...mitt namn, mitt hus, min heder, för en lögn? För ett påhitt?"

"Alysters lojalitet mot Maeve är välkänd. Om han talar emot henne nu, är det för att sanningen inte lämnar honom något val." Jag kunde inte ens se vem som talade, men jag nickade tacksamt mot talaren. De kände mig, vem det än var.

"Ord. Ord och rykte betyder ingenting utan bevis", sa lord Tharos, även om hans ton hade mjuknat. Hans skepsis var dock intakt.

"Bevis?", upprepade jag och mötte hans blick rakt på. "Vill ni ha bevis? Fråga er själva varför Maeve har blivit så djärv. Varför hennes magi stinker av något uråldrigt och fel. Varför Sets namn har börjat smyga sig in i viskningar bland häxcirklarna. Tror ni verkligen att det är tillfälligheter?"

"Det där är i bästa fall gissningar", kontrade Tharos.

"Låt mig då göra det tydligare för er", sa jag och tog ett steg framåt. Spänningen i rummet spändes som en bågsträng. "Set vill ha herravälde över alla riken. Och Maeve, i sin desperation efter makt, har erbjudit honom faerna som bönder i hans krig. Hon har sålt ut oss för sina egna ambitioner. Det är sanningen. Tro det eller ej."

Jag andades ut häftigt, och tyngden av orden lämnade en

bitter smak i munnen. "Men det kommer inte att ändra på vad som är på väg."

Ett mummel krusade sig genom de församlade faerna. Tvivlet dröjde kvar i vissa ansikten, men andra... andra såg bestörta ut. Som om de redan visste. Som om jag bara hade bekräftat vad de hade fruktat.

"Er ärlighet är ökänd, Alyster", sa Lady Eryndel tyst, hennes gyllene ögon som sökte mina. "Och ändå detta... Detta är nästan för mycket att tro på."

"Tro på det ändå", svarade jag dystert. "Eller låt bli. Men när Maeves sanna planer kommer fram i ljuset spelar det ingen roll vad ni tror. Då kommer det att vara för sent."

Rummet surrade av spänning. Ännu ett sigill bröts på pergamentet i min hand, och vaxet smulades sönder mellan mina fingrar. Det bar huset Tyvrins sigill – deras svar nedklottrat med skarpa, otåliga drag.

"Huset Tyvrin står med Vayir", läste jag högt, min röst stadig trots stormen som rasade inom mig.

En krusning gick genom kammaren, ett kollektivt andetag som drogs in och hölls kvar. Artaria, som satt till vänster om mig, gav en knappt märkbar nick, hennes ansiktsuttryck hugget i sten. Tvärs över bordet förvreds lord Tharos ansikte till något surt, hans misstro påtaglig.

"Det är sexton hus nu." Min blick svepte över de församlade lorderna och ladyerna, deras siden och rustningar som fångade det brutna ljuset som strömmade in genom de höga, välvda fönstren. "Sexton som har valt att trotsa Maeve."

"Valt förräderi", fräste Tharos och slog en knytnäve mot rådsbordets polerade trä. "Ni talar som om detta är någon ädel sak, Alyster. Hör ni ens er själv?"

”Bespara mig dramatiken, Tharos”, sa jag skarpt och avbröt honom innan han hann samla mer kraft. ”Det här är inte förräderi. Det är överlevnad. Tror ni att er lojalitet mot Maeve kommer att betyda något när Set drar oss alla i fördärvet? Eller värre?”

”Nog”, Artarias röst small som ett piskrapp, tyst men befallande. Rummet tystnade. ”Beslutet är fattat. De som önskar hålla sig fast vid Maeves skugga får göra det. Men vet detta...” Hennes blick skar genom luften som en klinga och vilade med eftertryck på Tharos. ”När tidvattnet vänder kommer ingen att glömma vilken sida ni stod på.”

Han sjönk tillbaka i sin stol, rasande men tyst.

”Ordet kommer snart att nå henne”, sa jag, vek ihop pergamentet och stoppade undan det. ”Om hon inte redan har hört det. Hon kommer inte att ta lätt på det här.”

”Hon kommer att kräva förhandling”, sa Artaria sakligt. ”Det är hennes enda drag nu när så många hus står på vår sida.”

”Förhandling”, upprepade jag, och ordet var bittert på tungan. Jag spände käkarna. ”Och vi förväntas lita på att hon inte skär halsen av oss medan vi sitter vid hennes dyrbara stencirkel?”

”Neutral mark”, svarade Artaria, med en ton som inte tålde något motstånd. ”Med varje hus närvarande. Villkoren kommer att vara tydliga, och konsekvenserna för att bryta dem ännu tydligare.”

”Maeve bryr sig inte om konsekvenser”, muttrade jag. ”Hon kommer med knivar gömda under sina ord.”

”Då kommer vi förberedda.” Artaria reste sig, och hennes närvaro fyllde rummet som ett åskmoln. ”Ta inte miste, brorson. Det här är krig. Men krig utkämpas lika mycket med ord som med svärd. Låt henne göra det första felsteget."

"Det kommer hon att göra", sa jag dystert. "Men jag litar inte på att hon väntar så länge."

"Rafail", ropade jag hans namn i samma ögonblick som jag klev ut i den svala kvällsluften. Han stod lutad mot en knotig ek utanför rådssalen, med armarna i kors och sitt vanliga hånleende fast på plats, som om han hade väntat.

"Det tog inte lång tid", anmärkte han och knuffade ifrån trädet med en ledig grace. Hans ögon glimmade i det svaga ljuset. "Låt mig gissa – Maeve är trängd in i ett hörn, så nu vill hon spela snäll?"

"Något i den stilen." Jag stannade några steg från honom och sänkte rösten. "Det kommer att bli en förhandling."

"Självklart blir det", sa Rafail torrt. "Och låt mig gissa igen – du vill att jag ska närvara, men inte precis som mig själv."

"Lika skärpt som alltid." Jag kunde inte låta bli en svag antydan till ett leende. "Du är den enda jag litar på för att komma tillräckligt nära henne utan att bli upptäckt. Och jag behöver öron på hennes sida av cirkeln."

"Tillräckligt nära för att känna doften av hennes parfym?" Han höjde ett ögonbryn, även om hans ton var lättare än jag hade förväntat mig. "Du vet verkligen hur man ber om tjänster, Alyster."

"Det var därför jag tog dig hit, minns du? Gör det, och jag står i skuld till dig", sa jag och mötte hans blick jämnt. "Vad det än kräver."

"Ge inga löften du inte har råd att hålla", muttrade Rafail, men hans flin återvände när han rullade på axlarna. "Okej då. Vilken form?"

"Något litet. Oansenligt. En råtta, kanske."

"Tjusigt", sa han uttryckslöst. Utan ett ord till tog han ett steg tillbaka, och hans kropp förvandlades sömlöst till sin djurform. Ena stunden stod han där, mänsklig och halvt road; i nästa skyndade en slank, brun råtta mot mig, dess svarta ögon glimmade i det svaga ljuset.

"Det duger", mumlade jag. Råttan lade huvudet på sned, ett tyst erkännande, innan Rafail skiftade tillbaka och stod framför mig igen.

"Du behöver äta", sa han. "Careena kommer inte att bli glad om jag tar dig tillbaka och du ser halvt utsvulten ut. Kom igen. Jag har mat."

Jag slog följe med honom och njöt av hans tysta, kravlösa sällskap. Skulle någon av oss någonsin se Careena igen? Vissa dagar var det bara tanken på henne som höll mig igång. Om vi gav upp skulle Maeve överlämna faearméerna till Set och jag var inte säker på att ens änglarna skulle kunna stoppa honom då. Set skulle ta Careena till sin tjänarinna, och den tanken var mer än jag kunde uthärda. Min hand knöts runt hjältet på mitt svärd, den himmelska klingan som Careena hade skapat åt mig, den enda himmelska klingan som någonsin hållits av en fae.

Över min döda kropp.

Luften var skarp av spänning, den sort som sätter sig djupt i bröstet och vägrar släppa taget. Stencirkeln surrade svagt av gammal magi, äldre än till och med Maeve själv, och jag kände dess tyngd sticka mot min hud som nässlor. Varje klanöverhuvud var närvarande, deras ansikten uttryckslösa masker, men deras blickar for mellan mig och drottningen, i väntan.

Maeve reste sig smidigt från sin plats, hennes vitblonda hår en kaskad av frost över hennes axlar. Hennes skönhet var ett vapen, som alltid, men den skar vassare idag, vässad av raseri.

"Förrädare." Ordet small ur henne som ett piskrapp, och huvuden vändes tvärt. "Alyster Vayir, du står anklagad för edsbrytning...", hon tystnade för effektens skull, hennes bleka silverögon smalnade till springor, "...och förräderi mot din Högdrottning."

"Nu börjar det", muttrade jag för mig själv, precis tillräckligt högt för att Artaria till vänster om mig skulle höra. Hon sneglade inte ens på mig, även om jag uppfattade den svagaste ryckningen i hennes läppar.

"Dina brott är oförlåtliga", fortsatte Maeve, med en röst som steg som om hon talade till en armé, inte ett råd. "Du har konspirerat mot mig, mot själva faeriket. Du vågar vända klaner mot sin svurna Drottning. För detta..." hennes ton skärptes "...kräver jag rättvisa. Hans huvud."

Orden hängde i cirkeln som rök och kvävde allt annat. Ett mummel spred sig genom de samlade lorderna, och några rörde sig oroligt i sina säten. Två av Maeves riddare tog ett steg fram som en, med händerna på svärdshjältet.

"Ta det försiktigt", ljöd Artarias röst och skar rakt igenom det tilltagande kaoset. Lugn, kall, säker. "Villkoren för denna förhandling gäller alla närvarande. Om ni drar era svärd på neutral mark är det era liv som förverkas först, inte hans."

Riddarna stannade mitt i steget. De såg på Maeve, osäkra nu, men hon sa ingenting. Hennes käke spändes, hennes fulländade ansikte var hugget i is.

"Dra er tillbaka", sa jag och riktade orden mot ingen särskild men lät dem bära. Riddarna tvekade ett ögonblick till innan de retirerade, deras stövlar skrapade mot den uråldriga stenen. Mumlet lade sig, men spänningen fanns kvar, hopringlad kring varje andetag.

"Färdiga?" frågade jag och reste mig långsamt. Min stol skrapade mot stenarna, ljudet avsiktligt och gnisslande. Maeves blick for till mig, vass nog att dra blod. Jag mötte den rakt på, utan att vika undan.

"Låt oss tala om edsbrott, då", sa jag med stadig, avmätt röst. "Eftersom vi ändå kastar anklagelser omkring oss. Ska vi börja med era?"

Någonting fladdrade över hennes ansikte – bestörtning, snabbt kvävt. Jag fortsatte, varje ord nu avsiktligt, och slog till där jag visste att det skulle göra som mest ont.

"Er ed som Högdrottning, att försvara och bevara faerna. Att skydda detta rike och dess folk framför allt annat." Min röst hårdnade. "Den eden dog i samma ögonblick som ni sålde ut oss till Set. Ni bröt den, Maeve. Inte jag. Ni."

Hennes tystnad var högljuddare än någon förnekelse kunde ha varit.

Viskningar började bland faefurstarna och furstinnorna, chockade uttryck syntes på ansikten som inte hade trott på anklagelserna ... förrän nu.

Maeve for upp på fötter, rörelsen så skarp och våldsam att hennes bägare skramlande föll till stengolvet. Silvervin – för självklart skulle hon inte dricka något mindre – spilldes ut som flytande månljus och samlades i en pöl vid hennes fötter.

"Spioneri?" Hennes röst small som en piska och skar igenom mumlet som hade börjat sprida sig bland de samlade faefurstarna och furstinnorna. "Vågar ni anklaga mig för förräderi medan ni smyger i skuggorna som en råtta? Har ni slingrat er genom mina salar, Alyster? Krypit under mitt tak för att samla ert gift?"

Jag stod kvar med armarna löst korsade över bröstet. Hennes ilska var väntad, till och med förutsägbar, men vildheten i hennes ögon ... den var ny. Inte rädsla, precis. Något snarlikt. Något jag kunde använda.

"Intressant ordval", sa jag lättsamt. "Om jag hade spionerat – vilket jag inte gjorde – så skulle jag väl ha hört de här sakerna, eller hur?"

"Tyst!" Hennes röst ekade, gäll och spröd. Hennes hand ryckte till mot sidan, där ett svärd vanligtvis skulle ha hängt, men detta var inget slagfält. Inte än. Hennes fingrar knöt sig till en näve istället.

"Tror ni att den här charaden kommer att fungera, Alyster? Tror ni att dessa furstar och furstinnor kommer att tro på era lögner bara för att ni uttalar dem med självförtroende?" Hon vände sig om, hennes blick svepte över kretsen och utmanade alla att möta hennes ögon. Några gjorde det; de flesta gjorde det inte. "Han försöker splittra oss! Försvaga vår enighet med lögner och svek!"

"Lögner gör en inte så här arg", sa jag lugnt. Min röst var inte hög, men den bar, stadig som stenarna under oss. "De får en inte att rasa, Maeve. Det gör sanningen. Sanning – och rädsla."

"Rädsla?" Hon skrattade, ljudet taggigt och ihåligt. "För vad? Er? En vanärad riddare som leker uppror?"

"För att bli avslöjad", sa jag helt enkelt. Hennes skratt avbröts som en sträng som brister.

"Nu räcker det." Artarias röst hördes härnäst, sval och avsiktlig, och skar som ett svärd genom den allt tjockare spänningen. Hon reste sig långsamt, med precisa rörelser, hennes närvaro befallande utan ansträngning. Hennes gyllene klänning fångade ljuset och skimrade som solljus på vatten. Allas blickar vändes mot henne. Till och med Maeves.

"Så det är sant", sa Artaria, hennes ton förrädiskt mjuk, nästan konverserande. Men hennes ögon ... de var is. "Ni förnekar det inte. Ni kan inte. Så säg oss, Maeve. Vilken tänkbar anledning skulle ni ha för att lova faearméernas stöd till Set? Vilken fördel skulle en sådan allians kunna ha för faerna som helhet?"

Maeves mun öppnades, men inga ord kom omedelbart. Tystnaden sträcktes ut, tung och fördömande. Mumlet började igen, högre nu, mindre återhållet. Jag såg huvuden vändas, blickar utbytas. Luften förändrades, tvivlets tyngd fick vågskålarna att tippa.

"Nå, Maeve?" pressade Artaria, hennes uttryck orörligt, hennes röst fortfarande så lugn att den nästan kunde misstas för vänlig. "Vi väntar alla."

Spänningen i cirkeln var kvävande, tjock som dimma. Maeves bröstkorg hävde sig häftigt, hennes bleka silverögon flammade som smält kvicksilver under solen. Hon tog ett halvt steg framåt, hennes händer ryckte vid sidorna som om de kliade efter att frammana magi.

"Hur vågar ni", väste hon, hennes röst ett rått pisksnärt. "Hur *vågar* ni ifrågasätta mig! Ni –" Hennes blick for till Artaria, sedan tillbaka till mig, ostadig som ett trängt djur. "Ni tror er vara så rättfärdiga, så berättigade att utmana mitt styre? Mina beslut är bortom ert förstånd, bortom er rang! Jag är inte skyldig förrädare några förklaringar!"

"Förrädare?" ekade jag mjukt och lade huvudet på sned. Ordet smakade bittert. "Det är ett intressant val av anklagelse, från någon som vägrar att försvara sin egen oskuld."

Maeve stelnade till, hennes läppar skildes åt som för att svara, men inget ljud kom. Istället spände hon käken och tystnaden sträcktes ut igen. Efter ett ögonblick stammade hon fram, hennes ord osammanhängande, desperata. "Jag ... jag agerar för vårt folks bästa. För enighet. För överlevnad, era dumbommar! Men ni skulle inte förstå – ni kan inte se vad jag ser."

"Visa oss då", sa Artaria bakom mig, hennes röst skarp som krossat glas. "Om ni verkligen tror att er väg är den rätta, tala då klarspråk. Upplys oss."

Maeve stampade med hälen i stenen under sina fötter, och sprickor spred sig utåt som ett spindelnät i berget. "Jag svarar inte inför er!" röt hon, även om det saknade övertygelse.

"Nu räcker det", sa jag och avbröt hennes tirad. Min röst var inte hög, men den bar. Den tystade mumlet, drog allas ögon tillbaka till mig. Även hennes. Särskilt hennes.

"Maeve", började jag och mötte den där brännande silverblicken, "i århundraden har jag tjänat er. Jag har kämpat för er. Dödat för er. Anförtrott er allt jag är. *Trodde* på er."

Det stramade till i halsen, men jag tvingade mig själv att fortsätta. Det fanns inget utrymme för tvekan nu. Inte här.

"Vad man än må säga om mig, låt det aldrig påstås att jag lättvindigt bröt min trohet. Att jag vände mig mot er utan anledning." Jag tog ett steg framåt och kände tyngden av varje ord lägga sig tungt i luften mellan oss. "Men detta –" Jag gestikulerade runt cirkeln, min hand skar genom stillheten som ett svärd. "Detta förräderi mot vårt folk, vår framtid –"

"Vakta er tunga", snäste hon, men hennes röst vacklade, tunn och fransig i kanterna.

"– kan inte ignoreras", avslutade jag med stadig, orubblig röst. "Jag kommer inte att stå passiv medan ni säljer ut vårt folk till Set i något förvridet försök att ställa er in hos honom. Medan ni spelar bort allt vi är, allt vi har byggt, för personlig makt. För *fåfänga*." Jag pausade precis tillräckligt länge för att låta orden sätta klorna i henne. Hennes uttryck fladdrade – ilska, misstro och något mörkare, mer sårbart, allt kolliderade under loppet av ett hjärtslag.

"Tror ni verkligen att vi inte kan se vad ni är ute efter?" Min röst mjuknade, tung av sorg istället för ilska. "Att göra er själv till hans gudinna-kejsarinna? Att mätta hans hunger, hans stormar, med blodet från vårt folk? Är det vad ni skulle reducera oss till, Maeve? Bönder i ert ärelystna spel?"

Hon öppnade munnen, men ingenting kom ut. Bara tystnad. En öronbedövande, fördömande tystnad, skör som frost under fötterna. Jag iakttog henne, min blick orubblig medan det svagaste flimret av förvirring dansade över hennes perfekta drag. En spricka i masken. Hon förstod inte hur jag visste.

"Hur vågar ni", väste hon till slut, och återfann tillräckligt med fattning för att uppbåda en gnutta trots. Men det fanns inget gift bakom det – bara ett ihåligt eko. Maeves bleka silverögon sökte mina, desperata nu, inte efter sanning utan efter ett övertag. Efter kontroll. "Ni talar nonsens, Alyster. Drömmar är inget mer än skuggor."

"Drömmar?" Jag lade huvudet på sned och smalnade av ögonen. Mina hjärtslag saktade ner, avsiktliga och stadiga trots stormen som rasade under mina revben. "Jag sa aldrig något om drömmar." Hennes andning stockade sig.

För ett ögonblick, bara ett ögonblicks sekund, vacklade hennes fattning helt. En viskning av panik krusade sig i kanten av hennes uttryck, även om hon snabbt kvävde den med ett högdraget lyft på hakan. Men det var för sent. Skadan var skedd.

Bakom mig rörde Artaria på sig. Jag kunde känna hennes närvaro som ett berg i ryggen, orubblig och tyst, väntande. Iakttagande. Och sedan, det första ljudet – ett mjukt prassel, stövlar som skrapade mot sten. En av de lägre furstarna steg fram från Maeves sida. Hans mörka mantel böljade kort i den kalla vinden innan han korsade cirkeln, hans axlar spända av tyst beslutsamhet.

"Lord Ceryn", snäste Maeve, hennes röst skarp som krossat glas. "Vart tror ni att ni är på väg?"

Ceryn svarade inte. Han anslöt sig till Artaria utan att se sig om.

En annan följde honom. Sedan en till. Det började som ett sipprande, tveksamt och vacklande, men samlade snart kraft, som vatten som forsar genom en brusten damm. En efter en lämnade de henne – huvudmännen för en gång lojala hus övergav sin drottning och korsade de uråldriga stenarna för att stå vid min sida. Vid vår sida.

”Förrädare”, spottade Maeve ur sig, hennes raseri stegrande. Hennes nävar knöts vid sidorna, naglarna grävde sig in i handflatorna så hårt att det drog blod. ”Svaga, ryggradslösa maskar! Ni kommer *alla* att ångra detta!”

Men hennes hot ekade ihåligt, ett desperat ylande inför det oundvikliga. Till och med hennes egen röst förrådde henne, darrade ytterst svagt i kanterna. De lyssnade inte längre.

Och sedan kom den sista stöten.

”Nu räcker det”, mullrade en djup röst. Jag vände mig om och såg Sir Eltar stiga fram. Hennes riddarbefälhavare, en gång min befälhavare. Mannen som hade förlänat mig mitt eget ridderskap, och som jag djupt respekterade. Hans rustning var svart, och ändå skimrade den på något sätt av månljus, varje tum av honom huggen ur plikt och disciplin. Men nu hängde hans hjälm löst vid hans sida, och hans ögon – så ofta kalla och oläsliga – brann med något nytt. Något beslutsamt.

”Eltar”, morrade Maeve, hennes röst sprack under tyngden av misstro. ”Ni svor en ed till mig.”

”En ed att tjäna faerna”, svarade han jämnt, hans röst som granit. ”Inte en drottning som skulle förgöra dem.”

Han vände henne ryggen och gick därifrån. En annan riddare följde honom, tyst men inte mindre fördömande, och sedan en till. Ljudet av deras fotsteg ekade genom stillheten, varje steg ett hammarslag mot Maeves smulande auktoritet.

Hennes andning var grund nu, snabb och ojämn. Jag såg hennes händer darra innan hon gömde dem i klänningens veck. Bra. Låt henne känna det – upplösningen. Låt henne kvävas av insikten att makt, en gång förlorad, inte kan återtas med enbart viljestyrka.

Luften sprack.

Ett ljud som av frusna grenar som krossas under fötterna, skarpt och våldsamt. Mina instinkter skrek innan mitt sinne hann ikapp – Maeves magi vällde fram, mörk och kall, och gjorde luften tjock som en storm som är på väg att bryta ut.

”Ner!” skrek jag och dök åt sidan precis när det första spjutet av svart is for förbi mig och väste genom utrymmet där jag hade stått ett hjärtslag tidigare. Det borrade sig in i stencirkeln bakom mig med en öronbedövande *smäll*, och skärvor exploderade utåt.

”Förrädiska usling”, spottade Maeve ur sig, hennes röst skar genom det plötsliga kaoset. En annan lans av taggig is formades i hennes utsträckta hand, dess kanter skimrande av illvilja. Hennes ögon var inte längre blekt silverfärgade utan mörknade pölar, sjudande av hat – och något annat. Magi virvlade runt henne, vild och förgiftad, med Sets otvetydiga smitta hopringlad i varje flimmer.

”Maeve, nej!” ropade Artarias röst över cirkeln, spetsad med raseri. ”Vågar ni bryta förhandlingen?”

Maeve ignorerade henne. Hennes fokus var låst på mig ensam. Nästa spjut kom snabbare, kallare, och for mot mitt bröst. Jag reste en barriär – en sköld född av krigsmagi, glödande grön och jordnära – men isen splittrades mot den med sådan kraft att jag stapplade bakåt, mina stövlar halkade mot den släta stenen.

”Dumbommar!” morrade Maeve, hennes händer vred sig när hon frammanade fler spjut. De glimmade som obsidianstjärnor, dödliga och precisa. ”Skulle ni stå emot er drottning? Ni kommer alla att brinna för detta förräderi!”

”Nu räcker det!” dundrade Lord Tharos och steg fram med sin utsmyckade stav defensivt höjd. En gyllene barriär bröt fram mellan honom och Maeve och fångade en av de isiga projektilerna i luften. Den krossades till ett stänk av frost och skugga, men till och med Tharos grimaserade när kraften knuffade honom ett steg bakåt.

"Hon har brutit helig lag!" ropade en annan röst – en faefurste vars namn jag inte kunde minnas när jag återigen väjde undan och rullade över stengolvet. "Detta är en styggelse!"

"Hon har tappat förståndet", morrade någon annan.

"Skydda er!" skällde Artaria, hennes röst skar genom den stigande paniken. Runt cirkeln kämpade faefurstar för att resa sina egna försvar, vävde barriärer och skyddsformler mot anstormningen. Men ingen var förberedd – inte på den här nivån av makt, inte på den korrumperade kraft som nu strålade från Maeve.

"Stå still, Alyster!" Maeves röst piskade mot mig, giftig och rå. Hennes fingrar vreds, och tre spjut formades i snabb följd och snurrade ovanför hennes huvud som grymma stjärnor. Hon slungade dem alla på en gång.

"Inte troligt", muttrade jag och kastade mig i ett sidosteg. Mitt svärd väste när det drogs ur skidan, den förtrollade klingan glimmade när jag svingade det uppåt. Ett av spjuten vek av från sin kurs och krossades mot klingan, medan de andra två slog ner i marken vid mina fötter och sände sprickor som spindelnät över stenen. Is och skugga bröt fram och stal värmen från luften.

"Maeve!" dundrade Artarias röst igen, fylld av auktoritet. "Upphör med detta vansinne!"

"Tyst, gamla kärring!" väste Maeve, hennes skönhet förvrängdes till något monstruöst. "Ni talar om förverkanden? Jag är faernas Högdrottning! Jag tar vad jag vill ha. Jag förgör dem som trotsar mig!"

"Då förgör ni er själv", sköt Artaria tillbaka kallt.

"Nog med tal", snäste Maeve. Hennes blick fann mig än en gång, skarp som de klingor hon frammanade. "Tror ni att ni kan ta min tron, Alyster? *Ni*? Ni dör först."

"Jag vill inte ha er tron! Men ni får gärna försöka", sa jag, min röst stadig trots svedan i mina muskler och blodet som bultade i mina öron. Jag hårdnade greppet om svärdet och gjorde mig redo.

En ny våg av magi böljade utåt när Maeve höjde båda armarna och samlade kraft. Stenen under hennes fötter började frosta över, och tentakler av svart is spred sig utåt som ådror. Ovanför oss tycktes himlen mörkna onaturligt, och själva luften blev rakbladstunn och bet i exponerad hud.

"Gör er redo!" skrek någon, men varningen kom för sent.

Maeve släppte lös helvetet.

Luften brände kallt när Maeves magi förvandlade cirkeln till en frusen ödemark. Min andning kom i häftiga stötar, varje inandning var som att svälja glas. Jag bet ihop tänderna och höjde mitt svärd igen, medveten om att det inte skulle vara tillräckligt. Inte mot henne. Inte så här.

Svarta isspjut regnade ner, krossade sten och skingrade faer som kämpade för att skydda sig. Någon skrek – ett ljud som tvärt avbröts av det öronbedövande knaket från frost som spräckte jorden. Jag kastade mig framåt och undvek med nöd och näppe ett annat spjut som slog ner i marken bakom mig och sprutade skärvor av taggig is.

"Maeve!" skrek jag över kaoset, även om jag visste att hon inte skulle höra mig. Hennes ögon var vilda nu och glödde med ett onaturligt ljus. Kraft strålade från henne i vågor, kvävande och förlamande. Hon använde inte bara sin egen styrka – detta var Sets smitta, som korrumperade allt den rörde vid.

"Står ni fortfarande, Alyster?" hånlog hon, med en röst spetsad med gift. "Imponerande. Låt oss åtgärda det."

Hon slungade ett annat spjut mot mig, snabbare än det förra. Jag dök och rullade hårt över den isiga marken. Smärta sköt genom min axel när jag kom upp, men jag slutade inte röra mig. Kunde inte. Ett misstag och jag var död.

"Är detta ert storslagna uppror?" Maeve skrattade bittert och slog ut med armarna. "En handfull förrädare som kurar ihop sig som insekter? Patetiskt!"

Bakom henne rörde sig något. En skugga, liten och subtil, rörde sig där ingen skugga borde ha funnits. Jag missade den nästan, men sedan såg jag rörelsens flimmer igen – närmare nu.

Rafail.

Han var tyst, även för att vara en hamnskiftare. Maeve hade inte märkt att han kröp under hennes stol som en råtta redan innan förhandlingen började, hade inte känt rovdjuret som väntade precis utom räckhåll. Nu reste han sig bakom henne, hans form skiftade mitt i rörelsen. Hans smala gestalt stelnade när han rätade på sig med van lätthet. Hans silverdolk glimmade i hans hand och fångade det svaga ljuset från den döende solen.

"Maeve", sa Rafail, hans röst låg men skar genom magins storm som ett svärd.

Hon stelnade till. Något i hans ton måste ha nått henne, för hon vände sig om, bara halvt medveten, hennes uttryck fångat mellan raseri och förvirring när hon såg den oansenliga, till synes mänskliga mannen som stod bredvid henne.

"Vem –" Ordet lämnade knappt hennes läppar innan Rafail steg fram, snabb som en skugga. Dolken sjönk djupt in i hennes mage, ljudet vått och slutgiltigt när spetsen vinklades upp för att finna hennes hjärta.

Hennes silverögon vidgades, och svek blixtrade till i dem när hon vacklade. För ett ögonblick såg hon mindre ut som en drottning och mer som ett sårat djur, oförmögen att förstå vad som just hade hänt. Hennes mun öppnades, men inga ord kom.

Maeve föll på knä. Den förtryckande tyngden av hennes makt lättade något, som det första andetaget efter att ha drunknat. Men hon var inte borta än – inte helt. Hennes fingrar krafsade mot marken i ett försök att frammana en sista tråd av magi.

"Ligg kvar", befallde jag och steg närmare med svärdet fortfarande höjt. Jag litade inte på henne för en sekund, inte ens blödande och bruten. Det var trots allt Maeve. Hon hade dödat för mindre.

"Förrädare", väste hon, hennes röst svag men fylld av gift. "Allihop ..."

"Spara på krafterna", sa Rafail och drog ut dolken med en bister vridning. Blod mörknade isen under henne, en skarp kontrast mot den bleka frosten. Han tog ett steg tillbaka, hans uttryck oläsligt, men hans knogar vitnade runt vapnets fäste, hans blick flackade nervöst omkring medan faernas samlade furstar och furstinnor stirrade på honom i fullständig häpnad.

# Kapitel fjorton

## Rafail

Luften dallrade omkring mig, tjock och tung, som att vada genom olja. Till och med i råttgestalt kunde jag känna tyngden av Maeves magi pressa ner mina små ben. Den surrade mot min päls, levande och skarp, en varning – eller kanske ett hån. Jag kröp ihop under den mörka ekstolen och klorna skrapade mot det kalla stengolvet när jag stelnade till, med hjärtat bultande så hårt att det kunde brista.

Jag borde inte vara här. Varje instinkt skrek åt mig att fly, men vart skulle jag ta vägen? Cirkeln var sluten. Ingen väg ut. Mina morrhår darrade till och fångade upp trådar av hennes kraft som pulserade utåt och stängde ute alla andra. Alla utom mig.

*Fan också*, tänkte jag och tryckte mig lägre ner, med svansen hoprullad tätt mot sidan. Insikten slog ner som ett knytnävsslag i magen – ingen annan kunde röra henne. Inte Alyster, inte någon av faefurstarna som kämpade för att undvika hennes spjut av svart magi utanför barriären. Bara jag.

Från min utsiktsplats under hennes tron såg jag hennes klännings fall, som böljade över hennes ben som smält silver. Den svaga doften av frost och krossade blommor hängde kvar vid henne, både berusande och kvävande på en och samma gång. Hon visste inte att jag var här, inte än. Hennes fokus var någon annanstans, hennes bleka hår skimrade som månsken när hon släppte lös ännu en besvärjelse med en snärt med handleden.

Alyster skrek något – en svordom, ett rop – men hans röst var svag, dämpad av barriären. Han skulle inte hålla ut länge. Ingen av dem skulle det.

Min nos rynkades när den metalliska lukten av blod nådde mig, svag men omisskännlig. Någon måste ha fallit. Kanske fler än en. Tiden rann mig ur tassarna, sekunder blödde bort medan jag tvekade.

*Rör på dig!* skrek mitt förnuft, men min kropp förblev orörlig, fången mellan överlevnadsinstinkter och den förkrossande tyngden av ett ansvar jag aldrig bett om.

Luften brände av Maeves magi, skarp och frän, som blixtar som varit instängda i en burk för länge. Tungan krullade sig mot gommen när jag kände smaken av den – nej, av *honom*. Sets smutsiga fingeravtryck fanns överallt på hennes besvärjelser, besudlade med det där oljiga mörker han svingade så fritt. Det kröp ner i min hals som ett gift och fick mig att kväljas.

Hon hade kommit förberedd. Mer än så – beväpnad till tänderna med en kraft som inte var hennes egen. De andra faerna? De hade tagits på sängen, deras elegans krossad av det kaos som vecklade ut sig runt omkring oss. En furste sjönk ihop nära cirkelns kant, med blod som samlades i en pöl under honom. Hans silverhår spred ut sig som en bruten gloria. Någonstans bakom mig skrek någon.

Men Maeve brydde sig inte. Hennes uppmärksamhet var låst på Alyster.

"Stå stilla, Alyster!" Hennes röst ekade, ett skri av raseri. Ytterligare en snärt med handleden skickade skärvor av svart is farande mot honom.

Han tänkte såklart inte stå stilla och låta henne döda honom, utan parerade attacken med ett hugg från sin himmelska klinga. Svärdet fångade ljuset och glödde svagt, men till och med dess briljans såg matt ut jämfört med stormen hon frammanade. Han stod emot – än så länge – men det var något ansträngt i hans rörelser. En snubbling här, en halv sekunds fördröjning där. Hon nötte ner honom, bit för bit.

"Stick därifrån", muttrade jag för mig själv, även om han inte kunde höra mig. "Du är ingen jävla magiker."

Det var han inte. Alyster var en kämpe, ut i fingerspetsarna, hans styrka låg i stål och instinkt, inte besvärjelser. Och Maeve visste det. Hon pressade på hårdare, hennes bleka ögon lyste av ohelig skadeglädje när hon tvingade honom ytterligare ett steg bakåt. Hans gyllene hår klibbade fast i ansiktet, fuktigt av svett, och hans andning blev tyngre nu. För tung. Han skulle inte hålla ut. Inte så här.

"Fan också", väste jag och rullade ihop mig ännu hårdare under hennes stol. Jag kunde känna tyngden av varje sekund som gick, den förkrossande oundvikligheten av vad som skulle hända om jag bara stod och såg på. Om Alyster föll, skulle vi alla falla. De faefurstar som inte redan hade fallit var värdelösa, skingrade och chockade utanför Maeves barriär. Nej, det var han eller jag.

Och jag hade inget magiskt svärd.

Alyster vacklade till igen, det himmelska skenet från hans klinga mattades för varje hugg. För långsam. För ansträngd.

”Rör på dig”, viskade jag till mig själv, med bultande hjärta. Mina klor spändes mot det kalla stengolvet. ”Nu eller aldrig.”

Jag hade ingen plan. Fan, jag hade knappt en chans. Men att sitta här, gömma mig, vänta på att någon annan skulle fixa det? Det var inte jag. Det kunde inte vara det.

Min kropp skiftade innan jag hann tänka för mycket på vad som skulle komma härnäst. Ben knakade, hud sträcktes – ett ögonblick av brännande smärta – och så var jag människa igen, hopkrupen lågt bakom hennes tron. Ingen tid att förlora. Mina fingrar fann fästet till silverklingan som Aurelius hade tryckt i mina händer för flera dagar sedan, hans röst ekade fortfarande i mitt sinne: *När tiden är inne kommer du att veta vad du ska göra med den.*

Det här var den tiden.

Maeve kände mig inte. Inte än. Hennes fokus var låst på Alyster, på att bryta ner honom och njuta av varenda sekund av det. Hon lyfte armarna, det bleka håret strömmade bakom henne, kraft samlades i en synlig puls runt henne. Luften skimrade som värmedaller över ökensand. Alyster förberedde sig, men han skulle inte hålla emot. Inte mot det här.

”Förlåt för det här”, muttrade jag för mig själv, även om jag inte visste vem jag bad om ursäkt – henne, honom, eller mig själv. Jag gjorde mig redo att hugga, men ... jag kunde inte. Jag kunde inte hugga henne i ryggen. ”Maeve”, sa jag, och hon virvlade runt, chocken målad över hennes vackra drag när hon såg en fullkomlig främling stå framför henne.

”Vem ...”, sa hon, men jag gav henne ingen tid att avsluta frågan, ingen tid att återhämta sig och döda mig där jag stod.

Klingan sjönk djupt in, rakt in i magen, vinklad upp mot hjärtat. Blod – för mörkt, för tjockt – färgade silvret omedelbart. Hennes skrik slet genom salen, högt och rått, ljudet fick mina tänder att skallra. Hon vred sig mot mig, med vidöppna ögon, där misstro kämpade mot raseri.

"Förrädare", väste hon, med en röst som krossat glas. Hennes hand sköt ut, fingrarna klöste efter mig, även när hennes ben vek sig.

"Jo, jag har blivit kallad värre", sa jag, ryckte ut klingan och tog ett steg tillbaka precis när hon föll ihop.

Hon slog i marken hårt, med ena handen pressad mot såret och den andra klösande i tomma luften. Kraft gnistrade fortfarande runt henne, vild och oberäknelig, resterna av hennes besvärjelse vägrade att dö tyst. Under en skrämmande sekund trodde jag att hon skulle resa sig igen, att hon skulle avsluta det mörka verk hon hade påbörjat – men hennes kropp darrade, magin fladdrade, och slocknade sedan.

Hennes andning rossla, våt och ytlig, blod bubblade tjockt upp från såret jag hade skapat. Ena handen klöste fortfarande i luften som om hon kunde gripa tag i något – vad som helst – för att stoppa det som var på väg. Men det fanns inget kvar för henne att ta. Inte längre.

Jag hukade mig, med klingan fortfarande i handen, och undrade om jag skulle behöva ett till hugg för att avsluta henne. Och då hände det. En skymt av något annat bröt igenom raseriet. Chock. Tvivel. Som om hon inte riktigt kunde tro det. Hennes läppar skildes åt, men inget ljud kom ut. Bara en svag utandning, ett sista andetag, innan hennes bröstkorg blev stilla. Hennes ögon – samma som hade brunnit av liv och magi bara ögonblick tidigare – blev grumliga, matta och fjärran, och lämnade inget annat än tomhet efter sig.

Vad såg hon, i det sista ögonblicket? För jag tror inte att det var jag. Vad väntade på henne, på andra sidan slöjan?

Magen vände sig, men jag tryckte ner det. Hade inte råd med svaghet nu. Inte här. Inte med dem som såg på.

Jag rätade långsamt på mig och torkade av silverklingan mot mitt lår samtidigt som jag lyfte blicken. Rummet var tyst, förutom det falnande knastret från Maeves döende magi. Varenda par faeögon var fästa på mig. Orörliga. Klara med något skarpt och farligt. Fasa. Raseri. Rädsla. Kanske alla tre.

Herrarna och damerna var som förstenade, deras utsmyckade kläder glimmade i salens förgyllda ljus, men inget sken klarare än uttrycken som var mejslade i deras perfekta ansikten. Det var som om jag just hade spottat på deras gudar – eller värre, dödat en. Vilket, antar jag, inte var alltför långt från sanningen.

"Tja", sa jag, med en röst som var sträv och torr i halsen. "Ni behöver inte tacka mig allihop på en gång."

"Vem är han?" väste en röst från vänster, skarp och spröd som is som spricker.

"Det där är Alysters ... *mänskliga* vän", svarade en annan, som om orden i sig smakade illa. Sedan uppstod mjukare viskningar, med gift som dröp från stavelserna:

"*Hamnskiftare.*"

"*Lönnmördare.*"

Tyngden av deras blickar pressade mot min hud, som knivar som svävade precis ovanför ytan. Jag kunde känna hur luften tjocknade omkring mig, fylld av misstro, ilska och något mörkare. Ett rovdjur som cirkulerade sitt byte.

Mina fingrar hårdnade kring klingans fäste, halt av blod som inte var mitt.

"Lönnmördare?" muttrade jag för mig själv. "Varsågoda, förresten."

Ett sorl krusade genom folkmassan, lågt och fult. Den sortens ljud som får dina instinkter att skrika åt dig att springa. Förutom att det inte fanns någonstans att ta vägen. Inte här, inte nu.

"Rafail."

Hans röst skar genom spänningen som solljus som bryter igenom stormmoln. Jag kastade en blick mot honom – Alyster, som steg fram med sitt himmelska svärd sänkt, svagt glödande i hans hand. Hans silverögon mötte mina, outgrundliga men stadiga som en klippa.

Han rörde sig med beslutsamhet, varje steg medvetet. Cirkeln flyttade sig runt honom, de från Fae skingrades precis tillräckligt för att låta honom passera, även om deras blickar brände hetare för varje centimeter han minskade avståndet mellan oss. När han nådde mig bultade min puls högt nog för att dränka viskningarna.

"Rafail", sa han igen, tystare nu, nästan ömt. Och innan jag hann blinka stack han svärdet i skidan och drog mig in i en omfamning.

Jag stelnade till. Under en halv sekund kunde min hjärna inte bearbeta det – kunde inte förstå värmen från hans armar eller den stadiga pressen av honom mot mig. Det kändes främmande. Fel. Som en rustning som inte riktigt passade.

"Tack", sa Alyster, hans röst stadig men hög nog för att alla skulle höra. Hans grepp hårdnade kort, precis tillräckligt för att jorda mig. "Du räddade oss alla."

Ljudet fick mig att hoppa till. Ett enda, medvetet klapp.

Jag vände huvudet tvärt mot det, med pulsen fortfarande dånande i öronen. Lady Artaria stod bland havet av chockade ansikten, hennes gyllene hår glimmande under faeljusen som lyste upp stencirkeln. Hennes händer slogs ihop igen, ekande som en domares sista dom. Ytterligare ett klapp. Sedan ett till.

"Väl utfört", sa hon, hennes ton skar genom tystnaden med en klingas precision. Hennes blick föll först på Alyster – sedan kort på mig. "Bra gjort."

Hennes applåder fortsatte, långsamma och avmätta, varje skarpt smällande underströk spänningen som fortfarande låg hopringlad i rummet. De andra faerna rörde sig inte först, statyer uthuggna ur misstro och förakt. Men sedan anslöt sig en furste – en blek gestalt med jadegröna ögon – hans klappande tveksamt, nästan motvilligt. En annan följde efter. Och en till. Det spred sig som en löpeld kvävd i fuktigt tyg: ojämn, motvillig, men ostoppbar.

Jag stod orörlig i mitten av alltihop, med Maeves blod fortfarande varmt på mina händer. Revbenen kändes spända, som om min kropp inte riktigt hade kommit ihåg hur man andades än. Applåder var inte vad jag hade förväntat mig – fan, jag var inte säker på vad jag hade förväntat mig – men inte det här.

"Rafail." Alysters röst var stadig bredvid mig, låg nog för att bara jag skulle höra. "Se inte så förvånad ut."

"Lätt för dig att säga", muttrade jag tillbaka, med spänd käke. Mina knogar var fortfarande knutna runt silverklingan. "Det är inte dig de var på väg att hänga upp."

"Inte längre", sa han torrt, även om det inte fanns någon humor i hans ton. Han mötte min blick och gav en knappt märkbar nick mot faefurstarna och damerna som nu hade slutat klappa, deras blickar skiftade som vargar som vädrar färskt byte. "Var försiktig. De iakttar dig."

"Ja", svarade jag lågt och tvingade mina fingrar att lossa greppet om fästet. "Ingen press."

Och sedan, som om applåderna hade varit någon outtalad signal, rörde sig faerna. Inte mot oss – inga högafflar eller knivar riktade mot min strupe – bara ... tillbaka till sina platser. Tysta som skuggor i månskenet satte de sig ner i sina förgyllda stolar, deras uttryck outgrundliga masker. Vissa såg tankfulla ut; andra kalla, beräknande. Ingen ägnade en blick åt Maeves hopkrupna kropp som fortfarande låg utspridd på golvet, hennes en gång bleka klänning dränkt i rött.

"Skämtar du med mig?" viskade jag, för lågt för att någon annan än Alyster skulle höra. Magen vred sig. "De tänker bara sitta där? Med henne precis där?"

"Ja", sa Alyster enkelt och rörde sig redan mot sin egen stol. Han stannade bara tillräckligt länge för att kasta en blick tillbaka på mig, hans silverögon lugna men bestämda. "Kom. Det här är inte över än."

"Hade kunnat lura mig", pressade jag fram, även om mina fötter svek mig och följde honom ändå. Ändå kastade jag en sista blick på Maeves livlösa gestalt – Högdrottningen reducerad till inget mer än ett livlöst, blodigt skal – och något bittert krullade sig i mitt bröst.

"Missfoster", muttrade jag för mig själv, även om ordet smakade ihåligt även för mig.

Jag sjönk ner i stolen bredvid Alyster, en stol som en gång hade tillhört en död faefurste, ett av Maeves offer. Rummet surrade svagt av mummel och prasslande tyg, men ingen talade högt nog för att överrösta den tunga tystnaden som hängde över oss som ett åskmoln. Mina fingrar trummade mot armstödet – en, två gånger – innan jag hejdade mig. Varje rörelse kändes för högljudd i denna kusliga stillhet.

”Det återstår fortfarande en obesvarad fråga”, sa Alyster, hans röst skar rent genom spänningen. Den var inte hög, direkt, men den bar. Huvuden vändes mot honom, bleka ansikten reflekterade skärvor av faeljus. ”Trollformelsboken som innehöll besvärjelserna för att återuppväcka Set.”

Magen knöt sig vid orden. Han lutade sig framåt, silverögonen skannade samlingen som om han kunde skala sanningen direkt ur dem. ”Någon visste vad Maeve höll på med. Någon tog den och försökte gömma den i människornas värld.”

Mumlet steg igen, ringar på vattnet spred sig över rummets yta. Några från Fae utbytte blickar, vissa viskade bakom sina händer, men de flesta höll blicken låst på Alyster eller det blodfläckade golvet.

”Vem det än var”, fortsatte han, skarpare nu, ”agerade innan någon av oss gjorde det. Innan till och med Maeve insåg att hon hade blivit avslöjad.”

”Ännu en förrädare”, muttrade en röst längre ner i cirkeln. Jag såg inte vem som sa det, men Alysters käke spändes, bara en ryckning, borta så snabbt att jag kunde ha inbillat mig det.

”Djärva handlingar som räddade era liv”, sköt han tillbaka smidigt och lutade sig nu tillbaka i sin stol, och såg ut som den oberörda diplomat han var. ”Men vi diskuterar inte mig. Vi diskuterar tjuven.”

”Nog.”

Ett ord. Djupt, stadigt och tungt som en sten som släpps i vatten. Rummet frös till när riddarkommendanten, Sir Eltar, reste sig. Hans svarta rustning glimmade under de fladdrande faeljusen, men hans ansikte låg i skugga, outgrundligt. När han slutligen steg fram, närmare cirkelns mitt – och Maeves livlösa kropp – blev det tydligt att han inte höll i sin hjälm. Han höll i sitt svärd.

"Jag tog boken", sa han med en ton som var platt. Ingen ursäkt, ingen utsmyckning. Bara fakta. Och ändå kraschade det in i cirkeln som ett åskdån.

Chock sköljde genom folkmassan, hörbara flämtningar bröt tystnaden. Artaria rätade på sig i sin stol; Lord Tharos läppar skildes åt en aning, hans panna rynkades. Mitt hjärta slog ett extra slag, fast jag inte kunde säga varför. Kanske bara tyngden av Eltars närvaro, eller kanske något mörkare.

"Varför?" frågade någon, men riddarkommendanten ignorerade det och närmade sig Alyster. Han stannade precis framför honom och föll ner på ett knä med övad precision. För ett ögonblick kunde jag bara stirra när den högtidlige riddaren lade sitt svärd – inte slarvigt, utan med vördnad – vid Alysters fötter.

"För att rädda henne", sa Eltar. Inte till Alyster specifikt, utan till rummet. "Från sig själv. Men jag var för sen. För feg för att agera när det verkligen betydde något."

Det fanns ingen mjukhet i hans ton. Ingen självömkan. Bara rå ånger, blottad och lämnad darrande som ett öppet sår. "Ni var modigare", sa han och lyfte blicken för att möta Alysters. "Modig nog att bryta er där jag klamrade mig fast vid min ed. Modig nog att göra vad som måste göras."

"Eltar ..." sa Alyster, hans röst märkligt mjuk, nästan tveksam. Men riddarkommendanten böjde huvudet lägre och pressade sin knytnäve mot marken i tyst vördnad.

"Era handlingar, Sir Alyster", sa Eltar och tilltalade Alyster formellt nu, "har bevarat riket – även om det kostade er er heder att göra det. Heder kommer i andra hand efter plikt. Alltid."

Eltars svärd glimmade vid Alysters fötter, en tunn linje av silver som skar genom spänningen i rummet. Jag visste vad som skulle komma innan någon sa det – fan, innan någon ens rörde sig. Luften kändes tung, som tyngden av en storm som var på väg att bryta ut, och den pressade mot mitt bröst hårt nog för att jag skulle vilja fly.

Jag ryggade tillbaka och svalde mot klumpen i halsen. Alyster skulle inte gilla det här. Inte ett jävla dugg.

"Tja", muttrade jag för mig själv, mest till mig själv. "Då kör vi."

Skrapet från en stol bröt tystnaden först. Sedan ett annat ljud – prassel av tyg, stövlar på marmor – när Lord Tharos reste sig från sin plats. Hans ansikte var outgrundligt, men det fanns något medvetet i sättet han rörde sig på, som om varje steg var en del av någon storslagen föreställning. För så var det förstås alltid med Fae.

"Sir Alyster", började Tharos, hans röst len som polerad sten. Han tittade inte på Maeves kropp – ägnade henne inte så mycket som en blick – utan höll sin skarpa blick fäst på Alyster. "Jag tvivlade på er. Ifågasatte era övertygelser. Er heder."

Alyster stod som fastfrusen, med spänd käke, händerna knutna i lösa nävar vid sidorna. Hans läppar skildes åt, som för att avbryta Tharos innan han kunde fortsätta, men herren höjde en hand och tystade honom utan ansträngning. Typisk faearrogans.

"Likväl", fortsatte Tharos, hans ton sjönk till något som närmade sig vördnad, "har ni bevisat att jag hade fel. Ni hade rätt, Sir Alyster. Om allt." Han stannade precis framför där Eltar knäböjde, böjde sig i en låg, graciös bugning och sa orden som fick min mage att vända sig.

"Ni placerade faerna som helhet över er personliga ed, över er heder, trots att ni visste att ert liv skulle vara förverkat på grund av ert val. Er heder är oförvitlig. Jag anser att ni borde bli näste Högkung."

Rummet var för tyst. För stilla.

Alysters silverögon fann mina, och jag ryggade nästan tillbaka inför den råa paniken i dem. Skräcken skar skarpa linjer i hans ansikte, hans gyllene hår fångade det svaga ljuset som en gloria – en ironisk krona för någon som var på väg att få en han inte ville ha. Hans läppar rörde sig och formade ett enda mjukt ord som jag inte behövde höra för att förstå.

"Inte."

Men det var inte upp till mig. Det var inte upp till honom heller. Tidvattnet hade redan vänt, och vi var båda fångade i det.

"Högkung Alyster Vayir", sa en kvinnas röst. Lady Artaria. Hennes ton ringde klar och orubblig, som en dödsklocka som klämtar. Hon reste sig från sin plats med all en drottnings grace, hennes gyllenvita hår glimmade när hon böjde knä för sin egen brorson. "Ers Majestät."

Ännu ett skrap från en stol. Ännu en bugning. Fler röster följde. Låga mummel till en början, var och en bar på en tyngd som var tyngre än något svärd jag någonsin lyft. En efter en föll de som dominobrickor, deras ord kraschade över mig.

"Högkung Alyster Vayir."

"Ers Majestät."

"Konung Alyster."

Varje titel var en spik i Alysters kista – eller kanske Maeves. Oavsett vilket kändes luften nu kvävande, tjock av magi och förväntan.

"Blodiga Fae", muttrade jag för mig själv, även om ingen hörde mig i den stigande kören. Mina stövlar kändes rotade i golvet, men ändå tvingade jag mig att röra mig. Ett steg framåt. Sedan ett till.

Det var inte förrän jag stod precis bakom honom som Alyster tittade på mig igen. Denna gång var hans blick skarp, smalnad, den skar genom röran runt omkring oss som en klinga. Om blickar kunde döda, hade jag kanske gjort Maeve sällskap på golvet just då.

"Rafail", väste han genom sammanbitna tänder.

"Ja, ja." Jag suckade, högt nog för att han skulle höra. "Jag vet hur mycket du hatar det här, men om du inte har en plan för att stoppa dem mitt i bugningen, sitter du fast med det."

"Förrädare." Hans leende var tunt, humorlöst, men det fanns något annat under det. Något mörkare. Han skulle inte låta mig komma undan lätt för att jag inte hade räddat honom från detta. Kanske varnat honom, så han kunde ha sprungit innan de agerade, men det var för sent från ögonblicket Eltar lade sitt svärd vid Alysters fötter, och jag tror vi båda visste det.

"Visst", sköt jag tillbaka. "Vänd dig nu om och spela kung innan de börjar mässa eller något."

Han gjorde det, motvilligt, och vände sig mot sin knäböjande hov med rak rygg, även om varje linje i hans kropp skrek av spänning. Jag väntade ett slag, visste vad som skulle komma härnäst, och svalde hårt innan jag följde deras exempel.

Mitt knä träffade marken. Jag hade aldrig knäböjt för någon förut. Fan.

"Res er", sa Alyster, hans röst starkare nu, den ekade som en befallning han var född att ge. Jäveln lät bra när han gjorde det också. Visste det förmodligen till och med.

Jag reste mig tillsammans med alla de andra. Hans hand var redan på svärdsfästet, han drog det så smidigt att jag knappt såg rörelsen. Det välbekanta, strålande stålet från den himmelska klingan glimtade illmarigt när han vände sig mot mig.

"Vänta", började jag och tog ett halvt steg tillbaka. "Vad gör du–"

"Hamnskiftaren Rafail Rubakis", avbröt han, hans ton plötsligt formell och spetsad med alldeles för mycket nöje. Hans leende breddades, blev självgott nu, fullt av igenbetalning. "För er tapperhet i detta rikes tjänst, och för er hjälp i att besegra förräderi" – han kastade en menande blick på Maeves livlösa gestalt – "utnämner jag, Högkung Alyster Vayir, er till riddare av faeriket."

"Våga dig inte på–"

"Sir Rafail", avslutade han och slog lätt med svärdets flatsida mot var och en av mina axlar. Jäveln blinkade.

"Riddarslagen av en fae", morrade jag för mig själv och blängde på honom. "Det här är nästan värre än Sets förbannelse!"

Alysters hand klappade tungt på min axel när han lutade sig in, med en röst så låg att bara jag kunde höra den. "Så", sa han, med silverögon som glimmade av rackartyg och något alldeles för självbelåtet för min smak, "exakt hur förklarar vi det här för Careena?"

Jag blinkade mot honom och glömde för ett ögonblick tyngden av det jävla riddarskap han just hade prackat på mig. "Förklarar vad?" Min ton var platt, men inombords ryggade jag redan tillbaka.

"Börja varsomhelst, egentligen." Hans leende breddades, skarpt och utan ånger. "Högkung Alyster Vayir klingar ganska bra, eller hur? Eller kanske du föredrar att inleda med Sir Rafail, riddare av faeriket? Åh, hon kommer att älska det."

"Hon kommer att mörda oss", muttrade jag och nöp mig över näsroten. Bilden av hennes midnattssvarta ögon som smalnade i ett dömande uttryck blixtrade levande i mitt sinne, tillsammans med den där melodiska, skärande tonen hos henne. *Vad har ni två galningar gjort nu?* Ja, jag kunde praktiskt taget höra det.

"Mörda dig, kanske", svarade Alyster, fullständigt oberörd. "Jag kommer helt enkelt att charma mig ur det."

"Charma dig–" Jag hejdade mig och stirrade på honom som om han hade fått ett till huvud. Han mötte min otroliga blick med en oskyldig axelryckning, vilket bara gjorde saken värre. "Du är förvirrad", sa jag till slut.

Då skrattade han – ett äkta skratt, varmt och oförställt, den sorten som alltid överrumplade mig eftersom det kändes så annorlunda från hans vanliga, övade charm. Det träffade mig som solljus som bryter igenom åskmoln, och trots allt – kaoset, den döda drottningen som fortfarande kallnade på golvet, det faktum att vi förmodligen bara var sekunder från att någon uråldrig faelag skulle åberopas för att avrätta mig – fann jag mig själv fnysande. Sedan skrattande.

"Careena kommer att tappa förståndet", lyckades jag få fram mellan andetagen och skakade på huvudet. "Hon kommer att ta en titt på den här röran och–"

”–och kalla oss imbeciller”, avslutade Alyster, med ett brett leende.

”Idioter”, rättade jag.

”Dårar, om hon känner sig poetisk.”

”Eller allt det ovanstående”, lade jag till, och på något sätt fick det oss att börja igen, ljudet av vårt skratt ekade absurt i den storslagna salen full av stela, stirrande faeadelsmän.

# Kapitel femton

## Careena

Den tunga ekdörren stönade när jag sköt upp den, och ljudet ekade genom den tomma kyrkan. Mina kängor skrapade mot stengolvet när jag stapplade in, med vingarna släpandes bakom mig som en död vikt. Varje muskel i min kropp skrek efter vila.

Aurelius följde tyst efter. Hans silvervingar snuddade vid dörrkarmen innan han klev över tröskeln och in i det dunkla skenet från fladdrande ljus. Han stängde dörren med en medveten slutgiltighet, och regeln klickade på plats som låset på en gravkammare.

"I säkerhet", sade han med låg, kortfattad röst. "För tillfället."

Jag lutade mig mot en av kyrkbänkarna och försökte hämta andan. Den svaga doften av rökelse dröjde sig kvar i luften, blandad med den kalla, fuktiga lukten av sten. Mina fingrar ryckte vid mina sidor och längtade efter att få göra något, vad som helst, men det fanns inget kvar att slåss mot här. Bara tystnad. Välsignad, kvävande tystnad.

"Du blöder", anmärkte Aurelius, och hans tonfall var mer konstaterande än bekymrat. Hans blick svepte över mig, skarp som alltid, och dröjde kvar vid revan längs min överarm.

"Inte tillräckligt för att det ska spela någon roll", svarade jag snabbt, även om armen bultade i protest. Jag spände fingrarna och ignorerade den svidande känslan när det torkade blodet sprack längs huden. Det var inte det värsta såret jag hade fått den här veckan. Långt ifrån.

"Vårdslöst." Han skakade på huvudet, och hans ogillande var som en kniv som skar genom det bräckliga lugnet.

"Nödvändigt", kontrade jag och tvingade mig upp. Utmattningen slet i varje fiber av min varelse, men jag mötte ändå hans blick. Midnattssvart mot genomträngande silver. "Du var i underläge. Igen."

"Det är irrelevant", sade han och knäppte händerna bakom ryggen på sitt irriterande behärskade sätt. Alltid samlad. Alltid oberörd.

"Säg det till häxcirkeln", muttrade jag och gick förbi honom mot altaret. Mina kängor ekade ihåligt mot golvet när jag rörde mig. Glasmålningarna ovanför kastade brutna färgmönster över rummet, och helgonens gestalter betraktade oss med orubbliga blickar. Jag undrade om de ömkade oss eller dömde oss. Sannolikt bådadera.

"Careena", började Aurelius med en mjukare röst nu, nästan ... trött. Jag stannade men vände mig inte om.

"Gör det inte", sade jag och drog en hand genom mitt toviga hår. Mina fingrar fastnade i några knutor, men jag brydde mig inte. "Inte i kväll. Låt mig bara andas i fem minuter innan du börjar predika för mig om regler eller disciplin eller vad det nu är som tär på dig."

Det blev en paus. En lång en. Sedan, till slut, suckade han. En sällsynt spricka i hans rustning.

"Fem minuter", medgav han.

Jag sjönk ner på närmaste bänk och lät vingarna falla tungt omkring mig. För en gångs skull pressade Aurelius mig inte. Spänningen mellan oss hängde tjock i luften, men ingen av oss gjorde något för att bryta den.

Jag flyttade på mig på det kalla stengolvet. Den hårda ytan skar in i mina skulderblad oavsett hur jag vände mig. Mina vingar ömmade där de pressades mot marken, fjädrarna hopskrynklade och böjda i konstiga vinklar. Sömnen ville inte infinna sig, trots min utmattning. Inte i natt.

Den svaga doften av rökelse i luften blandades med damm och den svaga, metalliska lukten av gammalt blod – mitt, hans, eller någon annans, visste jag inte längre. Utanför kyrkans murar levde natten med avlägsna skrik och oheliga morranden, dämpade men ändå där. Ändå för nära.

"Ångrar du det någonsin?" frågade jag plötsligt och bröt den tryckande tystnaden. Min röst lät för hög i det ihåliga utrymmet och studsade mot det välvda taket.

"Ångrar vad?" Aurelius röst kom från någonstans nära altaret. Han hade inte rört sig från där han stått tidigare, och hans silhuett var knappt synlig i det dunkla skenet från fladdrande ljus. Alltid stående, alltid upprätt, som om världens tyngd inte kunde nå honom. Till skillnad från mig.

”Att se saker.” Jag rullade över på sidan och stödde mig på ena armbågen. ”Framtiden. Dina syner. Önskar du någonsin att du inte hade dem?”

Det blev en lång paus. Tillräckligt lång för att jag trodde att han kanske inte skulle svara alls. Tystnaden sträckte ut sig, tung och tjock som en liksvepning. Han var bra på det här — väntleken. De medvetna pauserna som fick varje ord han slutligen gav att kännas som hugget ur sten.

”Ibland”, sade han till slut, med ett tonfall som var avmätt, försiktigt. Alltför försiktigt. ”Men det är inte upp till mig att avgöra.”

”Det där är inget svar.” Jag satte mig nu helt upp och ignorerade mina musklers skarpa protest. Jag fäste blicken på honom, fastän han förblev bortvänd, med sin spikraka rygg. ”Vad ser du egentligen? Hur är det?”

Hans axlar spändes, ytterst lite, den första sprickan i hans perfekta fattning. Men han tittade inte på mig. ”Det är fragment”, sade han efter en annan paus. ”Ögonblick. Spridda bitar av ett större pussel som jag aldrig får hela bilden av.”

”Det låter ... meningslöst”, sade jag innan jag kunde hejda mig.

Han sneglade över axeln, och silverögonen fångade ljusskenet som glasskärvor. ”Det är som det måste vara”, svarade han, outgrundlig som alltid.

”Det där är ett sådant icke-svar”, muttrade jag och lade mig ner igen med en frustrerad suck. Mina vingar spred ut sig igen, besegrade av stenen. Min blick fästes vid de spruckna träbjälkarna ovanför, och jag räknade varje flisa i det dunkla ljuset. Ljusens låga flimmer dansade över stenväggarna och kastade förvridna skuggor som verkade levande. "Aurelius", sade jag, skarpare än jag hade tänkt mig. "Har du någonsin sett mig i dina syner?"

Han stelnade till där han stod, bara några steg bort, fortfarande med ryggen mot mig. Det svaga skrapet av hans silverfärgade dräkt som snuddade vid stenen var det enda ljudet under ett långt ögonblick.

"Ja", sade han till slut, ordet långsamt, avsiktligt.

Något både kallt och hett vred sig i mitt bröst. Jag tryckte mig upp igen och ignorerade hur min kropp protesterade. "Och?" Min röst blev nu tystare, men inte mindre enträgen. "Vad såg du?"

Då vände han sig om. Hans ansiktsuttryck var lika outgrundligt som alltid, men något i hans ögon – silverfärgade och vassa som knivblad – fick min puls att slå snabbare. Och inte på det sätt jag ville.

"Inget ont, som ännu inte har inträffat", sade han, och hans mungipa kröktes uppåt i något som kunde ha varit ett leende om det inte vore så återhållet. "Var inte rädd."

"Det där är inget svar", fräste jag. Vingarna slog ut en aning innan jag tvingade dem att lägga sig till rätta. "Du kan inte bara säga så och förvänta dig att jag ska släppa det."

"Det kan jag", svarade han mjukt och tog nu ett steg närmare. Hans blick vacklade aldrig och höll mig fastnaglad på platsen trots att jag blängde upp på honom. "Men det kommer du inte att göra, eller hur?"

"Inte en chans", bet jag av, även om min röst mjuknade mot min vilja. Någonting i sättet han såg på mig fick min ilska att vackla, som om det fanns en tyngd bakom hans ord som jag inte riktigt kunde förstå. "Vad är det du inte berättar för mig?"

Han andades ut och vände huvudet något som om han lyssnade efter något långt borta. Tystnaden mellan oss blev tunn innan han talade igen. "Jag har väldigt få syner kvar", sade han, med en röst som var tyst men bestämd.

Jag blinkade, förvirrad. "Vad betyder det?"

"Det betyder precis vad jag sade." Han utvecklade det inte, erbjöd inget mer.

"Det där är inget—" började jag, men han avbröt mig och hans blick snäppte tillbaka till min.

"Vissa saker måste förbli oklara, även för mig", sade han, och hans röst bar på samma galopperande lugn. Det var den sortens lugn som kändes som en dörr som slogs igen och lämnade mig stirrandes på träfibrerna, undrandes vad som fanns bortom den.

"Du är omöjlig", muttrade jag och dråsade ner på stengolvet igen med en frustrerad pust. Mina vingar spred ut sig på nytt, och fjädrarna snuddade vid hans kängor den här gången. Han rörde sig inte. Reagerade inte. Stod bara där, tyst och orubblig som alltid.

Ett knarrande från uråldriga gångjärn ryckte mig ur en orolig slummer. Min hand flög till svärdet vid min sida innan jag ens registrerade det välbekanta bronsglimret i dörröppningen.

Hadraniel steg in i kyrkan och fällde ihop vingarna tätt intill kroppen för att undvika det låga valvet. Han såg ... ja, bättre ut än sist jag såg honom, vilket inte sa särskilt mycket. Hans rustning bar fortfarande på bucklor, och en svag hälta avslöjade att han inte var helt läkt, men han stod åtminstone på benen. Vi hade lämnat honom i Fristaden under helarnas vård, och jag visste att Aurelius hade gett honom i uppdrag att gå till Ärkeänglarnas råd så fort han kunde för att be om ytterligare hjälp.

"Du är sen", sade jag och reste mig för att möta honom. Min röst lät skarpare än jag tänkt mig. Kanske var det dagarna av utmattning som nötte ner mig, eller kanske var det bara synen av ännu en ängel som borde ha varit här när vi behövde honom som mest.

Han ryggade inte tillbaka. Det gjorde han aldrig. "Jag kommer med nyheter", sade Hadraniel, och hans djupa röst ekade svagt i det ihåliga utrymmet. Hans ansikte var som hugget ur sten, outgrundligt som alltid, även om det låg något tungt i hans blick när han vände sig mot Aurelius. "Rådet har talat."

"Låt mig gissa", avbröt jag och steg närmare. "Fler ursäkter. Mer himmelskt poserande." Orden brände på tungan, men jag kunde inte stoppa dem. "Vad är det den här gången? Inte deras jurisdiktion? För upptagna med att putsa sina glorior?"

"Careena", sade Aurelius mjukt, en varning, men jag ignorerade honom.

"Säg att jag har fel", utmanade jag Hadraniel och mötte hans blick. "Säg att de inte satt på sina troner och viftade bort det här som allt annat."

Hadraniels käke spändes. För ett ögonblick trodde jag att han skulle hugga tillbaka, men sedan suckade han och hans axlar sjönk ihop en aning. "Du har inte fel", erkände han med kort ton. "De kommer inte att agera om inte Set själv uppenbarar sig. De anser att Jordens situation är ... ringa."

"Ringa?" Ordet slets ur mig högre än jag hade tänkt och studsade mot de höga väggarna som en förbannelse.

"Demoner sliter den här världen i stycken, stad för stad, och de kallar det för *ringa*?"

"Det räcker nu", sade Aurelius fastare och vände sig mot mig med det där galopperande lugnet fortfarande klistrat över ansiktet. Men jag såg det – bara ett flimmer, en spricka under ytan. Hans händer spändes vid sidorna, och jag svär att jag uppfattade en ytterst svag darrning i hans röst när han tillade: "Vi kan inte slösa energi på ilska."

"Kan vi inte?" svarade jag vasst och stirrade mellan de två. "För det verkar som om det är allt någon där uppe respekterar. Ilska. Styrka. Makt. Och vi förväntas bara ... vad? Fortsätta kämpa i deras röra åt dem, medan de tittar på från sina elfenbenstorn?"

"Ja", sade Aurelius helt enkelt.

"Otroligt", muttrade jag och började gå fram och tillbaka. Mina kängor skavde mot det kalla stengolvet. Luften i kyrkan kändes plötsligt kvävande, för tjock för att andas. "Så det är allt? Vi bara lägger oss ner och tar emot det?"

"Jag gillar det inte mer än du", sade Hadraniel, nu med en tystare, nästan motvillig röst. "Men Rådets ord är lag."

"Lag", spottade jag ur mig och snurrade runt för att möta honom igen. "Sedan när innebär lag att man överger de oskyldiga? Sedan när innebär det att man låter demoner löpa fritt för att det är obekvämt att ingripa?"

"Careena", sade Aurelius igen, hans silverblick stadigt fäst på min. Det fanns ingen hetta i hans ton, inget dömande, bara den där orubbliga vissheten som fick mig att vilja både skrika och luta mig mot honom på samma gång. "Det här förändrar ingenting. Vi har fortfarande ett arbete att göra."

"Arbete att—" Jag hejdade mig och sög in ett andetag genom sammanbitna tänder. "Bra. Vad som helst. Låt oss sätta igång igen."

"Äntligen", sade Aurelius, och hans läppar ryckte till i något som kunde ha varit roadhet om jag inte visste bättre.

"Utmana mig inte", varnade jag och pekade med ett finger i hans riktning. Mina vingar fälldes ut instinktivt, och fjädrarna snuddade vid väggarna när jag marscherade mot dörren. Bakom mig hörde jag Hadraniel mumla något lågt till Aurelius, men jag vände mig inte om. Om jag gjorde det kanske jag inte skulle kunna hindra mig själv från att bränna ner hela den här jävla kyrkan.

Gatorna i Tours var ett kaos. Skuggor rörde sig där de inte borde, klättrade uppför murar och slingrade sig över gatstenar som var hala av blod – inte alltihop mänskligt. Luften stank av svavel och bränt kött, tjock nog att fastna i halsen, men jag tvingade mig själv att andas igenom det.

"Vänster!" ropade jag och kastade mig upp i luften när en av de mindre demonerna anföll mig från en gränd. Dess fläckiga grå kropp verkade suddas ut och skärpas i det dunkla ljuset, en sjuklig parodi på något kattliknande. Mitt svärd träffade det precis under käken och skar rakt igenom medan ichor stänkte över mina händer och bröst – åtminstone var Sets svärd effektivt mot dem, kanske till och med mer än vad ett himmelskt svärd skulle ha varit. Demonen föll med en våt duns, och dess huvud rullade mot Aurelius kängor.

"Klottrigt", sade Aurelius med ett irriterande lugnt tonfall när han klev över resterna utan så mycket som en blick. Hans svärd glimmade silverfärgat i månskenet, redan droppande av en annan demons livsblod.

”Börja inte”, fräste jag och landade bredvid honom. Jag fällde ihop vingarna tätt mot ryggen. ”Vi håller inte direkt på att vinna här.”

”Inte förlora än, heller.” Han tittade inte på mig, hans genomträngande blick sökte av den mörka gatan framför oss. Ett skrik ekade någonstans till höger om oss, skarpt och abrupt avbrutet. Det knöt sig i magen.

”Det var ju betryggande”, muttrade jag och grep hårdare om mitt svärd. En annan skugga for förbi över våra huvuden, den här bevingad. Hadraniel sköt förbi oss i jakt på den, hans gyllene spjut glimtade till när han slungade iväg det med dödlig precision. Varelsen skrek när den föll och kraschade in i taket på ett närliggande kafé.

”Fortsätt röra er”, beordrade Aurelius. Hans tonfall lämnade inget utrymme för diskussion, men det hindrade inte den blick jag skickade honom innan jag följde honom djupare in i staden.

Demoner vällde fram från varje spricka – krypande, hoppande, flygande. Vissa var små och snabba, som den jag hade dödat; andra var klumpiga, massiva och groteska, deras former knappt sammanhållna som om själva väven av deras existens spändes mot verkligheten. Och det kom alltid fler.

”Fokusera”, skällde Aurelius, när jag med nöd och näppe undvek en stöt av sjukligt grön magi från en i häxcirkeln.

”Fokuserad”, svarade jag vasst, även om mina armar brände och min andning kom snabbt och ytligt. Sanningen var att vi höll på att förlora. Långsamt, smärtsamt. För varje demon vi högg ner tog två andra dess plats. Natten sträckte ut sig, tung och oändlig, och det kändes som om hela staden kvävdes under deras tyngd.

Sedan, abrupt, förändrades allt.

Det började som en viskning på vinden – en sval, frisk bris som inte hörde hemma i detta helveteslandskap. Mina steg vacklade när luften förändrades runt omkring oss, den kväljande stanken av svavel gav vika för något omöjligt rent. Skogar efter regn. Vildblommor i blom. Liv, pulserande och otämjt.

"Känner du den där doften?" frågade jag, halvt yr av den plötsliga klarheten.

Aurelius frös till bredvid mig, hans vingar slog ut brett medan hans silverögon smalnade. "Det gör jag."

"Vad—" började jag, men orden fastnade i halsen när doften intensifierades och svepte genom gatorna som en flodvåg. Runt omkring oss tvekade demonerna, deras rörelser ryckiga och osäkra. Vissa skrek och rev på sitt eget kött som om de försökte fly undan vilken osynlig kraft det än var som hade kommit över oss.

"Något är på väg", sade Hadraniel och dök upp vid min sida, hans uttryck ovanligt bistert. Hans gyllene svärd glimmade i hans händer, bladet droppande av svart ichor. "Och jag tror inte att det är dem."

Världen splittrades i en våg av ljus.

En dörröppning – nej, mer som en taggig reva – slets upp i luften framför oss. Den sprakade och skimrade och spillde ut guldgrönt ljus på gatan. Luften blev tjock av energi och sjöng mot min hud. Jag stapplade bakåt, vingarna slog ut instinktivt och blicken var låst på den omöjliga synen.

Sedan kom de igenom.

Fae.

De vällde ut ur portalen som en störtflod, bepansrade gestalter som rörde sig med dödlig elegans. Deras vapen fångade det märkliga ljuset, klingor som glittrade som flytande månsken, bågar spända med pilar som surrade av kraft. De attackerade demonerna hårt, utan tvekan, och högg sig igenom dem som om de inte var mer än skuggor.

"Vid himlarna", muttrade Aurelius bredvid mig, med låg, vördnadsfull röst.

Jag kunde inte svara. Min strupe var torr, mina tankar röriga. Jag hade sett strider förr – alltför många – men aldrig något liknande. Fae rörde sig som en enda enhet, snabbt och precist, deras attacker nästan för snabba för att följa. Varje dödande tycktes sprida sig utåt som ringar på vattnet, och demonerna föll tillbaka, morrande och skrikande som om själva närvaron av fae brände dem.

"Careena!" skällde Hadraniel och drog mig ur min dvala. "Bakom dig!"

Jag snurrade runt precis när en demon kastade sig fram, dess klor svingade mot mitt ansikte. Mitt svärd blixtrade upp och mötte det mitt i svingen. Kraften skakade mina armar, men jag tryckte framåt och skar rent genom dess nacke. Svart ichor stänkte över gatstenarna, och varelsen föll ihop med ett vått väsande.

"Fokusera", fräste Aurelius och avfärdade en annan demon med ett svep av sitt svärd. "Vad det här än är, har vi fortfarande en kamp att avsluta."

"Just det", sade jag och andades tungt. Men även när jag gjorde mig redo för nästa attack kunde jag inte sluta stirra på det kaos som utspelade sig runt omkring oss. Fae bara stred inte – de *vann*. För varje demon de fällde, reste sig ingen för att ersätta den.

Och då såg jag honom.

Först trodde jag att mina ögon spelade mig ett spratt. En gestalt kom ut från den glödande portalen, uppflugen på en varelse så lysande att den tycktes suddas ut i kanterna. Dess horn – en spiralformad lans av rent silver – fångade ljuset när den reste sig på bakbenen och skingrade de närmaste demonerna som löv i en storm. Och ovanpå den, med ett leende som om han just hade vunnit något kosmiskt spel, satt Alyster.

”Omöjligt”, viskade jag, som förstenad.

Han var klädd i en glänsande rustning, intrikat och utomvärldslig, av den sort som såg mer ceremoniell än praktisk ut. Ändå bar han den som om han var född i den, varje rörelse flytande och befallande. En guldcirkel vilade på hans panna och fångade det svaga skenet från hans hår – hår som glimmade som smält solljus under gatlyktornas kaotiska sken.

”Careena!” Hans röst ljöd, klar och tydlig, och skar genom kakofonin. Han styrde enhörningen – för vad annat kunde det vara? – mot mig och vävde sig enkelt fram genom stridsvimlet. Leendet på hans läppar blev bredare när våra blickar möttes. ”Saknat mig?”

Jag ville svara. Jag ville ropa något vasst och smart, något som skulle matcha det löjliga i detta ögonblick. Men allt jag lyckades med var att stirra, med hakan i golvet och helt förbluffad, som om min hjärna hade kortslutits totalt.

Kaoset omkring mig hade dämpats till ett bakgrundsbrus – ett märkligt, dovt ackompanjemang till den absurda synen framför mig. Alyster stannade sin springare, och varelsen stampade i marken med en grace som var nästan övernaturlig. Dess horn glimmade som smält silver och fångade flimret från bränder som fortfarande rasade längre ner på gatan. Faesoldater strömmade förbi oss och högg ner demoner med snabb precision, men jag märkte det knappt.

"Är det där—" Min röst fastnade, torr och sprucken efter att ha skrikit över alltför många strider. "Är det där en enhörning?"

"Skarpsynt som alltid", sade Alyster, och hans leende blev bredare.

Min mun rörde sig innan min hjärna hann ikapp. "Jag trodde bara oskulder kunde rida på sådana."

Alyster kastade huvudet bakåt och skrattade, högt och fylligt, som om denna slagfält var något slags storslaget skämt och han var den enda som förstod poängen. "Åh, Careena", sade han och gled smidigt av varelsens rygg. Hans kängor landade på gatstenarna med en mjuk duns. Han rättade till guldcirkeln på sin panna som om det vore en eftertanke, med all sin nonchalanta arrogans. "Du har inte fel. Traditionellt sett."

"Traditionellt?" Jag blinkade och försökte förstå någonting just nu.

"Tja", började han och steg åt sidan med en teatralisk gest, "det här är inte direkt en *traditionell* enhörning."

Varelsen stod stilla, dess skimrande form dallrade som värmedis. Sedan, helt omöjligt, började den förändras. Silverlansen till horn löstes upp först och spiralformades in i intet, medan den lysande pälsen mörknade och krympte inåt. Ett ögonblick senare stod Rafail där och såg ytterst irriterad ut.

"Självklart", muttrade han. "För att vara din glorifierade taxi är *precis* vad jag skrev upp mig för."

Kaoset runt omkring oss var en dimma av sammanstötande stål, tjutande demoner och den skarpa, elektriska doften av magi i luften. Men jag brydde mig inte. Inte i det ögonblicket.

Jag sprang – snubblade, egentligen – över trasiga gat-stenar mot dem. Vingarna släpade efter mig, tunga som bly efter alltför många nätter utan vila.

"Careena, vänta—" började Aurelius, men han stoppade mig inte.

Jag saktade inte ner. Det nästa jag visste var att mina knän vek sig, och jag halvt kraschade, halvt föll in i Rafail. Han fångade mig med en grymtning, hans armar slogs om mig som av instinkt. Trots alla sina klagomål hade mannen reflexer vassare än någon klinga.

"Lugn nu", muttrade han och stöttade mig. "Du kommer att välta oss båda två i den här takten." Hans röst var torr, men det fanns en antydan till oro under sarkasmen.

"Låtsas inte som att du inte älskar det", kvittrade Alyster från någonstans bredvid oss och gled enkelt in i mellanrummet mellan Rafail och mig. Hans hand fann min armbåge, hans grepp fast men milt när han hjälpte till att hålla mig upprätt. "Dessutom har hon förtjänat en dramatisk entré eller två."

"Håll tyst", lyckades jag få fram, andfådd men skrattade ändå. Det kändes bra att skratta. Fel, kanske, med tanke på allt – men bra.

Alysters leende blev bredare, ljust och skarpt mot det sotsvarta i hans ansikte. "Aldrig."

Runtomkring oss höll slagfältet på att förändras. Faesoldaterna strömmade fram som en tidvåg, deras vapen glimmade under månens bleka sken. Demonerna – det som var kvar av dem – splittrades, skingrades i skuggor och aska, och häxcirkeln flydde in i natten. Nederlaget var totalt, även om jag fortfarande kunde känna den kvardröjande stanken av svavel som täppte till luften.

”Hur?” frågade jag, det enda ordet kom ut nästan som en flämtning. Mina fingrar knöt sig hårdare om Rafails ärm och förankrade mig själv. ”Vad gjorde ni? Hur stoppade ni henne?”

”Henne?” upprepade Rafail och höjde på ett ögonbryn. Han visste vem jag menade. Självklart gjorde han det. Han bara förhalade.

”Maeve”, sade jag och tvingade ordet förbi klumpen i halsen. ”Vad hände?” Min blick for mellan de två och sökte efter svar i deras ansikten.

Alyster och Rafail utbytte en blick så skarp att den kunde ha skurit genom spänningen som hängde mellan oss. Sedan, utan tvekan, höjde de båda ett anklagande finger mot varandra.

”Det är helt hans fel!” sade de i perfekt samklang.

Jag blinkade, överrumplad av deras synkronisering – och den rena absurditeten i ögonblicket. ”Seriöst?”

Rafail andades ut skarpt och drog en hand genom sitt rufsiga hår. ”Berätta sanningen för henne, guldgosse”, muttrade han och ryckte på hakan mot Alyster. ”Varsågod. Spinn din historia.”

”Spinn?” Alyster flinade och lutade på huvudet som om han fann Rafails irritation oändligt underhållande. ”Jag spinner inga historier. Jag återberättar historien som den sker. Dessutom” – hans ögon glimmade som flytande silver – ”är det du som högg.”

”Och du”, svarade Rafail vasst och gestikulerade vilt, ”är anledningen till att jag var tvungen att hugga henne från första början!”

”Varsågod”, svarade Alyster mjukt.

”Varsågod?” Rafails röst steg i tonläge, fylld av misstro. ”Har du någon aning om vad du har gjort mot mig?”

”Vänta, vänta”, avbröt jag och höll upp båda händerna. Mitt hjärta dunkade oregelbundet i bröstet när jag såg på dem. ”Vad menar du med 'vad han har gjort'? Vad betyder ens det?”

”Ah, tja.” Alyster rätade på sig, och hans leende mjuknade till något nästan ... ursäktande? Nej, inte riktigt. Kanske resignerat. ”Du förstår, Careena, efter att Rafail dödade Maeve” – hans ord var lätta men avsiktliga – ”bestämde Fae att de behövde en ny Högkung.”

”Högkung”, upprepade jag matt. De två orden landade tungt i luften mellan oss.

”Jepp”, sade Rafail och hans leende kom tillbaka. ”Gissa vem som drog det kortaste strået?”

Jag tittade på cirkeln på Alysters huvud. Den nya, strålande, *kungliga* rustningen.

”Åh.”

”Är det så du hälsar på faefolkets nya Högkung?” Alysters silverögon glittrade av roadhet. ”Bara *åh*?”

”Du måste erkänna att det är överraskande!” Jag vände mig om för att se på Aurelius och undrade om detta också var något han hade förutsett, men han stod med ryggen mot oss.

”Det var ganska överraskande för honom också.” Rafail sade med ett vasst leende. ”Han bad mig i princip att få ut honom därifrån innan det hände, men då var det alldeles för sent. Och de behövde ju någon. Maeve var väldigt död.”

Jag grimaserade. ”Du dödade henne alltså?”

”Ja.” Rafail tittade konstigt på mig. ”Hur visste du det? Du verkar inte förvånad.”

”Det visar sig att Aurelius har begränsade krafter av förutseende. Han gav dig den där dolken för att döda henne med." Jag bestämde mig för att inte förklara vad dolken faktiskt hade gjort med Maeve. Inte än.

"Det hade varit trevligt om han hade varnat *mig*!" Rafail svällde av irritation. "Jag trodde Fae skulle hänga mig efteråt, även om jag just hade räddat skinnet på dem alla!"

"Nå, jag skulle inte ha låtit dem göra det", förmanade Alyster.

"Ha! Ditt sätt att rädda mig var *fullständigt* löjligt! Du kommer inte tro vad han gjorde," – han snurrade mot mig, hans röst drypande av dramatisk indignation – "han för fan dubbade mig till riddare för att ha lönnmördat henne!"

Jag stannade tvärt och stirrade på honom. För en sekund kunde jag inte hitta några ord. Sedan slog den rena absurditeten i det mig som en örfil. Ett skratt brast ut innan jag kunde hejda det. "*Dubbade* dig till riddare?"

"Ja!" utbrast Rafail och kastade upp händerna i luften som om själva minnet förolämpade honom. Hans ansikte var stelt i den där välbekanta blandningen av frustration och misstro som han bar så väl. "Fae gör tydligen inget halvdant. Döda en tyrannisk drottning? Boom. Omedelbar riddarvärdighet! Glöm att jag inte direkt anmälde mig frivilligt för jobbet."

"Dubbade *dig*?" upprepade jag misstroget och tittade på Alyster för bekräftelse. Hans leende blev bredare. "För *lönnmord*?"

"Uppmuntra honom inte", muttrade Rafail, men mitt skratt blev bara högre. Det var smittsamt; Alysters axlar började skaka av tysta skrockanden, som snabbt övergick i ett fullständigt skratt.

"Rafail, Sir Lönnmördare", retades Alyster och torkade tårar från ögonvrårna. "Klingar fint, eller hur?"

"Håll tyst", muttrade Rafail, även om hans läppar ryckte misstänkt. "Nästa gång kan du göra ditt eget smutsjobb."

"Nå, nå", sade Alyster och lade en arm om honom i skenbart kamratskap. "Vad för slags Högkung skulle jag vara om jag inte delegerade?"

"En som inte är fullständigt odräglig", svarade Rafail vasst och skakade av sig Alysters arm.

"Osannolikt", sade jag mellan andetagen, fortfarande leende. Spänningen i mitt bröst lättade, bara för ett ögonblick. Det kändes bra att skratta – även här, även nu, med staden rykande runt omkring oss och tyngden av kampen som pressade ner varje steg. Det kändes mänskligt. Nödvändigt.

"Careena", pustade Rafail och kisade med ögonen mot mig. "Du ska vara på min sida."

"Förlåt", lyckades jag få fram, även om jag inte alls var ledsen. "Men du måste erkänna – det är hysteriskt roligt."

"Bara för er", muttrade Rafail mörkt, vände sig om och strosade iväg. "Jag är den som sitter fast med den jävla titeln."

"Sir Lönnmördare", ropade Alyster efter honom, självbelåten som alltid. "Glöm inte dina ceremoniella plikter!"

"Åh, jag ska komma ihåg dem nästa gång en Högkung behöver dödas!" sade Rafail och försökte fylla sin röst med hot, och jag började skratta hjälplöst.

För ett flyktigt ögonblick verkade världen lättare. Alltför kort, visste jag, men jag höll fast vid det ändå.

# KAPITEL SEXTON

## ALYSTER

KORRIDOREN LUKTADE FUKT OCH unken luft. Careenas steg vacklade, hennes vingar släpade lätt bakom henne, deras svaga violetta skimmer mattades. Rafail grep tag i hennes armbåge innan hon snubblade, med spänd käke. Han sa ingenting, men blicken han skickade mig var vass nog att kunna skära med.

”Här”, sa jag och knuffade upp den bräckliga dörren till ett rum som såg ut att ha sett bättre århundraden. En enda elektrisk glödlampa flimrade svagt från väggen och kastade långa skuggor över en smal säng, ett slitet bord och två omaka stolar. Det var inte mycket, men det var ett skydd, ett sjaskigt hotell bara några steg från där vi hade hittat Careena kämpandes för sitt liv.

”Eltar”, ropade jag bakåt över axeln när riddaren intog sin position vid dörröppningen. Hans svarta rustning glänste även i det svaga ljuset, en nästan irriterande kontrast till vårt tilltufsade skick. ”Hitta någon som kan hämta mat. Något varmt.”

Han nickade en gång, utan ett ord. Pålitlig som alltid. Dörren knarrade igen och dämpade det svaga rasslet från hans rustning när han slog sig ner utanför.

”Sitt”, sa Rafail bestämt till Careena och ledde henne mot sängen. Hon stretade emot ett ögonblicks tvekan innan hon sjönk ner och lät vingarna vika sig klumpigt runt axlarna. Hennes andning var ytlig och ojämn, och synen av henne så här – så dränerad, så olik sig själv – fick det att krypa i mig.

”Rafail”, sa jag tyst och steg närmare. ”Hämta lite vatten.”

Han rörde sig utan att protestera och försvann in i det angränsande tvättrummet. Jag hukade mig framför Careena och vilade lätt händerna på hennes knän. På nära håll kunde jag se de fina skälvningarna som löpte genom hennes kropp, hur hennes midnattsblå ögon verkade kämpa för att fokusera.

”Du är inte till nytta för någon om du kollapsar”, mumlade jag med låg röst. Mjuk, men bestämd. ”Låt oss ta hand om dig i natt.”

”Bespara mig dina predikningar”, fräste hon, men det fanns ingen riktig hetta i hennes ord. Bara utmattning. Ändå flackade hennes blick till min, trotsig även nu. ”Jag är inte bräcklig, Alyster.”

”Har aldrig sagt att du var det”, svarade jag, och en antydan till ett leende ryckte i mina läppar trots mig själv. ”Men även drottningar behöver vila.”

”Jag måste tvätta mig först.” Hon sträckte ut en vinge och betraktade med avsmak smutsen som täckte hennes fjädrar; jord, blod och värre. Klibbig, svart demonsörja. Hon hade rätt, hon skulle aldrig kunna sova med det där på sig.

”Sätt på duschen, Raf”, ropade jag innan jag reste mig. ”Kom igen, min drottning. Res på dig. Låt oss göra dig ren.”

Ånga virvlade runt oss och steg i lata spiraler från det forsande vattnet ovanför. Careena stod stödd mellan oss, hennes vingar hängde tungt med fjädrarna slemmiga och toviga. Hon skälvde trots duschens hetta, hennes andetag ytliga.

"Håll dig stilla", muttrade Rafail, med en ovanligt mild röst, medan han arbetade sig igenom de genomblöta fjädrarna på hennes vänstra vinge och försiktigt redde ut dem. Hans panna var rynkad, en sällsynt fokuserad min som stramade åt hans anletsdrag.

"Du gör det värre", sa jag och sträckte mig över för att slå bort hans hand. "Man ska jobba medhårs, inte mothårs."

"Ser du några vingar på mig?", kontrade han, men han argumenterade inte vidare utan klev åt sidan för att låta mig ta över. Han räckte mig den lilla tvålen med ett flin. "Varsågod, ers majestät. Visa mig hur man gör."

"Ni båda...", Careenas röst var svag, hennes vanliga befallande ton dämpad av utmattning. Hon försökte dra sig undan, men hennes knän vek sig och jag fångade henne innan hon hann falla framåt.

"Lugn", mumlade jag och stöttade henne. Hennes hår klibbade fast vid ansiktet i blöta, mörka slingor och jag strök försiktigt bort dem. "Vi är nästan klara. Låt oss bara hjälpa dig."

Hennes blick var i bästa fall halvhjärtad, även om hon lutade sig mot mitt grepp utan protest. "Jag hatar det här."

"Noterat", sa jag och höll tonen lätt. Jag arbetade mig metodiskt och noggrant igenom fjädrarna och ignorerade hur hennes tyngd pressade allt tyngre mot mig för varje ögonblick som gick.

"Hon håller på att bränna ut sig", sa Rafail tyst bakom mig. Hans raka ord skavde, men han hade inte fel. Hon såg ut som om hon skulle kollapsa om vi så mycket som blinkade.

”Hon hämtar sig”, svarade jag, mer för min egen skull än för hans. ”Det gör hon alltid.”

”Sluta prata om mig som om jag inte är här”, mumlade Careena. Hennes huvud föll mot min axel, ögonen fladdrade till och slöts. Synen av henne så här – en naturkraft reducerad till något bräckligt – fick det att dra ihop sig i bröstet.

”Nästan klar”, upprepade jag, lika mycket för att fylla tystnaden som för något annat. Rafail klev in igen och styrde försiktigt hennes andra vinge under vattnet. Tillsammans sköljde vi bort den sista smutsen, och vattnet virvlade mörkt vid våra fötter innan det försvann ner i avloppet.

”Okej”, sa Rafail och stängde av vattnet. Han grep en av handdukarna som hängde i närheten och svepte den runt Careenas skälvande kropp. ”Låt oss få henne i säng.”

”Håller med.” Jag lyfte upp henne innan hon kunde protestera och fick ett svagt knotter till svar som snabbt tystnade när hennes huvud föll mot mitt bröst. Hennes fuktiga hår doftade jasmin, en subtil kontrast till den skarpa doften av utmattning som fortfarande höll sig kvar vid henne.

Vi lade henne mellan oss i sängen, hennes vingar försiktigt draperade över madrassens kanter. Rafail trollade fram en skål med gryta från brickan som någon hade kommit med medan vi var i duschen, och doften var fyllig och mustig.

”Här”, sa jag, tog en skedfull och höll den mot hennes läppar. ”Ät.”

"Befallande", mumlade hon, men hon öppnade ändå munnen och tog emot tuggan. Hennes färg verkade förbättras för varje munsbit, och rynkan i hennes panna slätades ut. När skålen var tom hade hennes andning jämnat ut sig och hennes händer låg slappa vid sidorna.

"Hon har somnat", sa Rafail mjukt och betraktade henne med ett outgrundligt uttryck.

"Bra." Jag rättade till filtarna runt henne, noga med att inte röra hennes vingar. För en gångs skull såg hon fridfull ut. Sårbar, ja, men fridfull.

"Även med Eltar därute", började Rafail efter en lång tystnad, med låg röst, "tycker jag att en av oss borde hålla sig vaken. För säkerhets skull."

"Set", sa jag, och ordet kändes bittert på tungan. Det var inte en fråga.

"Ja." Rafail lutade sig tillbaka, hans blick mötte min för ett kort ögonblick. "Tar du första vakten?"

"Visst." Jag lutade mig mot sänggaveln, fingrarna snuddade vid fästet på mitt svärd. Alltid inom räckhåll. "Sov lite medan du kan."

Han argumenterade inte emot utan sträckte ut sig bredvid Careena med överraskande lätthet. Men innan han slöt ögonen sneglade han på mig igen, med något outtalat i blicken.

"Sänk inte garden", sa han tyst.

I samma ögonblick som Careenas andning förändrades visste jag. Det var inte längre den fridfulla rytmen av vila. Hennes kropp spändes, fingrarna grep tag i filten som en livlina och hennes vingar – vanligtvis så stilla i sömnen – darrade svagt mot madrassen.

"Careena." Hennes namn lämnade mina läppar i en skarp viskning när jag lutade mig närmare. Min hand svävade över hennes axel, osäker på om en beröring skulle dra henne fri eller djupare in i vilken mardröm som än hade fångat henne. "Vakna."

Det gjorde hon inte. Ett svagt jämmer undslapp henne och skar genom tystnaden som ett knivblad. Ljudet var rått, plågat och fullständigt olikt henne. Jag sneglade på Rafail, som rörde sig sömndrucket bredvid henne, hans panna rynkades när han förstod vad som hände.

"Hon drömmer", sa jag med spänd röst.

"Om honom?", frågade Rafail och satte sig redan upp, spänningen lindade sig runt hans kropp som om han förberedde sig för en attack han inte kunde utföra.

"Vem annars?" Jag bet ihop tänderna. Jag hatade detta: hjälplösheten, väntan. Jag kunde bekämpa arméer, möta gudar, men jag kunde inte strida mot de skuggor som lurade i hennes sinne.

"Careena!" Den här gången skakade jag henne försiktigt, med skarpare röst. Reaktionen var omedelbar. Hennes ögon flög upp, svarta källor av oändligt djup, vilda och ofokuserade. En flämtning slets ur hennes strupe som om hon hade drunknat och först nu kommit upp till ytan för att hämta andan.

"Maeve", flämtade hon, hennes röst hes av skräck. Hon satte sig käpprakt upp, hennes vingar slogs reflexmässigt ut innan de vek sig igen när rummet blev tydligare. Hennes blick for mellan mig och Rafail, paniken lyste klart. "Hon är... fången. Hos honom."

"Sakta ner", uppmanade jag och höll stadigt i hennes axlar. Hennes hud var fuktig av svett, hela hennes kropp darrade under mina händer. "Vad såg du? Börja från början."

"Set har henne", viskade hon, varje ord tyngt av fasa. Hon pressade handflatorna mot tinningarna som för att tvinga bort bilderna. "I underjorden. Han livnär sig på hennes själ, Alyster. Dränerar hennes essens, bit för bit."

"Livnär sig på henne?" Rafails ton var skarp, en blandning av misstro och avsky. "Hur? Varför?"

"För att Maeve är makt förkroppsligad, från årtusenden som härskare över faerna", kontrade Careena, och hennes utmattning var bortglömd i ordens hetta. "Hennes själ ensam är nog för att upprätthålla honom – och stärka honom. Varje fragment han tar gör honom starkare, farligare." Hon tystnade och svalde hårt, hennes fattning brast för ett ögonblick.

Fan ta allt. Det var förstås inte nog att Set var ett hot mot oss; nu hade han henne också. Och om Careenas syner stämde – och det gjorde de alltid – höll tiden redan på att rinna ut.

"Hur hamnade Maeve i Sets fängelse?", frågade jag plötsligt, när jag kom att tänka på det.

Careena grimaserade. "Aurelius."

"Jag ber om ursäkt!"

Hon skakade på huvudet. "Han förutsåg vad som skulle hända – att Rafail skulle döda Maeve. Så han gav Rafail silverdolken."

Rafail hajade till innan han långsamt drog fram bladet. "Den här?" Bladet glimmade svagt i Rafails hand, dess egg fångade det matta skenet från lampan bredvid sängen. Det såg alldagligt ut – enkelt, till och med. Bedrägligt så. Det snörde sig i bröstet när jag stirrade på det, en konstig tyngd som pressade mot revbenen.

"Vad är det med den?", frågade jag och bröt tystnaden som hade varat för länge. Min röst lät kort, hårdare än jag hade tänkt.

"Låt dig inte luras av utseendet", sa Rafail, hans ton torr men låg. Han vände på dolken och studerade den som om den kunde bita honom. "Han sa att den var av silver, för att jag kunde behöva något som skulle skada faerna. Men han sa också att jag skulle veta vad jag skulle göra med den, när tiden var inne. Han såg blodigt allvarlig ut."

"Allvarlig är inte rätt ord", mumlade Careena. Hon satt med korslagda ben på sängen, hennes korpsvarta vingar draperade slappt runt hennes axlar, deras vanliga skimmer mattat. Hennes röst var mjuk, men det gick inte att ta miste på stålet under den. "Den som dödas med den skickas direkt till Sets fängelse. Fångad. För evigt."

"För evigt", upprepade Rafail och rynkade pannan. Han lade ner dolken försiktigt på sängbordet, som om den kunde explodera om den hanterades fel. "Låt mig gissa: Aurelius tyckte att Maeve var en för stor risk för att låta härja fritt i underjorden?"

"Exakt." Careenas röst hårdnade och för ett ögonblick verkade hennes utmattning lyfta, ersatt av något vassare. "Han visste vad hon kunde göra, hur mycket makt till och med hennes obundna själ fortfarande kunde besitta. Vad hon kunde tänkas göra, om hon fick chansen. Det var därför han ville ha henne fången. Innesluten."

Tystnaden föll igen, tjock och kvävande. Mina tankar malde, trassliga och skarpa. Maeve. Min drottning. Min *före detta* drottning. I århundraden hade jag följt hennes befallningar utan att ifrågasätta, litat på henne framför alla andra.

Och nu? Nu var hon föga mer än en bricka i Sets spel. En slagen pjäs på ett bräde hon en gång hade kommenderat. Och en del av mig... en del av mig kunde inte låta bli att undra om detta var rättvisa. Om detta var vad hon förtjänade.

”Hon har sig själv att skylla”, muttrade jag, orden skrapade mot strupen. ”Allt hon har gjort – lögnerna, sveken – det ledde henne hit.”

”Kanske det.” Careenas ton mjuknade, även om hennes uttryck förblev outgrundligt.

”Berättade Aurelius något mer för dig?”, tänkte jag att jag skulle fråga.

Hon skakade på huvudet. ”Han var förtegen om sina syner. Sa att om han berättade för folk om dem, skulle de inte slå in, och det som skulle hända istället skulle vara värre.”

”Så vi vet inte vad vi ska göra åt Selene, eller Set?”

”Jag är ledsen. Nej.”

Rafail pustade ut en suck. ”Nåväl. Om Aurelius var tillräckligt orolig för att ge oss den där saken” – han nickade mot dolken – ”då är det bäst att vi listar ut bästa sättet att använda den.”

”Bästa sättet att använda den?” Jag höjde ett ögonbryn. ”Du menar att hugga Set i hjärtat och hoppas på det bästa?”

”Inte Set”, sa Careena tyst. Hennes vingar rörde sig, fjädrarna prasslade som avlägsna viskningar. ”Selene.”

”Selene?” Rafail rynkade pannan och hans ögon smalnade. ”Vad har hon med det här att göra?”

”Allt”, svarade Careena. Hennes blick brände när den mötte min och skar genom dimman av tvivel som grumlade mitt sinne. ”Det är hon som öppnade dörren till Set.

Den som bjöd in hans inflytande till *det här* riket. Så länge hon lever kommer hon att fortsätta arbeta för att stärka honom. För att sprida hans makt. Om vi inte stoppar henne..."

"Så spelar inget annat vi gör någon roll", avslutade jag, och insikten lade sig tung i magen. Självklart. Selene. Det återkom alltid till henne.

Luften smakade av ozon, skarp och elektrisk, när jag lutade mig mot fönsterbrädan och stirrade ut mot de avlägsna kullarna som var höljda i skugga. Det svaga surret av magi stack längs min hud – en påminnelse om vad vi hade gjort, vad vi hade satt i rörelse. Maeve var borta. Hennes tron tom. Faerna befriade från hennes järngrepp.

Men frihet hade ett pris.

"Hon spiller ingen tid", muttrade Rafail bakom mig, hans röst låg och kantad av frustration. Han gick fram och tillbaka som en varg i bur, hans stövlar skrapade mot det slitna trägolvet vid varje vända. "Jag kan känna det. Selenes magi – den sprider sig."

"Som röta", sa jag, utan att se mig om. Mina fingrar hårdnade om fönsterbrädan. Stickor borrade sig in i min handflata och jordade mig. "Sets inflytande över faerna är brutet, men nu försöker hon fylla tomrummet. Hon kommer att använda varje uns av kraft hon har för att göra anspråk på det."

"Hon har redan börjat." Careenas röst var mjuk, men den bar på en tyngd. Slutgiltighet. Hon satt med korslagda ben på sängen, vingarna tätt vikta mot ryggen, fjädrarna matta av utmattning. Ett ensamt ljus fladdrade på sängbordet och kastade skuggor som dansade över hennes ansikte. "Cirkeln är i rörelse. Ritualer. Offer. De öppnar vägar som aldrig borde vidröras."

Jag vände mig mot henne, orden vassa på tungan innan jag kunde hejda dem. "Och det vet du hur? Ännu en dröm?"

Hennes blick vacklade inte. "Nej. Det här är ingen dröm. Det är verkligt. Och det har redan börjat."

"Hon har rätt", avbröt Rafail och drog en hand genom sitt hår, mörka slingor föll rufsigt ner i hans ögon. "De kommer att slita sönder slöjan om det innebär mer makt. Set är kanske utestängd från faeriket nu, men jorden..." Han tystnade och skakade på huvudet. "Jorden är en annan historia."

"Selene bryr sig inte om vem hon förgör." Careenas vingar rörde sig, fjädrarna prasslade mjukt. "Hon vill bara ha kontroll. Över allt. Om hon lyckas..."

"Hon kommer inte att lyckas", fräste jag. Min röst slog hårdare än jag avsett och skar genom rummet. De tystnade båda, deras blickar vändes mot mig. Jag knuffade mig bort från fönsterbrädan och började gå fram och tillbaka för att matcha Rafails rastlösa energi. "Vi kommer inte att låta henne göra det. Hon leker med krafter hon inte förstår. Krafter som kommer att förtära henne om vi inte stoppar henne först."

"Den där dolken", sa Rafail plötsligt, med en beräknande ton. "Den fungerade på Maeve. Den kan fungera på henne också."

"Selene är ingen dumbom", sa jag. "Hon kommer inte att ge sig utan en kamp." Min käke spändes när jag stannade mitt i ett steg och vände mig mot dem båda. "Vi måste hitta henne först. Innan hon slutför vilken förvriden ritual hon än planerar."

"Det blir inte lätt", varnade Careena, även om hennes röst inte visade någon tvekan. "Hon har gömt sig väl. Men hon lämnar spår. Krusningar i magin. Vi behöver bara följa dem."

"Då är det bäst att vi skyndar oss." Rafail grep sin rock och slängde den över ena axeln. Hans uttryck var dystert, men hans hållning hade stabiliserats till något fast. Beslutsamt. "Om hon gör det jag tror att hon gör, har vi inte mycket tid."

"Håller med", sa jag. "Det här slutar med henne. På ett eller annat sätt." Jag öppnade dörren och såg på Eltar, som stod redo och väntade på mig. "Kalla samman faearmén", sa jag. "Vi ska på häxjakt."

Himlen ovanför slagfältet stormade, ett sjudande blåmärke av aska och blixtar. Stanken av svavel brände i mina näsborrar när jag körde mitt blad genom bröstet på ett morrande odjur – något som var hälften varg, hälften orm, dess fjäll hala av sörja. Det skrek, ett ljud som skallrade i mina ben, innan det kollapsade i en hög av ryckande lemmar.

"På din vänstra sida!" skrek Rafail över kaoset. Jag vände mig om utan att tveka, precis i tid för att ducka för en annan demons svingande klor – en klumpig best med taggiga horn och smälta sprickor som löpte längs dess kött som glödande förkastningslinjer. Mitt svärd ristade en båge genom luften och skar djupt in i dess sida. Dess blod fräste när det träffade marken, och svart rök virvlade uppåt.

”Hur många fler av de här sakerna har hon?”, morrade jag, sparkade bort liket och såg ut över slagfältet. Överallt vällde demoner och odjur fram genom sprickor i jorden, och spillde ut som gräshoppor. Faearmén som jag hade fört hit höll stånd, deras klingor blixtrade som silver mot mörkrets tidvatten, men vi var för utspridda. Alltför utspridda.

”För många”, svarade Rafail dystert när han drev sitt spjut genom ett annat anfallande monster. ”Men de är inte oändliga. Det kan de inte vara.”

”Säg det till dem”, muttrade jag, torkade svett från pannan och sneglade mot horisonten. Änglar kämpade i fjärran, deras skimrande vingar skar genom dimman som fyrbåkar. Även de såg trötta ut, deras vanliga precision sviktade under anstormningen.

En ljusblixt fångade min blick – en sammandrabbning av kraft så intensiv att den gjorde luften elektrisk. Aurelius. Han stod i hjärtat av kaoset, strålande och orubblig, hans silverhår strimmigt av blod. Runt honom cirkulerade tre figurer: egyptiska halvgudar, deras gestalter insvepta i magi äldre än något jag någonsin sett. De rörde sig som skuggor och slog till tillsammans i perfekt synkronisering – en lejonhövdad krigare, en hyenansiktad lönnmördare och en kvinna med ögon som brann som tvillingsolar.

”Han håller dem stången”, sa Rafail och klev upp bredvid mig. Hans röst var låg, spänd. ”För tillfället.”

”Inte länge till.” Sanningen i det lade sig som en sten i magen. Aurelius var mäktig, ja, men inte ens han kunde möta den sortens samordnade attack ensam. Vad hade Selene släppt lös?

"Då hjälper vi honom", sa Rafail. Utan tvekan. Hans knogar vitnade runt spjutskaftet, hans vingar flammade upp bakom honom. "Och vi avslutar det här."

"Careena behöver dig här", sa jag skarpt. "Det gör vi båda. Om hon..." Mina ord dog i halsen när en av halvgudarna slog Aurelius hårt och fick honom att vackla.

"Gå", skällde Rafail och klev redan framåt, med ett bistert uttryck. "Jag håller ställningarna. Låt honom bara inte dö."

Jag argumenterade inte emot. Det fanns inte tid. Jag rusade över slagfältet, undvek klor och huggtänder, dolken vid min höft surrade av kall förväntan. När jag närmade mig Aurelius skälvde marken under mina fötter, en av halvgudarna – den med lejonhuvud – slog en massiv lie i jorden. Stötvågen slungade mig handlöst till marken.

"Håll dig borta, Alyster!" Aurelius kommando ekade, skarpt och orubbligt. Han vände sig inte om, hans fokus låst på sina motståndare, hans klinga en suddig bild av himmelsk eld. Men jag kunde se det – ansträngningen i hans rörelser, sprickorna som bildades i hans försvar.

"Händer inte", morrade jag, reste mig och drog min dolk. Dess egg glimmade med ett onaturligt ljus, hungrig efter blod. "Du har dina regler, Aurelius. Jag har mina."

Den hyenansiktade halvguden kastade sig mot honom, med dubbla skäror siktade mot hans strupe. Jag gick emellan, slog uppåt och fångade ett av bladen med mitt eget. Stöten skakade min arm, men jag trängde mig framåt och tvingade varelsen tillbaka.

"Du är ute på för djupt vatten, fae", väste den, dess röst som malande sten.

"Skulle inte vara första gången", kontrade jag och snurrade runt för att undvika dess nästa slag. I ögonvrån såg jag kvinnan med solögonen höja sina händer, gyllene trådar av magi som samlades mellan dem. Hon siktade på Aurelius.

"Bakom dig!" skrek jag, men för sent. Besvärjelsen träffade honom rakt i bröstet, och han vacklade igen, hans sken mattades.

"Dra dig tillbaka!" skrek jag och slog vilt mot hyenan för att skapa utrymme. "De är för starka..."

"Nej", sa Aurelius, hans röst skar genom larmet som ett knivblad. Han rätade på sig och utstrålade trots medan blod fläckade hans klädnad. "Det här slutar nu."

Innan jag hann hejda honom rusade han framåt, hans klinga flammade klarare än solen. Ett slag, två – han rörde sig som en storm, varje stöt precis och förödande. För ett ögonblick verkade det som att han faktiskt skulle kunna vinna.

Då vrålade den lejonhövdade halvguden, och dess lie kom ner i en brutal båge. Aurelius höjde sin klinga för att blockera, men kraften i stöten tvingade ner honom på knä. De andra slöt sig omkring honom, deras förenade kraft vällde över honom som en tidvattensvåg.

"NEJ!" Ordet slets ur min strupe när jag hoppade mot honom, men ljuset som omgav honom exploderade utåt, slungade mig tillbaka på marken och förblindade mig tillfälligt. När det bleknade var han borta, och det var även de tre halvgudarna. Endast tystnad återstod där Aurelius hade stått.

Och sedan utbröt striden på slagfältet än en gång.

Det fladdrande eldskenet kastade skuggor över de spruckna väggarna i det övergivna kapellet. Careena satt på kanten av ett stenaltare, vingarna krökta runt henne som ett sveplakan. Spetsarna släpade mot golvet, deras sken svagt och dämpat. Hon hade inte talat på vad som kändes som timmar. Endast det ihåliga ljudet av mina stövlar som gick fram och tillbaka fyllde utrymmet.

”Säg något”, krävde jag och stannade mitt i ett steg. Min röst ekade för högt i tystnaden. ”Vad som helst.”

Hennes huvud lyftes långsamt, de där midnattsblå ögonen mötte mina. Sorg hängde tung där, men det fanns något annat – beslutsamhet, kanske, eller skuld. Det var svårt att säga med henne.

”Han visste det”, sa hon slutligen, en viskning som skar vassare än någon klinga. ”Aurelius visste att han skulle dö.”

Jag rynkade pannan. ”Vad pratar du om?”

”Innan vi gav oss av”, fortsatte hon, hennes röst darrade trots sin vanliga styrka. ”Han sa till mig... han sa att han inte hade många syner kvar. Jag trodde...” Hon avbröt sig, hennes händer knöts i sitt knä. ”Jag trodde att det var utmattning. Men han visste. Han *visste* att det här skulle hända, Alyster.”

Det snörpte sig i bröstet när jag tog ett steg närmare. ”Och han gav sig av ändå.”

”Självklart gjorde han det”, fräste hon, hennes ton plötsligt skarp. Hennes vingar flammade till lätt, deras kanter fångade eldskenet. ”Det var den han var. Allt handlade om plikt. Alltid offra sig. Alltid bära bördan som ingen annan kunde bära." Hennes röst sprack och hon såg bort.

"Careena", sa jag mjukt och minskade avståndet mellan oss. Jag tvekade men vilade sedan en hand på hennes axel. Hennes fjädrar ryckte till under min beröring, men hon drog sig inte undan. "Om han visste, litade han också på att du skulle fortsätta utan honom."

"Gör inte det", viskade hon. "Förvandla inte det här till något ärorikt martyrskap. Han är *död*, Alyster. Och Selene är fortfarande där ute, och Set..." Hennes röst vacklade och hon andades ut skälvande. "Inget av det här känns som en seger."

"Det gör det sällan."

Hon lutade huvudet mot mig och studerade mig med en intensitet som fick min hud att sticka. Jag höll hennes blick och lät tystnaden sträcka ut sig mellan oss. När hon slutligen talade igen kom hennes ord mjukt, nedtyngda av något jag inte riktigt kunde sätta fingret på.

"Varför är du fortfarande här?"

Jag flinade svagt, även om uttrycket inte nådde mina ögon. "För att jag är irriterande ihärdig. Åtminstone har jag hört det."

"Det där är inget svar."

"Okej då", sa jag, tog ett steg tillbaka och korsade armarna. "Jag är här för att jag vill att du ska vara min drottning." Orden kom lätt, smidigare än jag hade förväntat mig, men de träffade luften som en hammare.

Careena blinkade, hennes läppar skildes lätt som om hon inte var säker på att hon hade hört mig rätt. "Din *drottning*?"

"Ja", sa jag och mötte hennes chockade uttryck rakt på. "Jag har sett nog av falska härskare och krossade troner.

Du... du är annorlunda. Du är vad faerna behöver, vare sig du inser det än eller inte."

Hon stirrade på mig, ögonbrynen rynkades. För en gångs skull såg hon osäker ut – osäker och sårbar på ett sätt jag aldrig sett förut.

"Du är allvarlig", sa hon slutligen, mer som ett konstaterande än en fråga.

"Blodigt."

Careena skakade på huvudet och reste sig abrupt. Hennes vingar svepte bakom henne och snuddade vid min arm när hon rörde sig. "Alyster, jag kan inte..."

"Kan inte eller vill inte?"

"Inte nu", sa hon bestämt och vände sig om för att möta mig. Hennes ögon brann, men den här gången var det inte sorg – det var beslutsamhet. "Set är fortfarande där ute. Selene blir mäktigare för varje timme som går. Om vi inte stoppar dem spelar inget annat någon roll. Inte din tron, inte din krona, och definitivt inte att jag skulle bli någons drottning."

"En poäng", medgav jag och iakttog henne noggrant. Hon sa inte nej. Inte helt och hållet.

"Efter Set", sa hon, hennes röst var tystare nu, nästan tveksam. "När det här är över... fråga mig igen."

Jag nickade en gång, ett litet, nöjt leende krökte mina läppar. "Det ska jag."

"Bra", mumlade hon och klev förbi mig mot dörröppningen. Hennes vingar snuddade vid min arm igen, mjukare den här gången, dröjde kvar bara ett ögonblick längre. "Låt oss nu se till att det finns en värld kvar som är värd att kämpa för."

"Visa vägen, min drottning", sa jag tyst för mig själv, medveten om att hon inte skulle höra mig – och medveten om att det inte spelade någon roll. Hon var min drottning. Hur skulle det någonsin kunna finnas någon annan?

# Kapitel sjutton

## Rafail

Luften luktade järn och aska – precis som slagfältet nedanför. Från det sönderfallande taket där jag satt på huk kunde jag se Selenes styrkor skingras under änglarnas och faernas obevekliga anfall. Vinden höll på att vända, men inte till hennes fördel. En liten, bister tillfredsställelse fladdrade till inom mig, men den varade inte länge.

Plötsligt stramade det åt i bröstet, som om osynliga klor rev över mina revben. Jag vacklade bakåt från kanten och kippade efter andan. Nej. Inte nu.

"Rafail", väste rösten, oljig och uråldrig, och ringlade sig genom min skalle som rök. Set. Hans närvaro slingrade sig upp längs min ryggrad, en giftig orm som ringlade sig runt min själ.

"Stick iväg." Min röst var hes och ansträngd. Jag knöt nävarna så att naglarna grävde sig in i handflatorna medan jag kämpade för att hålla mig på fötter.

"Varför göra motstånd? Du är min." Hans ord dröp av illvilja och varje stavelse dunkade mot mitt sinne som en krigstrumma. "Du kan inte kämpa för evigt."

"Se mig då", snäste jag.

Eld for genom mina lemmar och mina muskler låste sig som om kedjor drogs åt hårdare för varje hjärtslag. Min syn blev suddig, kanterna mörknade och vreds. Jag bet mig hårt i insidan av kinden och använde smärtan för att förankra mig. Blod fyllde min mun, kopparaktigt och skarpt. Det räckte inte. Hans tyngd pressade på hårdare, kvävande, och försökte dränka mig i honom.

"Din styrka avtar", viskade han och hans röst lät som krossat glas som drogs över sten. "Släpp taget. Omfamna det du inte kan förändra."

"Håll tyst." Jag snubblade bakåt och krockade med en rostig metallventil som skrek till under min tyngd. Pulsen slog vilt och svett gjorde min hud hal trots den kalla nattluften. Jag kände hur han klöste i utkanten av mitt medvetande, obeveklig och avskyvärd.

Världen kantrade, en skarp stöt som fick mig att stappla in i väggen. Min syn splittrades, som glas som spricker under tryck, och Sets röst slingrade sig genom sprickorna i mitt sinne.

"Underkasta dig", väste han, med en ton spänd av gift. "Ditt motstånd är lönlöst."

"Inte idag", snäste jag genom sammanbitna tänder och spjärnade emot den kalla stenen med handflatorna. Mina fingrar grävde sig in i murbruket när jag tryckte ifrån mig och föreställde mig en dörr som slog igen i ansiktet på honom och låste ute honom. Men han var redan inne och klöste i utkanten av mitt medvetande.

Mina knän vek sig och för ett ögonblick kändes allt avlägset – stridens dån utanför katedralens murar, det svaga surrandet av magi i luften. Inget av det spelade någon roll förutom kriget som rasade inom mig. Hans kraft svallade, en tidvattenvåg som hotade att dränka mig i ett guldtonat mörker. Mitt hjärta dundrade, varje slag långsammare, tyngre, som om själva kampen slet ut mig.

"Careena!", ropade jag med hes och desperat röst.

"Jag är här." Hennes svar ljöd stadigt, spetsat med auktoritet. Jag hade inte ens hört henne komma in, men när jag öppnade ögonen stod hon där – hennes midnattssvarta blick brann som glöd och vingarna vecklades ut bakom henne i en strålande båge. Luften runt henne skimrade av violett ljus, och tentakler av himmelsk energi sprakade när hon höjde händerna.

"Han är inte din att ta", förklarade hon, med en röst vass nog att skära genom stål.

"Ah, min tjänarinna", hånade Set i mitt huvud, och hans skratt var som en taggig egg mot mina tankar. "Ni är båda mina. Tror du att du kan stoppa mig?"

"Se mig då", sa Careena krasst och steg närmare. Hennes hand svävade över min panna och energin som strömmade från henne sände en rysning längs min ryggrad. En puls av värme följde och skar genom det isiga greppet från Sets närvaro.

Set vrålade i ordlöst raseri. Han gjorde ett nytt utfall, försökte ta kontrollen, och min kropp ryckte till ofrivilligt. Mina fingrar ryckte och mina lungor låste sig. Under ett ögonblicks sekund var det inte mitt andetag jag drog – det var hans.

"Du är inte välkommen här", mässade Careena. Hennes ord genljöd onaturligt, skiktade med himmelsk kraft. Rummet skakade när hennes energi svallade och slet genom mig som en renande eld. Set skrek, hans röst slets sönder till osammanhang, och sedan –

Tystnad.

Jag kollapsade framåt, flämtande. Svetten klistrade fast håret i pannan och hela min kropp skakade som ett löv efter en storm. Careena föll också på knä och andades snabbt i flera ögonblick.

"Det är andra gången ikväll", raspade jag fram och tvingade mig upp. "Hur många fler ronder tror du att han har i sig?"

"Fler än vi", muttrade hon, ställde sig upp och fällde ihop sina vingar. "Han kommer inte att ge upp, Rafail. Det vet du. Vi måste komma på något annat."

"Ja, men det tänker inte jag heller", kontrade jag, även om mina ord ekade ihåligt till och med för mig själv. Mina ben kändes som gelé. Det värkte i bröstet där Set hade pressat sin vilja mot min, som blåmärken på min själ.

"Vila", befallde hon, mjukare den här gången. Hennes hand snuddade lätt vid min arm – en flyktig men jordande beröring. "Du kommer att behöva det."

Hon vände sig mot den smala britsen i hörnet av den provisoriska fristaden, hennes rörelser var smidiga trots tröttheten som etsat sig fast i hennes drag. Jag lutade mig mot väggen och såg henne lägga sig på den tunna madrassen, hennes vingar kröp skyddande ihop runt henne som en kokong. Hon somnade nästan omedelbart och hennes andning blev jämn.

Minuter blev till timmar – eller kanske bara sekunder; jag kunde inte längre avgöra det. Jag höll ryggen mot väggen och stirrade på ingenting, i väntan på nästa våg, nästa attack. Min kropp var stilla, men mitt sinne malde på, rastlöst.

Sedan rörde hon på sig, häftigt, som om hon hade ryckts ur en dröm. Hennes vingar slog upp och fjädrarna fångade det svaga ljuset som silade in genom de spruckna, blyinfattade fönstren.

"Careena?", frågade jag och rätade på mig. Hennes blick for till min, vidöppen och plågad.

"Maeve", viskade hon, hennes röst knappt hörbar. "Set ... han livnär sig på hennes själ. Det är så han återfår sin styrka, så han kan fortsätta att försöka ta din kropp."

"Livnär sig på hennes –" Magen knöt sig och galla steg i halsen på mig. "Hur vet du det?"

"Drömmar", sa hon och skakade på huvudet som för att klarna det. "Syner. Jag såg henne ... fången i hans fängelse. Hon skriker, Rafail. Han förtär henne bit för bit."

"Gudar", muttrade jag och gned mig med en hand över ansiktet. "Den där jävla –"

"Han använder hennes kraft för att ge sig själv bränsle", fortsatte Careena, hennes röst darrade av något mellan raseri och förtvivlan. "Det är för sent för henne nu."

Kanske för sent för oss också. Jag kunde inte möta hennes blick. Jag hade dömt Maeve till det ödet när jag stack silverdolken i magen på henne, men jag kan också ha skrivit under min egen dödsdom på samma gång. Faerna och änglarna höll på att vinna mot Selene och hennes underhuggare, men allt skulle vara meningslöst om Set bröt sig fri.

Vinden bet i mitt ansikte när jag klättrade upp för det sista steget på brandstegen och drog mig upp på taket. Mina kängor skrapade mot den grusbeströdda ytan när jag rätade på mig. Tours bredde ut sig under mig som en sprucken juvel – gator upplysta av det orangea skenet från brinnande vrak, byggnader som stod trotsigt kvar bland rasmassorna. Staden såg ut att hålla andan i väntan på att nästa slag skulle falla. De flesta människorna hade redan flytt och lämnat den tomma staden som ett slagfält för det övernaturliga.

Jag andades ut häftigt och stack händerna i jackfickorna. Luften här uppe var tunnare, krispigare. Den hjälpte till att klarna huvudet, åtminstone lite grann.

Tanken på att ge mig av igen hade slagit mig. Careena. Alyster. Kanske skulle de vara säkrare om jag inte var i närheten. Men varje gång jag tänkte på att gå min väg var det något som stoppade mig. Ett band jag inte riktigt kunde kapa. Ändå, kvällens strid med Set ... sättet hans klor fortsatte att skrapa i utkanten av mitt förstånd ...

"Fan också", muttrade jag för mig själv och sparkade löst grus från kanten. Det rasslade ner längs sidan av byggnaden och försvann i kaoset nedanför.

"Ni tänker väl inte hoppa?"

Rösten bakom mig fick mig att vända mig om med ett ryck och pulsen sköt i höjden. Jag sträckte mig efter dolken i mitt bälte innan jag kände igen gestalten som klev ut i månskenet.

Hadraniel.

"Gudar, smyg inte på folk sådär", snäste jag och lät handen falla från fästet. Mitt hjärta bultade fortfarande i bröstet och jag visste att han kunde höra det. Förmodligen se det också, med de där skarpa ögonen.

"Ber om ursäkt", sa han och höjde händerna en aning. Hans massiva bronsvingar rörde sig bakom honom och fångade det svaga ljuset. "Meningen var inte att skrämma er. Jag behövde bara lite luft."

"Luft", upprepade jag med tonlös röst. "Just det. För att änglar behöver andas."

"Gamla vanor", svarade Hadraniel och ryckte på axlarna. Rörelsen var nästan mänsklig, men det fanns för mycket precision i den – för mycket kontroll. Han klev närmare och hans tunga kängor knastrade mjukt mot gruset. "Ni såg ut att kunna behöva lite sällskap."

"Inte direkt", sa jag och vände mig tillbaka mot staden. Mina fingrar knöts hårdare i jackfickorna och knogarna strök mot det slitna tyget.

"Noterat." Han gick dock inte. Istället ställde han sig bredvid mig och hans utbredda vingar kastade en svag skugga över taket. För ett ögonblick sa ingen av oss något. Tystnaden sträckte ut sig, endast bruten av ett avlägset brak och skrik långt borta.

"Hur lång tid tror ni att vi har?", frågade jag till slut med låg röst.

"Innan vadå?"

"Innan allt rasar samman." Jag gestikulerade mot kaoset nedanför oss – bränderna, röken, det svaga surrandet av magi som tycktes hänga över allt som ett åskmoln. "Set blir starkare. Och om kvällen har lärt mig något ..." Jag lät meningen dö ut och spände käkarna.

"Ni står fortfarande, Rafail. Det gör vi alla. Ibland är man precis där man ska vara, mitt i hetluften."

"Ska det där vara tröstande?" Förbannade änglar och deras kryptiska ord!

"Ta det hur ni vill." Han visade ett svagt leende – knappt märkbart, men tillräckligt för att överrumpla mig. Sedan vände han sig tillbaka mot staden och spred ut vingarna en aning när vinden tog i igen. "Jag lämnar er med era tankar. Stanna inte här uppe för länge."

"Visst", sa jag, även om jag tvivlade på att jag skulle röra mig på ett tag. När Hadraniel steg bort och hans fotsteg försvann in i natten, stod jag kvar och stirrade ut över staden.

Står fortfarande. Just det.

Hadraniels fotsteg stannade. Jag hörde det svaga prasslet av fjädrar när han justerade sina vingar bakom sig, ljudet för nära för att ignoreras.

"Ni är fortfarande kvar", sa jag utan att titta på honom. Min röst lät vassare än jag avsett.

"Lika observant som vanligt", svarade han torrt. "Jag tänkte att jag kanske skulle stanna en stund till."

"Varför?" Jag vände mig om för att se honom i ansiktet den här gången. Hans uttryck hade inte förändrats – stoiskt, otydbart – men det fanns något i hans hållning, en liten tvekan som inte funnits där tidigare.

"För att vi behöver prata", sa han helt enkelt.

"Prata? Om vad?" Mina armar korsades instinktivt, en barriär mellan oss. "Om det här är någon predikan om syfte eller öde kan ni bespara er den."

"Inte öde", sa han och klev närmare. Månljuset reflekterades i hans bronsvingar och fick dem att skimra som smält metall. "Ansvar. Specifikt, mitt."

"Ert?" Det överrumplade mig. "Vad pratar ni om?"

"Fristaden", sa Hadraniel. Hans blick svepte kort över staden nedanför och återvände sedan till mig. "Aurelius är borta. Någon måste leda. För tillfället är den någon jag."

"Gratulerar", muttrade jag, även om det inte fanns ett uns av uppriktighet i det. "Drog ni lott, eller hade ni bara tur?"

"Ingetdera", sa han och ignorerade min pik. "Jag är helt enkelt den högst uppsatta ängeln som är kvar här på jorden. Det är inte en roll jag ville ha. Och ärligt talat tror jag inte att jag är lämpad för den."

"Då är vi två om det."

"Slutar ni aldrig att avvärja med sarkasm?" Han lät mer road än irriterad, vilket bara irriterade mig ytterligare.

"Slutar ni aldrig att grubbla?", kontrade jag.

"Sant nog", sa han och mungipan ryckte till i en antydan till ett flin. Sedan blev hans uttryck allvarligt igen och hans röst sänktes. "Men allvarligt talat, Rafail. Aurelius ... han var en pelare. Orubblig, omedgörlig. Jag? Jag är bara en hammare. Bra på att slå sönder saker, inte på att hålla ihop dem."

"Kanske är det vad de behöver just nu." Orden slank ur mig innan jag kunde stoppa dem.

"Kanske", medgav han. "Men jag tvivlar på att Aurelius skulle hålla med. Han hade alltid ... förväntningar."

"Ja, men Aurelius är inte här längre." Det var inte meningen att det skulle låta så hårt, men bara namnet lämnade en bitter eftersmak i munnen. "Så kanske det är dags att sluta oroa sig för vad han skulle ha gjort och börja fundera på vad *ni* tänker göra."

"Intressant råd från er", sa Hadraniel med neutral ton men med skarp blick. "Med tanke på hur långt ni går för att undvika att konfrontera era egna sanningar."

"Ursäkta?" Jag spände käkarna.

"Ta det inte personligt", sa han och höjde en hand i skenbar kapitulation. "Vi har alla våra strider. Vissa är bara svårare att erkänna än andra. Som min med Set."

Det var inte det svar jag hade väntat mig. Jag stirrade på honom och väntade på att han skulle utveckla. När han inte gjorde det pressade jag på. "Ni stred mot honom? När då?"

"För länge sedan", sa Hadraniel, hans röst nu avlägsen, som om han sållade bland minnen han helst ville glömma. "Under det första kriget. Innan fängelset var färdigställt. Innan dolken existerade."

"Vänta ..." Mina ögonbryn rynkades. "Fängelset kom först?"

"Självklart", sa han och mötte min blick igen. "Utan det hade det varit meningslöst att döda Set. Underjorden var hans hem, dess invånare hans undersåtar. Hans själ skulle helt enkelt ha funnit en ny värd i denna värld, en ny kropp att fördärva och återvänt för att fortsätta sin förstörelse. Rådet visste detta. Det är därför fängelset smiddes först, för att hålla honom inspärrad. Ett fängelse utan väg in eller ut. Först efter det skapade de silverdolken, genomsyrad med kraften att sända hans essens rakt till den platsen vid döden och försätta honom i en sömn vi hoppades att han aldrig skulle vakna ur."

"En behändig detalj att utelämna", sa jag med en röst spetsad av misstro. "Låt mig gissa – Aurelius tyckte inte att jag behövde veta?"

"Något i den stilen", medgav Hadraniel. "Han ansåg att kunskap var en börda som bäst bars av dem som var beredda att bära den."

"Typiskt", muttrade jag.

"Kanske", sa Hadraniel. "Eller så underskattade han er. Hursomhelst vet ni nu."

"Toppen", sa jag och körde en hand genom håret. "Och vad exakt förväntas jag göra med den informationen?"

Han gav mig inget svar. Kanske hade han inget, eller inte ett som jag skulle ha velat höra. Änglar ljög inte, men de kunde vara tysta, eller vara kryptiska – de var väldigt bra på att vara kryptiska. Förutom Careena. Hon hade aldrig varit något annat än rakt på sak, vilket förmodligen var anledningen till att Rådet hade sparkat ut henne från himlen. Hon var inte kryptisk nog för deras smak. Jag log snett vid tanken.

Luften förändrades.

Jag vacklade till och grep tag i kanten på byggnadens räcke när något vasst och elektriskt skar genom mig. Min syn blev suddig, mörknade i kanterna, och för en sekund trodde jag att jag skulle svimma. Men nej – det här var inte utmattning eller efterdyningarna av ännu en strid. Det var *han*. Set. Som kröp upp längs ryggraden likt isnålar, sonderande, vridande, tvingade sig in.

"Inte nu", väste jag för mig själv och bet ihop tänderna mot den brännande känslan som spred sig i bröstet.

"Ah, men nu är det perfekta tillfället." Hans röst slingrade sig in i mitt sinne och ringlade sig runt mina tankar som en pytonorm. "Du är trött, lilla räv. Så mycket springande, så mycket kämpande. Varför göra motstånd? Släpp taget."

"Håll tyst", snäste jag högt och skakade på huvudet så hårt att det slog gnistor bakom ögonen. En darrning for genom mina lemmar, min kropp höll knappt ihop. Jag kunde känna hur han krafsade, obeveklig, och hamrade mot barriärerna jag hade byggt för att hålla honom ute.

"Rafail!" Hadraniels röst skar genom dimman, skarp och befallande. Jag hade inte ens insett att han fortfarande var där, bara några steg bort. Hans ansikte var blekt, handen grep om svärdsfästet, men han rörde sig inte mot mig. Inte än. Smart ängel.

"Släpp inte in honom", sa han, tystare nu men inte mindre bestämt. "Kämpa emot honom."

"Ja, jag jobbar på det", fräste jag, medan svett rann nerför sidan av mitt ansikte. Mina muskler låste sig när Set anföll igen, en flodvåg av raseri och makt som slog mot mig inifrån. Jag vek mig dubbel, flämtande efter andan, medan världen lutade farligt.

"Patetiskt", hånade Set, och hans röst steg i mitt huvud. "Detta dödliga skal är mitt att befalla över. Du kan inte hålla mig tillbaka för evigt."

"Det ska du få se", spottade jag fram och borrade in naglarna i stenkanten under mina händer. Smärtan förankrade mig, höll mig närvarande, men gudar, det var inte tillräckligt. Han var för stark, för beslutsam. Och jag höll på att få ont om tid.

"Säg mig, lilla räv", spann Set. "Ska jag börja med ängeln? Careena, min ljuva tjänarinna. Eller kanske din charmiga fevän. De är sådana... ömma själar. Så förtjusande de kommer att vara att knäcka."

"Våga inte", morrade jag, och orden kom ut förvrängda, nästan vildsinta. Min röst var inte längre helt och hållet min egen, och det skrämde mig mer än något annat.

Himmelsk kraft drämde in i mig, olik Careenas, men inte mindre väldig. Starka händer grep tag i mina axlar, och jag såg upp i Hadraniels bronsfärgade ögon och såg min spegelbild i dem – mitt ansikte förvridet av smärta, svettpärlor som glänste på min hud, och mina pupiller –

Gyllene. Med springformade pupiller.

"Gudar", andades jag. Mitt hjärta bultade som en krigstrumma, varje slag ekade i mina öron. Det hände. Han höll på att bryta sig igenom, bit för bit.

"Inte den här gången, du mörka!" Hadraniels kraft forsade genom mig som en våg av smält brons, renande, *brännande.*

Ett skrik slets ur min strupe – mitt? Sets? – jag visste inte.

Och sedan var den mörka, oljiga närvaron borta, och Hadraniel tog ett steg tillbaka och föll själv ner på ett knä, med ansiktet blekt av ansträngningen från magin han just hade förbrukat för att fördriva Set från mig.

Och ändå var han inte borta. Jag kunde fortfarande känna honom, hopringlad i ett hörn av mitt sinne.

Väntandes.

"Rafail, lyssna på mig", sa Hadraniel, återhämtade sig och reste sig. Hans ton var angelägen, nästan vädjande. "Sets koppling till er – det är ett tjuder, en kedja. Så länge han har den kommer han aldrig att sluta. Aldrig. Det vet ni. Vi kan inte bryta den."

"Ja", fick jag fram med kvävd röst, och halsen kändes trång. Min syn flimrade, pendlade mellan skugga och ljus. Någonstans djupt inom mig kände jag sanningen i Hadraniels ord landa som en sten i magen. Han hade rätt. Självklart hade han rätt. Aurelius och Careena hade försökt bryta länken, och det hade bara gjort saken värre.

"Då vet ni också vad som måste göras", sa Hadraniel mjukt. Hans blick mötte min, stadig och outhärdligt sorgsen, som om han redan visste vart detta var på väg.

"Ja", viskade jag igen, och rösten sprack. Ännu en våg av hetta slet genom mig, och jag klamrade mig fast vid räcket som om det var det enda som höll mig upprätt. "Jag vet vad som måste hända. Jag förstår nu."

"Rafail–" började Hadraniel, men jag avbröt honom med en skarp gest.

”Håll bara *tyst!*”, skällde jag, ilskan spetsad med desperation. ”Det finns inget annat sätt, okej? Om Set är i mig, helt och hållet–” Jag svalde tungt, tyngden av det jag var på väg att säga vällde över mig. ”Om han tar över är spelet slut. För alla. Han använder mig. Jag är den svaga länken. Tjudret. Och det enda sättet att bryta det är...” Min hals snörptes åt, men jag tvingade fram orden ändå. ”...att ta bort mig själv ur ekvationen.”

Hadraniels tystnad var öronbedövande. Han såg på mig som om han ville argumentera, kalla mig galen, men han gjorde det inte. För han visste att jag hade rätt.

”Careena får inte veta”, tillade jag efter en stund, med rösten sänkt till en viskning. Bröstet värkte vid tanken på henne – på vad detta skulle göra med henne – men det fanns inget annat val. Inte om jag ville skydda henne. Skydda dem alla.

”Rafail”, sa Hadraniel tyst, med ett outgrundligt uttryck. ”Är ni säker?”

”Det spelar ingen roll”, sa jag och vände mig om för att stirra ut över staden. Mina händer darrade, men jag stoppade ner dem i fickorna för att dölja det. ”Det är det enda sättet. Så är det bara.”

Rummet var tyst, förutom mina egna ansträngda andetag och det svaga surrandet av magi som pulserade från vapnet i Alysters hand. Silverdolken jag just hade gett honom.

”Våga inte be mig om det här.” Hans röst sprack, rå av känslor. ”Rafail, gör det inte–”

”Jag ber dig inte”, avbröt jag honom. ”Jag säger åt dig. När Set tar över kommer det inte att finnas tid för tvekan. Du *måste* göra det.”

Alysters silverfärgade ögon brände sig in i mina, en storm som rasade bakom dem. Hans knogar vitnade runt dolkens fäste, hela hans kropp darrade av återhållen vrede – eller kanske var det förtvivlan. Jag kunde inte längre avgöra vilket.

”Tror du att det är så enkelt?” väste han. ”Tror du att jag bara kan... bara *döda dig* som om det inte vore någonting? Som om du vore någon förbrukningsbar bonde i det här förvridna spelet?”

”Ja”, svarade jag, med en ton som var platt och obeveklig. ”För om du inte gör det, dör alla andra.”

”Fan ta dig, Rafail!” Han knuffade mig bakåt, och dolken föll med ett klirr till golvet mellan oss. ”Du ber mig att förråda allt jag är! Allt jag–” Han tystnade, och käken spändes när orden stockade sig i halsen.

”Allt du vad?” krävde jag och tog ett steg fram igen. ”Bryr dig om mig? Fint. Bevisa det då. För det här handlar inte om mig, eller dig, eller vilka känslor du än låtsas att du inte har just nu. Det här är större än oss. Större än någonting annat.” Min röst sjönk, mjukare nu men inte mindre bestämd. ”Om du bryr dig, Alyster, så gör du det. Du kommer att stoppa honom. Oavsett priset.”

Han vände sig bort, axlarna hävde sig, ena handen stöttade mot väggen som för att hålla sig upprätt under tyngden av allt. ”Du förstår inte”, mumlade han, nästan för tyst för att höras.

”Förklara för mig då”, sa jag, min röst skarpare än jag hade tänkt. Jag böjde mig ner, plockade upp dolken och sträckte fram den till honom. ”Förklara varför du inte gör vad som måste göras. Varför du hellre låter Set förstöra allt än att göra en enda jävla uppoffring."

Hans huvud for runt mot mig, hans uttryck någonstans mellan raseri och hjärtesorg. "För att det är du", sa han, och rösten brast på ordet. "För att förlora dig skulle knäcka henne. Det skulle knäcka *mig*."

Luften kändes tung mellan oss, tjock av saker vi inte sa. Men jag hade inte råd att vackla nu. Inte när liv stod på spel.

"Då är det bäst att du gör det snabbt", sa jag och tryckte dolken i hans hand. Hans fingrar slöt sig motvilligt om den, hans grepp var tveksamt. "För när Set har kontrollen kommer jag inte längre vara mig själv. Och om du tvekar ens för en sekund..." Jag lät meningen hänga i luften.

"Svär för mig", lade jag till när han inte sa något. "Svär att du kommer göra det."

Han stirrade ner på dolken, musklerna i käken spändes medan han brottades med sig själv. Under ett långt, plågsamt ögonblick trodde jag att han skulle vägra. Men sedan, slutligen, nickade han.

"Fint", sa han hest. "Jag svär. Men förvänta dig inte att jag förlåter dig för det här."

"Det hade jag inte tänkt", sa jag och tvingade fram ett bistert leende.

Men när jag såg honom stoppa på sig dolken, med stela och mekaniska rörelser, kunde jag inte skaka av mig den ihåliga smärtan som slog rot djupt i mitt bröst.

Careenas skratt ekade, lågt och hest, när vinet i hennes höjda glas fångade det gyllene skenet från stearinljusen. Hon låg utsträckt över den slitna sammetssoffan i hörnet av vår lånade fristad, ett ben draperat över Alysters knä, det andra instoppat under sig. Hennes svarta hår föll över axlarna som ett mörkt vattenfall, hennes midnattsvarta ögon glittrade av rackartyg.

"Ni är båda usla på det här", retades hon och pekade på kortleken som låg utspridd på bordet mellan oss. "Ett par uråldriga krigare besegrade av ett enkelt dödligt spel."

"Usel på att fuska, menar du", kontrade Alyster, och hans läppar ryckte till i det där sällsynta flinet som mjukade upp hans vanliga buttra drag. "Du är bara arg för att jag kom på dig med att stoppa kort i ärmen."

"En ogrundad anklagelse", sa Careena, och låtsades vara indignerad när hon ställde ner sitt glas. "Änglar fuskar inte."

"Änglar dricker inte heller", påpekade jag och höjde ett ögonbryn mot hennes halvtomma glas.

"Fallna änglar gör som de vill", replikerade hon med ett vasst och vågat leende. Hon lutade sig framåt, hennes fingrar snuddade vid mina när hon sträckte sig efter korten. Värmen från hennes beröring sände en rysning uppför min arm, en angenäm distraktion från tyngden som ständigt pressade mot mitt bröst.

”Dessutom”, tillade hon, lutade sig tillbaka och blandade om leken med flinka fingrar, ”om ni två ska sura hela natten kan jag lika gärna roa mig själv.”

”Vem surar?”, muttrade Alyster, men det fanns ingen hetta i orden. Hans hand vilade lätt på hennes knä, tummen ritade frånvarande mönster mot hennes hud.

”Ni båda”, sa hon, och hennes blick for mellan oss. ”Ni har betett er konstigt ända sedan–” Hon avbröt sig, hennes uttryck förmörkades en kort stund innan hon skakade av sig det. ”Tja, ända sedan allting.”

”Inget är konstigt”, ljög jag obekymrat och lutade mig tillbaka i stolen. Det kändes som att svälja glas. ”Bara trött.”

”Mm-hmm”, hummade hon, uppenbart inte övertygad. Men istället för att pressa mig gled hon närmare Alyster. ”Då kanske vi borde hitta ett annat sätt att koppla av.” Hennes röst sänktes, retfull, och hennes hand gled medvetet uppför hans bröst.

En rodnad spred sig uppför Alysters hals, men han drog sig inte undan. Istället såg han på mig, och något outsagt passerade mellan oss. En fråga. En inbjudan.

”Antar att vi skulle kunna behöva distraktionen”, sa jag mjukt, min röst var råare än jag avsett.

Careenas leende blev bredare, illmarigt och medvetet. Hon rörde sig graciöst och satte sig grensle över Alysters knä, hennes fingrar flätades in i hans hår när hon kysste honom. Jag gled över för att ansluta mig till dem, andades in den jasminliknande doften av hennes hår, och för ett ögonblick smälte spänningen i rummet bort.

Men bara för ett ögonblick.

Luften förändrades. Subtilt till en början, knappt märkbart, som känslan av en storm som tornar upp sig vid horisonten. Sedan kom kylan – en benmärgskyla som kröp upp längs ryggraden och sänkte klorna i min mage. Jag stelnade till, mitt andetag fastnade i halsen, och även Careena spände sig och drog sig tillbaka för att se på mig.

"Set", viskade jag, och hjärtat hamrade när stearinljusens lågor fladdrade till – och sedan slocknade.

Världen smalnade av till en knivsegg.

"Rafail?" Careenas röst darrade, skarp och rå, och skar genom den kvävande tystnaden. Hennes ögon – svarta som tomrummet mellan stjärnorna – låstes fast vid mina och vidgades i fasa. Jag kände det för sent: skiftet inom mig, som en flod av smält guld som brände sig ut.

"Backa", raspade jag, men min strupe var inte min egen. Orden förvreds, förvrängdes, som om någon annan talade genom mig. Mina händer knöts, naglarna borrade sig in i handflatorna hårt nog för att få blodet att flyta. Det stoppade inte dragningen. Det gjorde det aldrig.

Och den här gången kämpade jag inte emot.

Careena snubblade ner från Alysters knä, hennes vingar slog ut, skuggor vällde ut över rummet. "Nej!" Hennes skrik slet genom luften när insikten slog ner. "Set!"

"Careena, flytta på dig!", skällde Alyster, och sträckte sig redan efter dolken som var fastspänd vid hans lår. Hans silverfärgade ögon blixtrade till, vilda och beslutsamma, men det fanns något annat där också. Rädsla. Han visste vad som skulle komma härnäst.

"Aly–" började jag, men kvävdes sedan och vek mig dubbel när varje muskel i min kropp krampade. Guld och svart blödde över min syn, kanterna förvrängdes som rök som ringlade sig runt eld. Set skrattade, ett lågt och gutturalt ljud som skallrade ända in i märgen.

”Äntligen”, spann han från någonstans djupt inom mig. Mina läppar rörde sig, men rösten var inte min.

”Rafail!” Careena rusade framåt, händerna sträcktes ut mot mig, magin flammade runt dem – men Alyster grep hennes handled, slet henne tillbaka, och då flög dörren upp och Hadraniel och Eltar störtade in i rummet.

De väntade, insåg jag. Hadraniel visste vad jag planerade. Han väntade på att Sets närvaro skulle manifesteras, och han var där för att hindra Careena från att lägga sig i, kanske för att avsluta jobbet om Alyster inte kunde göra vad som var nödvändigt. Han grep en av Careenas armar, Eltar den andra, och hon ryckte huvudet fram och tillbaka för att stirra på dem, sveket målat över hennes vackra drag.

”Ni kan inte hjälpa honom nu”, mullrade Hadraniel, med en ton fylld av ånger.

”Fan heller att jag inte kan!” Hennes vingar slog i luften när hon försökte slita sig loss, ilskan sprakade från hennes hud, men till och med hon vacklade när hon mötte min blick igen. Det var då hon såg det – det omisskännliga gyllene skenet och springformade pupiller som inte borde tillhöra mig. En rovdjursblick. Hans blick.

”Careena...” Min röst brast, splittrades när jag kämpade för att hålla fast vid mig själv ett sista ögonblick, men det var som att försöka hålla tillbaka en lavin med bara händerna. ”Farväl.”

”Jag är ledsen, Rafail”, morrade Alyster och steg närmare. Dolken glimmade kallt i hans hand, runor längs bladet skimrade svagt i det dunkla ljuset. Hans käke var spänd, ansiktet som hugget i sten, men jag uppfattade ett uns tvekan i hans grepp.

”Gör det”, tvingade jag fram, och orden smakade som aska. Mina knän vek sig, men jag föll inte till golvet. Set skulle inte låta mig. Mitt huvud slängdes bakåt, min kropp ryckte som en marionettdocka på trådar. Jag kastade mig mot Alyster innan jag kunde hejda mig.

"Nu!", skrek jag, eller kanske var det Set, eller kanske var det båda. Jag visste inte längre.

"*Nej!*", skrek Careena och slet sig loss från Hadraniels grepp, men hon kunde inte nå mig i tid – inte den här gången.

Alyster rörde sig. Snabbt. För snabbt för tvivel eller andra tankar.

"Förlåt mig", viskade han, knappt hörbart, och stötte sedan dolken rakt in i mitt bröst.

# KAPITEL ARTON

## CAREENA

ALYSTER RÖRDE SIG SNABBARE än jag hann reagera, till och med när jag slet mig ur Hadraniels grepp. Dolken, en glänsande silverkurva, genomborrade Rafails bröst med ett vämjeligt kras. Tiden stannade inte – den splittrades.

”NEJ!” Ordet slets ur min strupe, rått och skärande. Mina vingar slogs ut i en instinktiv våg av vrede och spillde ut violett ljus över rummet. Doften av blod – Rafails blod – gjorde luften metallisk och bitter.

Rafail stapplade till, med vidöppna ögon. De gyllene ögonen med springformade pupiller återgick på ett ögonblick till chockade bruna. Under ett andlöst ögonblick sträckte han sig efter mig, för att sedan falla ihop på marken som om hans kropp hade glömt hur den skulle hålla sig upprätt. Ljuset hade redan försvunnit från hans ögon redan innan de slöts, medan mitt skrik ekade mot väggarna.

”Careena”, sade Alyster, med en röst låg och tung som åskmoln. ”Det var tvunget att göras.”

”Var tvunget?” Min röst var vass som krossat glas. Jag tog ett steg mot honom, med knutna nävar, och varje muskel i min kropp skrek åt mig att slå ner honom. "Du *dödade* honom! Du förrådde oss!"

Alyster stod stilla och betraktade mig med de där kalla silverögonen som såg för mycket. Hans spända käke ryckte till, men han sade ingenting. Fegis. Han kunde inte ens försvara vad han hade gjort.

Jag föll på knä bredvid Rafail, och mina fingrar darrade när jag rörde vid hans svalnande hud. Hans olivbruna ansikte hade slaknat till något livlöst. Det här var inte verkligt. Det kunde inte vara verkligt. Inte Rafail. Inte—

Då såg jag det. Det svaga skimret ovanför hans kropp, bristningen mellan världarna. Hans själ – och en annan – Sets mörka, vridande väsen, virvlade och vreds samman med Rafails ljus. De var sammanflätade, låsta i någon sista kamp. Och sedan var de borta, nerdragna i underjordens gapande avgrund.

"Rafail ..." Min viskning brast. Mitt bröst kändes ihåligt, urholkat, som om världen hade slagit ett hål rakt igenom mig.

"Han valde det här", sade Alyster lågmält och bröt tystnaden. Ingen charm, ingen kvickhet, bara den brutala sanningen i hans ton.

"Håll tyst!" Jag for runt för att möta honom, de svarta fjädrarna på min rygg reste sig och skenet från mina vingar fladdrade vilt. "Förväntar du dig att jag ska tro att *det här* var hans val? Att du inte bara—" Mina ord vacklade, fastnade i minnet av Rafails ögon – lugna, resignerade, vetande. Viskningen "Farväl" som hade undsluppit hans läppar, innan han bad Alyster utdela det dödande hugget.

Sanningen slog emot mig som ett fysiskt slag. Rafail hade vetat. Han hade *vetat*.

”Varför?” Min röst höjdes knappt över en viskning nu och brast under sin egen tyngd. Men Alyster svarade inte. Han bara stod där, tyst, med silverklingan fortfarande blank av Rafails blod.

Mina händer darrade när jag tryckte dem mot hans sår, revan i hans bröst där Alysters klinga hade träffat. Nej. Nej, det här var inte över. Det kunde det inte vara.

”Kom tillbaka”, viskade jag med darrande röst. ”Hör du mig? Du lämnar mig inte så här.”

En hetta vällde fram under mina handflator och gyllene ljus spillde från mina fingertoppar. Det välbekanta dånet från min kraft vibrerade upp längs mina armar, skarpt och desperat. Jag tryckte på hårdare, tvingade in den i honom och försökte mana köttet att läka, andningen att återvända. Hans hud började värmas under mina händer.

”Rafail!” Min röst brast när jag böjde mig över honom. ”Våga inte ge upp. Våga inte.”

Skenet blev intensivare, bländande, men hans bröstkorg förblev orörlig. Inga andetag, varken in eller ut. Min kraft brände hetare, for genom mig som en löpeld, och ändå – ingenting. Bara tystnad. Bara tomhet.

”Det räcker.” En djup röst skar genom dimman.

”Nej!” fräste jag utan att se upp. ”Håll dig utanför det här!”

”Careena.” Hadraniels ton ändrades, fast men inte ovänlig. Beslutsam. Hans tunga fotsteg ekade när han närmade sig. ”Det här är bortom er förmåga.”

”Håll tyst!” Orden slets ur mig, råa och vilda. Mina vingar slogs ut bakom mig och deras violetta sken gnistrade vilt. Jag brydde mig inte. Jag skulle inte sluta. Jag kunde inte.

"Inte ens änglar kan dra tillbaka själar när de väl har korsat över", sade Hadraniel tyst, med stadig röst, men det fanns något i den. Medlidande. "Ni vet det här."

"Jag bryr mig inte! Jag har brutit alla andra regler, varför inte den här?" spottade jag ur mig genom sammanbitna tänder. Min kraft vällde fram igen och strömmade in i Rafails kropp. Min syn blev suddig och tårarna rann nerför mitt ansikte. Han kunde inte vara borta. Inte han. Inte Rafail.

"Careena." Den här gången grep Hadraniels hand tag om min handled och drog mig tillbaka med en kraft som fick pulsen att skena. Hans beröring var fast, obeveklig. Jag vände mig mot honom med en vrede som brann het i bröstet.

"Släpp mig!" skrek jag och slet i hans grepp. Men han släppte mig inte. Ryggade inte ens tillbaka.

"Sluta", sade han, och hans bronsvingar vecklades ut och kastade skuggor över oss båda. "Ni kommer att förgöra er själv för ingenting."

Jag virvlade runt och slet mig loss ur hans grepp. Min syn var fortfarande suddig av tårar, men min rasande hetta brände igenom dimman. Hadraniel stod stadigt, hans bronsvingar fälldes ihop en aning som om han förberedde sig för en stöt. Bra. Han borde förbereda sig.

"Var det er idé?" Min röst sprack, vass och skärande som splittrat glas. Jag tog ett steg närmare och knuffade till honom i bröstet med båda händerna. Det var som att slå i en stenmur, men jag brydde mig inte. "Säg mig att det här inte var er plan!"

Han ryggade inte tillbaka. Rörde sig inte. Hans bronsfärgade ögon mötte mina, outgrundliga, men det gick inte att ta miste på spänningen i hans käke. Tystnaden mellan oss tänjdes ut, tjock och kvävande.

"Svara mig!" skrek jag och slog nävarna mot honom igen, hårdare den här gången. Mina naglar skrapade mot hans rustning. "Ni visste! Eller hur?!"

Hans läppar öppnades och slöts sedan. Ingenting. Ingen förnekelse. Inget försvar. Bara den där förbannade tystnaden.

"Säg något!" Min röst brast fullständigt nu, rå och darrande. Mina vingar skälvde bakom mig, fjädrarna ryckte under tyngden av min vrede. "Ljug för mig, Hadraniel. Jag utmanar er." Luften mellan oss sprakade, laddad med min kraft som jag med nöd och näppe höll i schack.

Men han ljög inte. Det kunde han inte. Änglar hade inte den lyxen. Och hans vägran att tala sade mig allt jag behövde veta.

Jag stapplade ett steg bakåt när insikten sköljde över mig som isvatten. Mitt bröst hävde sig, andetagen var ytliga och ansträngda. "Ni ... Ni lät det här hända", viskade jag, och orden smakade av svek. "Ni utnyttjade honom."

Hadraniels blick föll mot golvet och hans massiva bronsvingar rörde sig en aning, som om till och med de tyngdes av det han skulle säga. Hans röst, när den kom, var låg och stadig, nästan uppslukad av tystnaden mellan oss.

"Rafail vann kriget med sitt offer."

Orden träffade som en klinga i bröstet, skarpa och obarmhärtiga. Jag tappade andan och rummet lutade under mig som om själva verklighetens grund hade spruckit upp.

"Vann kriget?" upprepade jag, min röst skakade och var knappt mer än en viskning. Sedan högre, hårdare, med en smak av galla i halsen. "Vann *kriget*?"

Någonting inom mig brast – splittrades så djupt att jag inte var säker på att det någonsin skulle kunna lagas. Hetta vällde genom mig, brände under min hud, fyllde varje blodåder med raseri och sorg tills det inte fanns plats för något annat. Mina vingar slogs ut, fjädrarna darrade när violett ljus böljade över dem.

"Gå ut!" Skriket slets ur min strupe innan jag visste att jag hade sagt orden. Det ekade mot väggarna, rått och skärande, och skavde mot mina öron som om det inte alls tillhörde mig. "Gå. Ut. Nu!"

Hadraniel rörde sig knappt, men hans blick lyftes tillbaka till min. Och den där blicken – den där *blicken*. Medlidande. Av allt så var det medlidande. Som om jag vore något bräckligt som splittrades framför honom. Som om jag förtjänade hans medlidande efter vad han just hade erkänt, efter vad han hade låtit hända.

"Våga inte se på mig så där", morrade jag, tog ett steg framåt med knutna nävar. Mina naglar grävde sig in i handflatorna och jag välkomnade smärtan. "Ni får inte tycka synd om mig. Ni får inte stå där och se ut som den ädle martyren medan Rafail—" Min röst brast och splittrades i bitar som fastnade i halsen. "Medan han är borta!"

Hadraniel böjde huvudet en aning, en subtil gest av erkännande – eller kanske kapitulation. Han argumenterade inte. Han försvarade sig inte. Självklart inte. Änglar som han förklarade inte sina handlingar för dem som stod under dem.

Hade Aurelius fått honom att göra det här? Lämnade Hadraniel med en sista, dödlig instruktion? Det spelade ingen roll längre.

"Gå", väste jag, tystare nu men inte mindre ondskefullt. Mina vingar slog en gång, hårt, och en vindpust svepte genom kammaren. "Ta ert förbannade medlidande och gå, Hadraniel. Innan jag gör något vi båda kommer att ångra."

Han tvekade precis tillräckligt länge för att min ilska skulle blossa upp igen, och vände sig sedan om utan ett ord. Hans rörelser var avsiktliga, beräknade, som alltid. Eltar följde tätt bakom, hans silver-svarta rustning fångade det svaga ljuset som brutna månstrålar. Faeriddaren gav mig en sista blick över axeln – stoisk, outgrundlig – men sade ingenting.

Dörren stängdes bakom dem med ett mjukt klick.

Och sedan var jag ensam kvar med Alyster, och med den outhärdliga sanningen att Rafail var borta – och ingen av den kraft som strömmade genom mig kunde ändra på det.

"Careena", började Alyster, och jag virvlade runt mot honom, och mitt raseri fann ett nytt mål. Luften i rummet sprakade av energi – min – rå och otyglad. Mina vingar slogs ut, darrandes i kanterna som om de knappt kunde innehålla stormen som rasade inom mig.

"Så bekvämt det här är för dig", spottade jag ur mig, min röst låg men vibrerande av raseri. "Rafail är ur vägen. Ingen mer konkurrens. Ingen annan som står mellan dig och—" Min strupe snördes åt. Jag kunde inte säga det. Kunde inte andas genom värken när hans namn krafsade sig upp i bröstet och slet i de bräckliga bitarna av mig som knappt höll ihop.

Alyster stod några steg bort. Hans silverögon mötte mina, orubbliga, men det fanns ingen självbelåtenhet i dem nu. Inget karaktäristiskt flin i mungiporna. Bara något rått och sårat som bara gjorde mig ännu mer rasande.

"Säg det." Hans röst var tyst, för tyst, som lugnet före stormen. "Säg vad du verkligen tänker, Careena."

Jag tog ett steg närmare, hettan från min ilska strålade från mig som en andra hud. "Du har velat det här från början, eller hur? Alltid cirklat som en jävla gam, väntat på att han skulle falla så att du kunde slå till och—"

"Sluta." Det enda ordet skar igenom min tirad som en klinga. Alysters uttryck hårdnade, alla spår av sårbarhet var borta. Men hans röst ... den sprack, bara en aning, när han sade de följande orden. "Tror du att jag ville det här?"

"Varför skulle du inte vilja det?" slungade jag tillbaka och vägrade låta sprickan i hans röst påverka mig. "Du hatade att jag inte bara valde dig. Du stod inte ut med att behöva dela—" Min röst brast igen, och jag svalde hårt mot tårarna som hotade att stiga. "Mig."

"Careena—" Han tog ett steg mot mig, hans fria hand lyftes som för att nå mig, men jag ryggade omedelbart tillbaka och mina vingar slogs igen bakom mig. Rörelsen fick honom att stanna, och hans arm föll slappt ner längs sidan. "Gör inte så här. Förvandla inte det här till något det inte är."

"Säg mig då vad det är!" krävde jag, min röst steg tills den ekade mot stenmurarna. "Säg mig varför du gjorde det, Alyster. Varför du dödade honom!"

"FÖR ATT HAN *BAD MIG* GÖRA DET!" Orden exploderade ur honom, skarpa och taggiga, som splitter som slet genom luften mellan oss. Han skrek inte, inte riktigt, men intensiteten i hans röst fick det att kännas högre än något skrik.

Jag stelnade till, anklagelsen dog på mina läppar.

Alyster tappade sitt svärd med en ihålig klang, och båda händerna darrade nu när han körde dem genom sitt gyllene hår. "Tror du att jag *ville* döda honom? Tror du inte att jag hatar mig själv för det? Han var som min bror,

Careena. Jag har aldrig haft en bror, men Rafail ... han riskerade allt för mig, i faeriket, utan en tanke på belöning. Och han trodde—" Hans röst vacklade och brast under tyngden av hans egna ord. "Han trodde att detta var den enda vägen. Den *enda vägen* för att säkerställa att Set inte kunde ta hans kropp och använda den, för att skicka Set tillbaka till sitt fängelse och tillbaka till sin dödslösa sömn. För att rädda ... allt."

"Det är en lögn", viskade jag och skakade på huvudet även när hans ord började gräva sig in under min hud, oönskade och obestridliga. "Det måste det vara."

"Tror du att jag skulle kunna leva med mig själv om det inte var det?" Hans röst var tystare nu, hes och tung av sorg. Silverögonen mötte mina igen, och den här gången såg jag det. Alltihop. Våndan. Skulden. Kärleken. Det träffade mig som ett slag i bröstet och stal andan ur mina lungor.

"Rafail valde det här", sade han, orden långsamma och avsiktliga, och vart och ett sjönk djupare in i ruinerna av mitt hjärta. "Och jag—" Hans röst sprack igen, och han tittade bort och svalde hårt. "Jag kommer aldrig att förlåta honom för det. Eller mig själv."

Jag föll på knä bredvid Rafails kropp, och min andning kom stötvis, som krossat glas. Såret i hans bröst – Alysters verk – var fortfarande rått och glänsande, kanterna svärtade som om de bränts av gudomlig eld. Mina händer darrade när jag sträckte mig efter honom och tryckte handflatorna mot hans svalnande hud.

"Res dig", viskade jag, även om min röst sprack på orden. "Snälla, Rafail. Res dig."

"Careena—" började Alyster bakom mig, men jag slängde en blick på honom och tystade honom med en blick. Hans silverögon var blodsprängda, hans ansikte blekt, men det var inte nog. Det kändes inte som nog.

"Gör det inte." Min röst var vass, skärande. "Tala inte med mig just nu."

Han stelnade till, och för en gångs skull lydde han. En tung tystnad lade sig mellan oss, endast bruten av ljudet av mina ansträngda andetag. Långsamt vände jag mig tillbaka till Rafail, mina fingrar strök över hans kindben. Den lätta skäggstubben där kändes fel, för mänsklig, för bräcklig. Han borde ha varit oövervinnerlig. Han borde ha fått leva.

"Varför?" viskade jag, men jag var inte säker på vem jag frågade. Honom? Alyster? Mig själv?

Jag pressade samman läpparna och vägrade låta tårarna falla igen. Inte än. Inte förrän jag hade gjort allt – allt – för att fixa det här. För att laga honom. Jag slöt ögonen och kallade på min kraft, lät den välla genom mig som en löpeld och bränna bort utmattning och tvivel. Mina händer började glöda svagt, ett mjukt violett ljus spillde från mina handflator och slickade kanterna på Rafails sår.

"Careena, sluta", sade Alyster, och hans röst bröt tystnaden som en sten kastad i stilla vatten.

"Håll tyst", väste jag genom sammanbitna tänder. Ljuset blev starkare, skiftade i nyanser som olja på vatten, och jag tryckte på hårdare och hällde varje uns av styrka jag hade kvar i den orörliga gestalten under mig. Mina vingar slogs ut bakom mig, fjädrarna darrade under ansträngningen när energin byggdes upp, hetare och hetare.

"Careena!" Alysters röst steg, skarp av panik nu. "Du kan inte—"

"Se mig då."

Orden kom som ett morrande, ursprungligt och obevekligt. Jag tänkte inte sluta. Jag kunde det inte. Om det fanns ens den minsta chans, det svagaste hopp – så var jag skyldig Rafail det. Mer än så.

”Snälla”, viskade jag igen, bönen knappt hörbar över det sprakande dånet från min magi. Min syn blev suddig, svett droppade nerför mina tinningar när jag tvingade kraften djupare och manade den att läka kött och ben, att återantända det som hade släckts. Kött och ben kunde jag klara av, men själen, livskraften... ”Kom tillbaka. Du måste komma tillbaka.”

”Careena ...” Alyster knäböjde bredvid mig, hans hand svävade nära min men rörde den inte. ”Han är borta.”

”Håll tyst!” skrek jag, ljudet slets ur min strupe som ett vilt skri. Glöden runt mina händer fladdrade, dämpades, men jag tryckte på hårdare, och tårarna rann äntligen fritt och blandades med svettdropparna på mina kinder.

”Bara ... en sekund till”, flämtade jag fram. ”Ett ögonblick till. Snälla.”

Bredvid mig drog Alyster ett skakigt andetag, och sedan kände jag det – tyngden av hans panna som pressades lätt mot min axel. Han sade ingenting mer. Försökte inte stoppa mig igen. Han bara var där, tyst och sörjande, medan rummet verkade kollapsa runt omkring oss.

Och Rafail förblev kall.

# Kapitel nitton

## Rafail

Att vara död var inte som jag hade väntat mig.

Till att börja med var jag fortfarande fast med Set.

Luften skiftade, tung och torr som uråldrigt pergament som smulades sönder under en osynlig tyngd. Mina kängor skrapade mot obsidiangolvet när jag tog ett steg framåt, stadigt men vaksamt. Maats sal sträckte sig oändligt framför mig, dess väldiga kolonner etsade med hieroglyfer som svagt pulserade med ett gyllene ljus. Varje puls kändes som ett hjärtslag – uråldrigt, långsamt, fullständigt likgiltigt.

"Imponerande", mumlade jag för mig själv. Orden svaldes av tystnaden, bara för att ersättas av det svaga ekot av Sets fotsteg bredvid mig. Hans närvaro var en knappt återhållen storm, hans energi sprakade som statisk elektricitet i stillheten.

"Är det rädsla som binder din tunga, lilla räv, eller vördnad?" Sets röst slingrade sig in i mina öron, låg och hånfull. Han gick med en självklarhet som någon som ansåg sig oantastlig, hans serpentinlika leende vasst nog att skära med.

"Varken och", svarade jag utan att bemöda mig med att se på honom. "Jag funderar bara på vilken sorts inredning som skriker 'evig dom'. Gissar att den här passar."

Set skrockade, ett ljud utan värme. "Du skämtar nu, men du kommer inte att finna någon listig utväg från denna plats. Vågskålarna förhandlar inte, och sanningen böjer sig inte för tjuvar."

"Tur då att jag är mer än bara en tjuv." Mina ögon flackade kort mot honom och fångade den skarpa glimten i hans blick innan de återvände till stigen framför oss. Han svarade inte, men det flin som dröjde sig kvar på hans läppar sa mig att han fann min trotsighet underhållande. Tills vidare.

Slutet av salen blev synligt – ett upphöjt podium badande i ett kallt, överjordiskt sken. Luften blev tyngre för varje steg och tryckte mot mitt bröst som osynliga händer. En massiv gyllene våg stod i mitten, omöjligt stor men ändå balanserad med en oroande precision. Bredvid den vilade Maats fjäder på ena skålen, dess lyster onaturlig, en ljusskärva plockad från solen själv.

Osiris själv stod bakom vågen, lång och omöjligt smal, en grönskinnad gud med krokstav och slaga i sina händer. Hans ögon var svarta avgrunder av virvlande stjärnor som betraktade oss med omänsklig likgiltighet.

"Efter dig", sa jag och gestikulerade mot vågen med spelad artighet. Om Set lade märke till darrningen i mina fingrar kommenterade han det inte.

"Gärna", sa han och stegade fram med den självsäkres arrogans. Hans gestalt suddades ut för ett ögonblick, flimrade mellan man och best, gud och monster, innan den återföll till hans mänskliga form. När han nådde foten av vågen vände han sig om och hans röda ögon fästes vid mina. "Se noga på nu, Rafail. Du kanske lär dig något av betydelse."

"Ja, ja. Låt oss få det här överstökat."

Set klev upp på podiet och hans steg ekade som åska i den grottliknande salen. Hans gestalt flimrade igen – man, best, skugga – innan den stelnade när han vände sig mot Osiris.

"Låt oss börja", sa Set med en låg, mullrande röst, självsäker och skarp. Han bugade inte, ryggade inte tillbaka, bara stod rakryggad under tyngden av Osiris blick.

Osiris lade huvudet på sned, rörelsen långsam och avsiktlig. "Vågskålarna böjer sig varken för gudar eller dödliga", mässade han med en röst så djup att den fick marken under mina fötter att skaka. Han gestikulerade med en långfingrad hand och Sets bröstkorg verkade dra ihop sig. Hans axlar drogs onaturligt bakåt, hans kropp stelnade.

Osiris sänkte sin hand mot vågen och placerade Sets hjärta mittemot fjädern.

Rörelsen var subtil till en början, fjädern lyfte sig ytterst lite när den motsatta vågskålen sjönk lägre, tyngre. Sedan störtade den ner som en komet som föll mot jorden. Fjädern lyste klarare, trotsig mot den tyngd som krossade dess balans.

"Jag är en gud!" morrade Set och hans fattning sprack. Hans händer knöts till nävar. "Det här är en förolämpning, ett misstag!"

"Domen har fallit", svarade Osiris, oberörd av Sets utbrott. Hans ord skar genom luften med en slutgiltighet som var kylig i sin enkelhet. "Igen."

Set kastade sig framåt, raseri förvred hans anletsdrag, men han frös mitt i rörelsen då Osiris höjde krokstaven i sin hand. Med en hastighet som motsade hans väldiga gestalt steg Osiris fram och klämde en grönskinnad hand om Sets nacke.

"Åter till ert fängelse", sa Osiris, hans röst utan ilska, som om han levererade en oundviklig sanning snarare än en dom.

Golvet under Set löstes upp i mörker och virvlade som bläck som droppats i vatten. Han kämpade, klor sköt ut från hans fingrar när han försökte bryta sig loss, men Osiris höll honom stadigt, orubblig.

"Vänta...", Sets röst avbröts när han knuffades neråt, uppslukad av tomrummet. Golvet stelnade omedelbart och lämnade bara tystnad efter sig.

Min strupe kändes torr som sand. "Jag trodde..." Min röst sprack, och jag harklade mig snabbt och tvingade mig själv att låta stadig. "Jag trodde att dolken skickade honom raka vägen tillbaka till hans fängelse. Det var överenskommelsen."

Osiris vände sig sakta och avsiktligt mot mig. Hans ögon – de där ändlösa, stjärnfyllda tomrummen – borrade sig in i mina och fick min puls att hamra i bröstet. "Det var den överenskommelse som slöts med änglarådet", sa han, hans ton lugn men tung av betydelse. "Men ingen kan undkomma Maats dom."

Jag visste inte vad jag skulle svara på det. Min hjärna snurrade, jag försökte pussla ihop vad detta innebar – inte bara för Set, utan för mig. För allt.

Tystnaden tryckte ner mig som en vikt, tjockare än luften i denna uråldriga sal. Min bröstkorg höjdes och sänktes snabbt, för snabbt. Jag kunde inte skaka av mig känslan av att något var på väg att gå väldigt, väldigt fel.

"Nu är det er tur", sa Osiris, hans röst kall som obsidian. Han rörde sig mot mig, hans krokstav och slaga glimtade svagt i kammarens dunkla ljus. Hans stjärnfyllda ögon låstes fast vid mina och min mage vred sig som om jag svalt taggtråd.

"Vänta...", började jag och tog ett steg bakåt, men han var snabb. För snabb.

Innan jag hann reagera for Osiris gröna hand fram och trängde in i mitt bröst som om den skar genom vatten. Det gjorde inte ont, bara ett märkligt, ihåligt drag, som om något väsentligt slets ut ur mig.

Jag flämtade till, knäna vek sig när hans fingrar slöt sig om något fast. Sedan drog han, och jag såg det – saken som varje del av mig skrek inte borde vara utanför min kropp. Mitt hjärta.

Det pulserade svagt, vilande i hans väldiga hand, och glödde svagt rött som glöd som kämpade för att hålla sig vid liv. Jag sträckte mig instinktivt mot mitt bröst och fann bara oskadad hud under mina darrande fingrar.

"Okej", andades jag och försökte samla mig, även om min röst darrade. "Det där är ... djupt oroande. Vill ni förklara nästa steg?"

Osiris svarade inte omedelbart. Han vände sig om med långsamma, avsiktliga rörelser och steg mot vågen, som återigen var i jämvikt, svävande i luften. Maats fjäder vilade på ena sidan, omöjligt lätt men på något sätt med en auktoritet som fick min mun att torka ut.

"Ert hjärta kommer att vägas mot fjädern", mässade Osiris och placerade det glödande organet försiktigt på den motsatta skålen. "Om det är tyngre kommer er själ inte att få passera." Hans ord bar på en slutgiltighet som träffade som ett slag i magen.

"Inte få passera?" frågade jag och svalde hårt. Min röst kom ut högre än jag ville, och förrådde den nervösa knut som stramade åt i min hals. "Och om det inte får det, vad händer då?"

"Då slukar Ammitt det", sa Osiris enkelt, som om han diskuterade vädret. Han gestikulerade med en lätt nickning, och jag följde hans blick.

Ammitt satt redo nära kanten av rummet, hennes monstruösa form upplyst av svagt fackelsken. Hennes krokodilliknande käke öppnades något och blottade rader av tandade tänder, medan hennes lejonklor böjdes mot stengolvet. Hennes flodhästliknande kropp rörde på sig när hon betraktade mig med orörliga reptilögon.

"Just det. Självklart. Själsslukande demongudinna. För varför skulle det inte finnas en sådan som hänger här?" muttrade jag, mer för mig själv än för någon annan. Men min puls hamrade hårdare likväl, och svett gjorde mina handflator hala.

"Skulle ert hjärta väga jämnt med fjädern får ni träda in i Osiris rike", fortsatte guden och ignorerade mina försök till humor. Hans händer lades åter över krokstaven och slagan, och han iakttog mig som om han redan visste utgången.

"Toppen", mumlade jag och stirrade på vågen, mitt hjärta bultade så högt i mina öron att man skulle kunna tro att det hade hittat tillbaka in i mig. "Bara ... toppen."

Vågen knarrade. Ljudet skar genom den tryckande tystnaden, högre än det hade någon rätt att vara. Jag höll andan medan mitt hjärta – mitt riktiga hjärta – låg på ena sidan av vågen och glödde svagt med ett dovt, onaturligt rött ljus. Mittemot vilade Maats fjäder, skör och anspråkslös, men på något sätt utstrålade den en obestridlig domens tyngd.

Maats bedömare – gestalter höljda i skuggiga kåpor, deras ansikten dolda – lutade sig mot varandra och viskade lågmält. Deras mummel skrapade i utkanten av min hörsel, obegripligt men ändå tungt av mening.

Långsamt, omöjligt, tippade fjädern nedåt, en aning tyngre än mitt hjärta.

Jag stirrade. Det där ... var inte ett av alternativen Osiris hade föreslagit.

"Är den trasig eller något?" sa jag och gestikulerade mot vågen. "Vad är det som händer här? Inte för att jag klagar över att *inte* bli omedelbart uppäten av en demon-krokodil-flodhäst-lejon-gudinna, men ... det här ser inte normalt ut."

"Tystnad", befallde Osiris, och hans röst genljöd genom kammaren som dånet från en massiv klocka. Han steg fram, hans stjärnfyllda ögon fixerade på vågen. Den förblev lutad, fjädern betydligt lägre. "Ert hjärta är lättare än fjädern", sa han slutligen.

"Vänta." Jag blinkade och stirrade på obalansen. Lättnad brottades med förvirring i mitt bröst. "Lättare? Vad betyder det?" Min blick flackade mellan Osiris och bedömarna. "Betyder det att jag får passera? Är jag godkänd? Eller är det här något slags grymt kosmiskt skämt där jag ändå blir uppäten?"

Osiris vände sin blick mot mig, lugn och outgrundlig. "Er uppoffring har ändrat vågskålarna. Den har gett er ett val, dödlige."

"Val?" ekade jag och rynkade pannan. "Som i ... jag blir inte uppäten och jag behöver inte hänga här i evighet heller?"

"Korrekt", mässade han. "Ni kan träda in i Osiris rike, fri från smärta och bördor. Eller så kan ni återvända till de levandes rike och återuppta er jordiska existens."

”Ger ni mig alternativ?” frågade jag och blinkade snabbt. ”På riktigt? Utan några hakar? För, äh, senast någon gav mig ett 'val' kom det med en förbannelse och en hel del ånger.”

”Välj”, sa Osiris enkelt, orörlig. Hans krokstav och slaga fångade fackelskenet och glänste med en överjordisk briljans.

Jag tvekade inte en sekund. ”Skicka tillbaka mig.”

För första gången kröktes Osiris läppar i något som liknade ett godkännande – eller kanske var det medlidande. Svårt att säga med gudar. Han sträckte sig mot vågen och lyfte mitt hjärta i sin enorma hand. Dess glöd pulserade svagt, som om det inte var helt säkert på att det tillhörde mig längre.

”Så vare det”, mässade han, innan han slog tillbaka det in i mitt bröst.

Min rygg böjdes ofrivilligt bakåt, ett strypt flämtande slets ur min strupe när hetta for genom mina ådror. För ett ögonblick var jag inte säker på om jag höll på att dö eller komma tillbaka till livet.

Och sedan blev allt mörkt.

Smärta sköt genom mitt bröst som ett blixtnedslag, slet mig ur tomrummet och slungade mig tillbaka till verkligheten. Mina lungor krampade innan jag drog in ett desperat, hackigt andetag. Luft. Kall, skarp, levande – den fyllde mig, brände genom mig. Mina ögon flög upp.

”Rafail?”

Hennes röst sprack, rå av förtvivlan, och sedan var Careena där, hennes mörka siluett inramad mot ett svagt, flimrande ljus. Hennes midnattssvarta ögon var stora, misstrogna. Hennes händer svävade över mig, darrande som om hon var rädd för att röra vid mig, rädd att jag skulle försvinna igen. Alyster knäböjde bredvid henne, hans gyllene hår rufsigt och hans silverögon rödgråtna. Hans min frös någonstans mellan chock och hopp.

Jag hostade, väste. "Ni två ser ut som sju svåra år", kraxade jag.

Careena gav ifrån sig ett ljud – ett halvt skratt, en halv snyftning – innan hon kollapsade över mig, hennes armar virades runt mina axlar så hårt att jag trodde hon skulle krossa det Osiris just hade tryckt tillbaka in i mitt bröst. Hon doftade av regnstormar och något mörkare, något unikt för henne. "Din idiot", viskade hon våldsamt, hennes röst darrade. "Din fullkomliga *idiot*."

"Jo, men..." Jag grimaserade och försökte sätta mig upp men misslyckades kapitalt. "Man måste vara en för att känna igen en, eller hur?"

"Håll tyst", muttrade Alyster, hans egen röst skrovlig. Han sträckte ut handen och greppade stadigt tag om min axel. Det var jordande, varmt. Verkligt. "Du lever." Ett konstaterande, inte en fråga, men hans ton bar på misstro. "Vi såg dig *dö*."

"Lustig historia", sa jag svagt och lät huvudet falla tillbaka mot ... sten? Hårt, oförlåtande, definitivt inte en säng. "Det visar sig att döden är mer av en svängdörr än en tegelvägg. Åtminstone för mig."

"Skämta inte om det!" väste Careena och drog sig tillbaka precis tillräckligt för att blänga på mig. Hennes midnattssvarta ögon skimrade, våta av otårar. "Du skrämde oss, Rafail. Jag ... jag trodde jag förlorade dig."

"Hallå, jag är här", sa jag mjukt och lyfte en hand för att stryka undan en förirrad slinga av hennes korpsvarta hår från hennes ansikte. Mina fingrar skakade, men jag lyckades. "Jag går ingenstans. Lovar."

"Bäst för dig", sa Alyster, hans vanliga flin frånvarande. Istället hårdnade hans grepp om min axel kort innan han släppte taget. "Annars dödar jag dig själv nästa gång."

"Bra att veta var vi står", mumlade jag och lyckades med ett litet leende trots smärtan i bröstet.

Careenas hand fann min, hennes fingrar flätades samman med mina som för att förankra mig här, i detta ögonblick. Jag klämde tillbaka, hämtade styrka från hennes beröring, från Alysters närvaro. Och ändå, under lättnaden och värmen, rörde sig en oro inom mig.

"Vänta", sa jag och rynkade pannan. "Något känns ... fel." Jag böjde och sträckte på fingrarna, testade styrkan i mina lemmar. Allt verkade intakt, men ändå –

"Fel hur då?" frågade Careena snabbt, och oro flammade till i hennes ansikte.

"Ge mig bara ... en sekund." Jag slöt ögonen och sträckte mig inåt till den välbekanta platsen, den del av mig som inte var mänsklig, inte var kött. Den del som skiftade och formade sig till andra gestalter.

För ett skrämmande ögonblick fanns där ingenting. Ingen gnista, inget drag, ingen förbindelse.

Och sedan, där var den. Svag, men närvarande. Odjuret inom mig rörde på sig, trögt men levande. Lättnad sköljde över mig. "Okej. Goda nyheter: jag kan fortfarande skifta hamn."

"Var det någonsin tveksamt?" frågade Alyster och höjde ett ögonbryn.

"Med tanke på att jag just fick hjärtat utslitet och intryckt igen? Ja, det slog mig", fnäste jag tillbaka, men rynkade pannan. Någonting *var* annorlunda. Den där förtöjningen, den som hade förankrat mig till Set, var borta. Bruten. Avskuren rent, som en lina kapad med ett blad.

"Dåliga nyheter?" frågade Careena mjukt, när hon kände av min tvekan.

"Set", sa jag långsamt. "Han är ... borta. Jag kan känna det. Vilken länk vi än hade ... den är bruten."

Orden hängde tunga i luften, men istället för den fasa jag förväntade mig, fanns där bara en märklig, tyst lättnad. Som om en börda jag inte insett att jag burit äntligen hade lyfts.

"Det var det vi siktade på", sa Alyster efter en paus, hans silverögon allvarliga. "Det är frihet."

"Jag hoppas det", sa jag med låg röst.

Careena slog armarna om mig och kramade mig hårt. "Du klarade det, Rafail, även om ni två valde det mest korkade, idiotiska sättet. Du lever, du är säker, du är fri från Set ... och vi är tillsammans."

"Tillsammans", ekade Alyster, och hans flin återvände äntligen, svagt men äkta. "Fast jag har första tjing på att göra nästa korkat dumdristiga drag, eftersom du uppenbarligen har tagit rampljuset."

"Skulle inte vilja ha det på något annat sätt", sa jag och småskrattade trots mig själv. För tillfället andades jag, levde, omgiven av dem. Och just nu var det tillräckligt.

"Du får allt berätta för oss vad som hände", sa Careena till slut och drog sig tillbaka för att se på mig. "Sa du något om att få hjärtat utslitet? Och vad hände med Set?"

"Lång historia." Jag tog emot Alysters erbjudna hand och kravlade mig mödosamt på fötter. Mitt bröst kändes fortfarande konstigt; när jag tittade ner fann jag ett hål i min skjorta och därunder vad som såg ut som ett ny-läkt ärr.

"Careena helade din kropp." Alyster besvarade min frågande blick. "Hon försökte få dig tillbaka, men Hadraniel sa att det var omöjligt..." han tystnade.

"Ledsen att behöva säga det, men han hade nog rätt, jag tror inte ens du kan besegra döden." Jag gav Careena ett beklagande leende. "Fast det var tur att du helade mig, annars hade jag kanske gjort en u-sväng och hamnat rakt framför Osiris igen."

"Osiris!" De stirrade båda på mig.

"Jag ska berätta för er." Mina ben kändes som om de var gjorda av kokt spagetti. Jag stapplade över till bordet och sjönk ner på en stol. "Men finns det någon chans att jag kan få lite mat först?"

Silverdolken glimmade i min hand, dess egg fångade det svaga ljuset som silade in genom de spruckna fönstren i den ruinerade katedralen. Alyster och Careena stod på varsin sida om mig, deras andetag stadiga men laddade med samma spänning som slingrade sig hårt i mitt bröst. Jag strök med en tumme över bladets uråldriga etsning – symboler jag fortfarande inte förstod men visste bar på en tyngd. Sets fängelse. Maeves öde.

"Fortfarande vass", kommenterade Alyster lågt, nästan nonchalant, även om hans silverögon förblev fästa vid vapnet. Han lurade ingen. Luften runt honom surrade praktiskt taget av energi. Förväntan. Eller kanske otålighet.

"Bra." Mitt grepp om fästet hårdnade. "Vi kommer att behöva den."

Careena rörde sig bredvid mig, hennes midnattssvarta ögon smala. "Är du säker på det här?" Hennes melodiska röst hade en skärpa, lika vass som bladet i min hand. "Ingen tvekan?"

"Ingen." Ordet kom ut som stål, slutgiltigt och orubbligt. Min blick låstes vid hennes. "Selene har orsakat alldeles för mycket problem. Hon kommer att förvandla hela världen till bönder för Sets planer, om vi låter henne." Jag sneglade på bladet igen. "Precis som Maeve är hon för farlig för att lämnas lös i underjorden. Vi skickar henne till Sets fängelse." För ett kort ögonblick flimrade minnet av Osiris förbi, väntande med omänskligt tålamod framför vågen. Jag tvivlade inte ett dugg på att Selenes hjärta skulle vara tyngre än den där fjädern, och att Osiris skulle skicka henne för att ansluta sig till Set.

"Rakt på sak. Jag gillar det." Alysters flin fladdrade tillbaka, varglikt och ljust.

"Enkelt nog", sa Careena, även om hennes ton var platt. "Men hon kommer inte att ge sig utan en kamp. Det vet du."

"Det är därför vi inte ger henne chansen", sa jag. Min röst sjönk, kallare nu. "Vi slår till snabbt. Hårt. Inga varningar. Ingen nåd."

"Äntligen talar du mitt språk", skämtade Alyster, även om han snabbt blev allvarlig och lutade sig närmare. "Men Selene är inte bara en häxa med agg. Hon är farlig, Rafail.

Farligare än hon var förut. Hon har samlat mycket makt sedan vi mötte henne första gången."

"Ja, och det glömmer jag inte", fnös jag tillbaka, min puls ökade. Dolken kändes tyngre nu, som om den förstod vad som väntade. "Vilket är exakt varför vi inte kan vänta. För varje sekund vi slösar bort blir hon starkare. Samlar makt. Vi avslutar det *nu*."

"Tillsammans", sa Careena. Hon steg fram, hennes mörka blick mötte min, orubblig. Det fanns ingen tvekan i henne, inget tvivel. Bara beslutsamhet. "Vi avslutar det tillsammans."

"Tillsammans", ekade Alyster, och hans flin mjuknade till något mer allvarligt. Han sträckte ut handen och lade den lätt på min axel. "Låt oss se till att det räknas."

Jag tog ett andetag och jordade mig i tyngden av deras närvaro. I den tysta men våldsamma lojalitet som band oss samman. Och sedan såg jag tillbaka på dolken, dess egg glimmande som ett löfte.

"Selene står näst på tur", sa jag. "På ett eller annat sätt kommer hon att få betala."

Luften stank av ozon och järn. Jag vävde mig försiktigt genom kaoset, skriken från änglar och faeriddare som drabbade samman med Selenes häxcirkel i en krigssång som vibrerade i mina ben. Careena var en glimt av midnattsvingar ovanför mig, violett himmelsk magi utbröt från hennes händer och skickade bevingade helvetesbestar störtande mot jorden för faerna att avsluta. Alyster rörde sig som vatten genom striden, hans gyllene hår strimmigt av blod, hans skratt skarpt och skärande även när han fällde ännu en häxa.

"Rafail!" Careenas röst ljöd, vass och befallande. Mitt huvud for upp precis i tid för att se henne gestikulera mot Selene, som stod i hjärtat av slagfältet, orörd av blodbadet runt henne. Hennes gröna ögon glödde, klarare än lågorna som slickade kanterna av skogsgläntan. Hennes läppar förvreds till något mellan ett flin och en morrning när hon höjde båda händerna och drog kraft från jorden själv.

"Hon utnyttjar leylinjen!" ropade Alyster när han högg ner en annan angripare, hans silverögon smalnade. "Om hon slutför..."

"Det kommer hon inte", morrade jag och grep hårdare om dolken. Tyngden av den kändes levande nu, och den genljöd av raseriet som brann lågt i mitt bröst. "Håll henne sysselsatt."

"Vi täcker dig, raring", skämtade Alyster, men det fanns ingen humor i hans uttryck. Han grep en förtrollad lans från en fallen riddare och slungade den mot Selene, vilket tvingade henne att blockera med en skimrande vägg av svart energi. Den splittrades men höll. Hon morrade, hennes fingrar ryckte, redan i färd med att väva en ny besvärjelse.

"Gå", sa Careena, hennes midnattssvarta blick låstes vid min för ett halvt hjärtslag. "Vi täcker dig."

Jag nickade en gång och sjönk ner lågt, skiftade hamn mitt i steget. Ben knakade, omformades, päls växte fram längs min kropp. Världen skärptes till livfulla detaljer: kopparsmaken av blod, den syrliga stanken av magi, den dundrande rytmen av hjärtslag runt mig. Jag var en räv nu, liten, snabb och obemärkt mitt i kaoset. Perfekt.

Selene ägnade mig inte ens en blick när jag rusade genom striden, smet mellan ben och förbi skurar av besvärjelseeld. Mina tassar nuddade knappt marken när jag cirklade närmare, iakttog hennes rörelser, väntade på öppningen. En chans. Det var allt jag skulle få.

"Patetiska små bönder!" Selenes röst skar genom larmet som krossat glas. "Knäböj inför Sets makt!" Hennes häxcirkel stormade fram på hennes befallning, deras ramsor steg i samklang. Men faeriddarna och änglarna tryckte tillbaka hårdare, stärkta av Hadraniel och Alyster, som slogs i spetsen för kilen. De höll linjen. Med nöd och näppe.

Närmare. Jag kunde känna surrandet av hennes kraft nu, som strålade från henne som hetta från en smedja. För stark för att möta rakt på. Men inte oövervinnlig.

Precis som Maeve skulle hon aldrig se mig komma.

Jag kröp ihop lågt, musklerna spändes, och sedan hoppade jag.

I sista sekunden skiftade jag hamn mitt i språnget, min mänskliga form kraschade in i henne med tillräcklig kraft för att få henne ur balans. Hennes ögon vidgades i chock när vi föll till marken, men jag tvekade inte. Dolken var i min hand innan hon kunde samla sitt försvar.

"Dags att ansluta dig till din herre", väste jag och körde bladet djupt in i hennes bröst.

Hennes skrik rev genom natten, rått och fyllt av misstro. För ett ögonblick verkade allt frysa – striden, ljuden, till och med luften själv. Sedan flammade dolken till, dess egg glödde med ett överjordiskt ljus när den drack hennes kraft, hennes väsen.

"Nej!" Selenes röst vacklade och sprack när hon krafsade på bladet. Men det var för sent. Magin drog hennes själ fri och drog ner den i fängelset där Set väntade.

Hon var borta innan hennes kropp träffade marken.

# Kapitel tjugo

# Careena

Luften var mättad av jasmin. Rafails jämna andetag fyllde rummet, en stilla rytm i tystnaden. Alyster hade äntligen slutat vrida och vända på sig, hans gyllene hår till hälften i skugga från månskenet som strömmade in genom fönstret. Bra. De sov båda två. Fristaden var bra för sådant, sömn och vila; tyst och isolerad.

Jag satt på sängkanten och stirrade på mina händer, fingrarna som kröktes och rätades ut mot låren. Ett svagt violett skimmer dansade över min hud när vingarna ryckte till där de låg dolda. Jag kunde inte skaka av mig tyngden som pressade mot bröstet, den där gnagande känslan av det oundvikliga.

Selene. Maeve. Set. Enbart deras namn bar på stanken av undergång, som aska och förruttnelse inbränt i minnet. Var de verkligen besegrade, trots att de var fångna i underjordens fängelse? Set skulle aldrig sluta försöka klösa sig ut. Han behövde inte det. Det skulle alltid finnas dårar som var hungriga nog efter det han lovade, desperata nog att slita upp helvetets portar om det innebar att de fick en bråkdel av hans makt.

Och jag? Jag var hans nyckel.

Tanken fick det att vända sig i magen på mig. Jag knöt nävarna, och naglarna borrade sig in i handflatorna tills jag kände smärtan svida. Om jag vacklade, ens för ett ögonblick, skulle han dra ner mig. Hans röst, hal och försåtlig, viskade fortfarande i mitt sinnes skrymslen. Löften klädda till hot. Varningar insvepta i honungssöta lögner.

"Careena", hade han sagt en gång, med den där gutturala, rullande kadensen som bara jag kunde förstå. "Du skapades för att knäböja, inte för att stå."

Nu stod jag upp och skakade av mig fantomen av hans ord. Mina bara fötter sjönk ner i den svala mattan när jag gick över det lilla rummet och kastade en blick på Rafails och Alysters sovande gestalter. De skulle inte förstå. Hur skulle de kunna det? Det var okej för dem att ta risker, som de såg det; för Rafail att förvandla sig till en lönnmördare, inte en utan två gånger, för honom att till och med dö i vår saks tjänst. För Alyster att sätta sig upp mot faernas Högdrottning och hela hennes hov. Men inte jag. Om jag berättade för dem vad jag planerade att göra skulle de försöka stoppa mig. De skulle inte se det för vad det var: nödvändigt.

En kyla löpte längs min ryggrad, men jag ignorerade den. Nödvändigt.

Korridoren var tyst, förutom det svaga surrandet från de himmelska skyddsrunorna som vibrerade i väggarna. Mina bara fötter var ljudlösa mot den släta marmorn när jag smög genom den välvda salen, med vingarna tätt hopvikta mot ryggen. Luften doftade svagt av rökelse och helighet – Hadraniels kvarter var nära.

Jag borde ha känt skuld. Rafails jämna andetag ekade fortfarande i mina öron, Alysters oroliga mumlanden från sina drömmar. Men allt jag kände var beslutsamhet. Det fanns ingen tid att tveka. Om jag inte agerade nu skulle jag aldrig agera alls.

Dörren tornade upp sig framför mig, täckt av snidade skyddssigill. Det stramade åt i bröstet, men jag ignorerade det och knackade med knogarna hårt mot träet.

"Vem är det?" Hadraniels röst hördes, låg och vaksam genom dörren. Ett ögonblick senare svängde den upp och hans massiva gestalt fyllde dörröppningen. Bronsfjädrar skimrade dovt i det svaga ljuset och hans genomträngande guldögon smalnade omedelbart. "Careena? Vad gör ni här? Det är mitt i natten."

"Släpp in mig", sa jag. Min röst var hårdare än jag hade tänkt, men det fungerade. Hans käke spändes, men han steg åt sidan.

Därinne var hans rum precis så stramt som jag hade förväntat mig. En brits, ett skrivbord, ett enda svärd monterat på väggen. Inga bekvämligheter, inga eftergifter. Bara plikt. Alltid plikt. Precis som Aurelius.

"Tala fort." Han lade armarna i kors och iakttog mig som man skulle iaktta en skarp granat.

"Jag behöver er hjälp", sa jag och steg närmare. "Att ta mig till honom."

"Till Set?" Hans röst sjönk farligt lågt och musklerna i käken spändes. "Är ni från vettet?"

"Antagligen", kontrade jag och mötte hans bistra blick. "Men det är inte er sak att döma. Ni behöver bara bestämma om ni tänker hjälpa mig eller inte."

"Rafail skulle ..."

"Rafail är inte här", avbröt jag honom. "Inte Alyster heller. Och det kommer de inte att vara. Det här är mellan er och mig."

"Varför skulle jag någonsin gå med på det här?" Hans vingar spärrades ut en aning, vilket fick det lilla utrymmet att kännas ännu mindre.

"För att ni vet lika väl som jag att jag är den enda som kan få ett slut på det här", sa jag och steg ännu närmare. Nära nog att se hans tvekan spricka igenom den stoiska masken. "Ni har sett vad han är. Vad han kommer att göra om någon annan når honom först. Och ni vet att han alltid kommer att ha ett grepp om mig om jag inte gör slut på det själv, på grund av det här fördömda svärdet." Jag rörde vid klingan som satt i sin skida vid min höft. Klingan jag inte stod ut med att ha utom räckhåll, vars smärta av separation tvingade mig på knä när jag försökte. Jag vägrade att använda det – genom alla strider och all död vi hade överlevt hade jag låtit det vara kvar i sin skida, med vetskapen om att varje själ jag tog med det skulle ge näring åt Sets makt. Det som en gång varit en mäktig magibok, nu återförvandlad till den klinga den ursprungligen varit, var nyckeln till Sets fängelse.

"Careena ..." Hadraniels röst mjuknade, ytterst lite. Tillräckligt för att nästan knäcka mig. Nästan.

"Gör det inte", viskade jag. "Försök inte tala mig till rätta. Försök inte skydda mig. Det här handlar inte om mig längre. Det handlar om att stoppa honom. Permanent."

Han stirrade på mig en lång stund, orörlig. Sedan, slutligen, andades han ut skarpt och drog en hand genom håret.

"Aurelius sa att ni skulle göra det här", sa han till sist. "Han delade inte många syner med mig, men han sa att det här var den sista. Att ni skulle be mig om detta."

"Och sa han vad ni måste göra?"

"Nej." Han vände bort blicken. "Han sa det för att förbereda mig, för annars skulle min instinktiva reaktion vara att vägra, men att beordra mig ... jag tror han visste att jag skulle göra motstånd mot det."

Jag väntade i tystnad. Hadraniel visste vad han behövde göra.

"En chans, Careena." Han vände sig mot mig igen. "Om ni misslyckas blir det ingen räddning. Ingen frälsning. Ni kommer att vara fångad i den avgrunden med Set i all evighet. Hör ni mig? Evighet."

Ordet hängde mellan oss, tyngre än luften som tycktes tjockna för varje sekund. Jag svalde hårt, men jag ryggade inte tillbaka. "Om det är priset, så må det vara hänt."

"Säg inte det som om det vore ingenting", fräste han, och hans stoiska mask brast och visade något rått. "Ni spelar med mer än bara ert liv – ni kastar bort varje chans till upprättelse."

"Upprättelse betyder ingenting om jag fortfarande är kedjad vid honom", kontrade jag och steg fram tills vi nästan stod näsa mot näsa. "Det här är det enda sättet att bli fri. Det enda sättet att skydda allt jag bryr mig om." *Rafail. Alyster.* Jag sa inte deras namn, men deras ansikten var allt jag kunde se för min inre syn.

Hans blick borrade sig in i min och letade efter sprickor, efter tvekan. Han skulle inte hitta några. Mitt hjärta bultade mot revbenen, men min röst förblev stadig. Orubblig.

"Careena ..." Nu fanns där en mjukhet, begravd under spänningen. Nästan en vädjan. "När ni väl kliver in i det fängelset finns det ingen nåd. Ingen återvändo. Ni kommer att möta honom med inget annat än er själv. Är ni redo för det?"

"Ja", sa jag, och ordet ekade klart och orubbligt. "Jag behöver ingen nåd. Jag behöver ingen återvändo. Jag behöver att det här tar slut."

Hadraniel andades långsamt ut och drog en hand över ansiktet som för att torka bort den storm som bryggde bakom hans ögon. Hans vingar rörde på sig, fjädrarna prasslade svagt i den tryckande tystnaden.

"Må himlen då hjälpa oss båda", mumlade han och lät händerna falla ner längs sidorna.

Jag höll fram silverdolken som Aurelius hade gett Rafail och som jag i tysthet hade stulit på väg ut ur sängkammaren. Dolken som hade skickat Maeve och Selene till Set.

"Här." Jag knackade med fingrarna på min fria hand mot mitt hjärta.

Hadraniel skakade på huvudet, till min förvåning. "Nej. Ni behöver inte dö för att ta er till Sets fängelse. Ni är fortfarande en ängel, Careena. Ni kan existera i underjorden med kropp och själ ... om ni väljer det. Men jag kan använda den här för att skicka er dit ni behöver."

Kropp och själ. Fångad i Sets fängelse för evigt med honom, om jag gjorde fel. Jag undertryckte en rysning och nickade. "Gör det."

Hadraniels fingrar snuddade vid kanterna på Rafails dolk, och luften omkring oss tjocknade omedelbart. Klingan darrade i hans grepp och reagerade på energin som samlades mellan oss. Det var inte himmelsk magi än – nej, det här var något mörkare, äldre, som skrapet av sten mot ben.

"Stig närmare", sa han med en röst spänd som en bågsträng.

Jag lydde och steg nära. Hans enorma bronsvingar slöt sig om mig och bildade en cirkel – ett fängelse. Jag gjorde ingen ansats att backa undan.

"Stå stilla", befallde han, och sedan inget mer. Hans läppar rörde sig, men inget ljud följde – en bön, kanske.

Hettan kom först, den kröp uppför mina ben, min ryggrad, tills det kändes som om eld hade slagit sig ner under min hud. Ett skarpt knak splittrade luften. Dolken glödde vithet och jag kunde känna dess skrik även om det inte hördes – dess essens som löstes upp tråd för tråd.

"Nästan ..." Hadraniel bet ihop tänderna och hans fria hand sträcktes ut. "Careena, se på mig."

Jag tvingade mina ögon att möta hans, även när marken under mina fötter började skifta och smulas sönder. Min andning var ytlig, ansträngd, men jag ryggade inte tillbaka.

"Kämpa inte emot", manade han, med ansträngd röst medan svettpärlor bildades på hans tinning. "Om ni gör motstånd kommer det att ..."

Ett krossande ljud skar genom hans ord. Dolken exploderade i hans hand och skärvor spreds som splitter av stjärnljus. Världen ryckte till våldsamt omkring mig, och sedan var allt borta.

Tystnaden slog hårdare än ljuset. En kall, kvävande tystnad som virade sig runt mig som ett skruvstäd. När jag öppnade ögonen stod jag inte längre – jag knäböjde med händerna stödda mot något halt och svart. Sten? Metall? Det surrade svagt under mina handflator, levande på ett sätt som fick huden att krypa.

"Välkommen, lilla ängel."

Hans röst slingrade sig genom fängelset som rök, låg och serpentinlik. Jag behövde inte se upp för att veta vem det var. Jag kände honom – en tryckande, kvävande närvaro som pressade ner från alla håll samtidigt.

"Set", sa jag, och namnet smakade bittert på tungan. Jag tvingade mig upp på fötter och vände mig mot honom.

Den här gången var jag inte ovanför hans fängelse, tittandes ner, obemärkt. Jag var där nere med honom, i hans utrymme. Hans domän, så att säga.

Han satt på en tron uthuggen ur taggig obsidian, hans monstruösa gestalt rymdes knappt i utrymmet runt honom. Ett lapptäcke av skuggor och kött, hans schakalhuvud lutades för att betrakta mig, de smala, springformade pupillerna i hans guldögon glimmade av rovdjurslik förtjusning.

"Ah", begrundade han och knackade med ett kloförsett finger mot armstödet. "Har du kommit för att ersätta mina tidigare leksaker, då?" Hans tonfall var nästan uttråkat, men det fanns en skärpa under ytan, som eggen på en klinga.

Min blick flackade förbi honom – och stelnade sedan till. Maeve och Selene. Eller ... vad som var kvar av dem.

Deras kroppar låg hopkrupna i kammarens hörn, slappa som kasserade marionetter. Ögonen var matta, huden stramade över ihåliga kindben. Vilken gnista som än en gång hade brunnit inom dem var borta, fullständigt utsläckt.

"Gillar du mitt hantverk?" frågade Set, och hans flin blev bredare. "De var utsökta, de där två. Fulla av makt och raseri. De trodde de kunde vara min jämlike, dåraktiga varelser. Men till slut ..." Han slog ut med armarna, som i en spelat storsint gest. "Bryts alla samman."

Det vred sig i magen och galla steg i halsen. Men jag lät det inte synas. Fick inte. Istället steg jag fram och lät mina vingar veckla ut sig bakom mig. Deras svaga violetta sken lyste upp mörkret och kastade taggiga skuggor över väggarna.

”Det kommer inte att hända med mig”, sa jag med stadig, stark röst.

”Gör det inte det?” Hans skratt dånade genom kammaren, mörkt och ändlöst. ”Vi får väl se, lilla ängel. Vi får väl se.”

Jag svarade inte. Jag kunde inte slösa andan på hans lekar. Min blick flackade återigen kort mot Maeve och Selene – deras livlösa gestalter hopskrynklade som kasserat pergament.

En sting rörde sig någonstans djupt i bröstet, men medlidande ... nej. Det fanns inget. De hade gjort sina val, hade valt att alliera sig med Set, och de hade fått betala priset.

Jag skulle inte bli nästa.

”Stirrar du fortfarande?” Hans röst skar in i mina tankar, ett grymt flin förvred hans hundlika drag. ”Bry dig inte om att sörja dem. De är ingenting nu. Bara stoft som väntar på att skingras.”

”Bra”, sa jag kort. Mina vingar rörde sig bakom mig, fjädrarna prasslade svagt i stillheten. ”Det betyder att de inte kan användas mot mig.”

Sets flin vacklade för ett ögonblick innan det återvände, vassare än förut. Han reste sig från sin tron, varje rörelse flytande, rovdjurslik. När han talade igen vibrerade luften av makt. ”Modiga ord, lilla ängel. Men mod är en så bräcklig sak. Låt oss se hur länge ditt varar.”

Trycket omkring mig förändrades, plötsligt och våldsamt – en krossande våg som slog in i mitt sinne som en murbräcka. Hans vilja, rå och obeveklig, krafsade i utkanterna av mina tankar och letade efter sprickor, efter svaghet.

"Böj dig", viskade han, fastän befallningen kändes mer som ett dån i mitt huvud. Ordet ekade, grävde sig in i mig, snodde sig hårt runt mitt medvetande. "Knäböj inför mig, så kanske jag visar nåd."

Mina knän darrade. För ett flyktigt ögonblick suddades min syn och jag trodde att jag skulle falla. Men sedan vällde något upp inom mig, hett och vilt.

"Nåd?" spottade jag ur mig, och ordet var spetsat med gift. "Från en gud som slukar sina egna följare? Förolämpa mig inte."

Skenet från mina vingar intensifierades och kastade skarpa ljusvinklar över kammaren. Jag planterade fötterna stadigt och jordade mig mot anstormningen av hans makt. Varje instinkt skrek åt mig att ge vika, att vika mig under den krossande kraften – men jag tänkte inte. Jag kunde inte.

"Ja ..." väste Set, och hans leende blev bredare, trots att det nu fanns en spänning under det. "Kämpa så mycket du vill, Careena. Det gör det bara ljuvare att knäcka dig."

"Då kommer du att bli besviken", sa jag, med en röst stadig som stål, och lyfte huvudet högre.

Luften sprakade mellan oss, skarp och spröd, som om själva kammaren ryggade tillbaka för vad som var på väg att hända. Set tornade upp sig närmare, hans gestalt en skiftande skugga av hot, hans ögon glödande som glöd begravd i aska. Anstormningen fortsatte, obeveklig, men jag stod fast. Och någonstans, djupt inne i stormen av hans vilja, kände jag den: styrkan jag alltid hade burit. Inte lånad, inte given. Min.

”Tror du fortfarande att du kan stå emot mig?” Hans röst slingrade sig genom rummet, urgammal och taggig, som stenar som maler mot varandra. ”Du är inget annat än en varelse av envis stolthet. Det kommer inte att rädda dig.”

”Du har rätt”, sa jag, och min röst skar genom den kvävande luften. ”Stolthet kommer inte att rädda mig.” Mina vingar spärrades ut, deras sken trängde undan mörkret som sipprade ut från honom, tentakler av ondska som vred sig mot mig. ”Men kärlek kommer att göra det. Och det är något du aldrig kommer att förstå.”

Hans skratt kom lågt och bittert och skakade marken under mina fötter. ”Kärlek? Du skulle trotsa mig för *kärlek*?” Han spottade ut ordet som om det brände hans tunga, hans gestalt skiftade igen, blev mörkare, mer monstruös. De fyrkantiga öronen förlängdes till horn, hans nos krullade sig i förakt. ”Kärlek är svaghet. Den binder dig, kedjar dig på sätt som inte ens jag skulle kunna.”

”Det är där du har fel”, sa jag och steg framåt, varje ord stadigt trots darrningarna i mina ben. Varje nerv skrek åt mig att stanna, att fly, men jag ignorerade det. ”Den binder mig inte. Den befriar mig. Den gör mig starkare än du.”

Hans kraft vällde fram, en vägg av styrka som slog mot mig, men jag bet ihop tänderna och tryckte emot. Jag skulle inte ge vika. Inte nu. Aldrig.

”Nog!” röt han, varje stavelse ett åskdån. ”Du kommer att knäböja inför mig, Careena Seraphiel, eller så kommer du att upphöra att existera!”

”Försök”, viskade jag och drog svärdet från min höft. Kallt. Så kallt att det bet i min hud, men jag slog fingrarna om det och höjde det högt.

"Tror du att du kan använda det mot mig?" Sets skratt rullade genom grottan och skakade själva väggarna. "Min egen klinga?"

Svärdet brände i mitt grepp, och kopplingen mellan oss gnistrade till liv som en elektrisk ström. Smärta sköt upp i armen, vithet och obeveklig, men jag höll fast. Jag kunde känna honom där, inuti det, inuti mig, dra, försöka böja mig efter hans vilja.

"Jag behöver inte använda det mot dig." Min fria hand knöt sig till en näve och förankrade mig i den kraftstorm som slet genom mig. "Det här slutar här, Set. Du äger mig inte. Du har aldrig gjort det."

Jag slöt ögonen och fokuserade på länken, den där tråden av kontroll han hade över mig. Den var tunn men stark, som en spindelväv invävd i min själ. Jag kunde känna den dras åt, göra motstånd, kämpa emot – men jag pressade på hårdare. Med varje uns av styrka jag hade ville jag att den skulle brista.

"Din vilja är ingenting jämfört med min!" Sets röst dånade, men nu fanns det rädsla i den, en spricka i hans gudomliga arrogans. "Du kan inte bryta det som binder oss!"

"Se på mig."

Svärdet skrek – ett fruktansvärt, klagande ljud som vibrerade genom mina ben – när kopplingen brast. Jag kände den ge vika, tråden som löstes upp och försvann i intet. Tyngden som hade pressat ner mig sedan ögonblicket jag förvandlade trollboken till svärdet försvann och lämnade bara tystnad efter sig.

Min andning var ansträngd, mina händer darrade när jag stirrade på klingan. Den pulserade inte längre med hans energi; den var livlös, tom. Bara ett vapen. Inget mer.

"Omöjligt ..." väste Set, hans gestalt flimrade som en döende låga. "Du ... du kan inte ..."

"Farväl, Set." Jag slängde svärdet på marken, och klangen ekade genom kammaren. Det landade vid hans fötter, värdelöst och inert.

För första gången sedan jag klev in i denna helvetiska plats log jag.

Klangen från svärdet hängde fortfarande kvar i luften, skarp och slutgiltig. Sets gestalt vacklade framför mig, hans en gång så imponerande figur reducerad till en skugga av sitt forna jag, flimrande och svag. Hans ögon – de där brinnande glöden av ondska – fästes vid klingan vid hans fötter. Tomheten där måste ha skrämt honom. Bra.

"Ta den", väste han, hans röst låg och nu desperat. "Du kan inte lämna den här. Hör du mig? *Ta den!*" Han störtade fram, men hans steg vacklade som om en osynlig kedja ryckte honom tillbaka.

Jag rörde mig inte. Min blick sänktes mot svärdet, matt mot det kalla stengolvet. Ett vapen fött ur kaos, nu inget mer än en relik av hans misslyckande. Jag kände ingen dragning till det, ingen viskning av makt som lockade mig att sträcka mig efter det. Det var över.

"Behåll det", sa jag, med en röst som var stadig, nästan lätt. "En påminnelse om vad du aldrig kommer att bli igen."

"Careena!" Hans morrande knakade som åska och skakade kammaren omkring oss. "Tro inte att du kan undkomma denna plats oskadd! Du ..."

"Nog." Jag skrek inte, men det enda ordet skar igenom hans tirad och tystade honom. Jag vände mig bort från honom, och mina vingar vecklade ut sig bakom mig.

Och då såg jag den – porten. Den skimrade framför mig, pärlemorskimrande och omöjligt ljus i denna dystra underjord. Dess närvaro var obestridlig, en fyr som skar genom det tryckande mörkret. Luften runt den surrade av himmelsk energi, varm och inbjudande. Det stramade åt i bröstet. Det här var det.

"Careena!" Sets röst hördes igen, svagare den här gången, desperationen tjocknade. "Du kan inte lämna mig här! Tror du att de kommer att välkomna dig tillbaka? Du är ingenting för dem – *fallen*! Du hör inte hemma någonstans!"

Jag tvekade ett halvt hjärtslag, precis tillräckligt länge för att kasta en blick över axeln. Han höll på att falla samman, hans kanter fransades som rök fångad i en bris. Och ändå, trots hans förfall, brann hans hat oförminskat i hans blick. Han skulle ruttna här för evigt, och ändå skulle han inte lära sig.

"Farväl, Set", sa jag mjukt. Sedan steg jag mot porten.

Varje steg kändes tyngre än det förra, tyngden av allt jag hade utstått pressade ner mig. Men ju närmare jag kom, desto lättare blev det. Surrandet från porten blev starkare, det genljöd genom mina ben, tills jag inte var säker på om den sjöng eller om det var min egen själ som svarade på dess kall.

När jag nådde den omslöts jag av ljuset – inte bländande, utan varmt, som att kliva ut i solljus efter ett liv i skugga. Bakom mig utstötte Set ett sista vrål, ett ljud av ren raseri och förtvivlan, innan det svaldes av tystnaden.

Jag såg mig inte om. Jag steg igenom.

# EPILOG

## CAREENA

DET STRÅLANDE LJUSET FRÅN pärleportarna brände
sig igenom mig när jag steg in, och varenda nerv i min
kropp sprakade av en motstridig blandning av vördnad
och fasa. Luften skimrade, tjock och tung, och tryck-
te mot min hud som en outtalad dom. Mina vingar
ryckte till, rastlösa under denna plats osynliga fjättrar.
Jag hade inte saknat den här känslan – denna kvävande
fullkomlighet.

Portarna slöts bakom mig utan ett ljud. Bara ljus, som
ändlöst vecklade in sig i sig självt, klarare än något den
dödliga världen kunde frammana. Jag tappade andan
och mina steg saktade ner mot min vilja. Framför mig
väntade de.

"Careena Seraphiel." Deras röster träffade mig alla
på en gång, ett ackord av makt som ekade ända in i
märgen. Åtta par glödande ögon fästes på mig när jag
steg in i deras sal. Ärkeänglarnas råd. De satt på troner
uthuggna ur stjärnljus och evighet, deras gestalter allt-
för bländande för att kunna betraktas direkt någon
längre stund. Ändå var deras närvaro omisskännlig –
väldig, uråldrig, obeveklig.

”Rådet”, sa jag och böjde på huvudet precis tillräckligt för att vara artig. Min röst var stadig, även om hjärtat hamrade mot revbenen. ”Ni har kallat på mig.”

”Kallat?” upprepade Gabriel, med skarp, nästan road ton. En krusning av energi rörde sig genom rummet och snuddade vid mig som kanten på ett stormmoln. ”Du har förts hit, Careena, eftersom din väg har nått sitt slut.”

”Slutet på vad för något?” Jag höjde ett ögonbryn och lät lite av mitt naturliga trots lysa igenom. Deras gemensamma blickar hårdnade, men jag brydde mig inte. Mitt gamla jag hade kanske vissnat under deras granskning, men den versionen av Careena dog i samma ögonblick som jag föll.

”Dina gärningar har inte gått obemärkta förbi”, ljöd Uriels röst, tyngre än Gabriels, och deras silverögon var skarpa. Uriel hade aldrig gillat mig, så deras nästa ord kom som en överraskning. ”Trots ditt uppror har du bevisat ditt värde gång på gång. Du har upprätthållit rättvisan, skyddat de oskyldiga och offrat mycket, även i ditt fallna tillstånd.”

”Är det meningen att jag ska tacka er för att ni lagt märke till det?” Jag lade armarna i kors över bröstet. ”Eller finns det en poäng med den här ... utvärderingen?”

”Alltid så otålig”, mumlade Rafael, inte ovänligt. De lutade sig fram, och deras sken dämpades en aning och avslöjade konturerna av ett ansikte som var både strängt och vackert. ”Careena, vi erbjuder dig upprättelse. En chans att återvända till himlen. Att återta din plats bland oss.”

Orden träffade mig hårdare än något svärd någonsin gjort. Jag öppnade munnen, men stängde den igen. För ett ögonblick stod jag bara där och stirrade på dem, medan tankarna fladdrade iväg som skrämda fåglar.

”Återvända?” lyckades jag till sist få fram, med tystare röst. ”Efter allt? Efter vad ni gjorde mot mig?”

"Din förvisning var nödvändig", svarade Uriel, oberörd av min anklagelse. "Du avvek från den rätta vägen. Men nu kan du bli återställd. Dina vingar renade från skugga, din själ befriad från sin börda. Allt som krävs är att du accepterar."

Jag skrattade. Ett kort, bittert ljud som ekade alldeles för högt i deras fulländade sal. "Och om jag säger nej då?"

Salen pulserade av tystnad, den sortens tystnad som tryckte mot öronen och fick mina egna hjärtslag att kännas alltför högljudda. Jag rätade på axlarna och vägrade låta dem se hur mycket erbjudandet hade skakat om mig.

"Låt mig göra det här enkelt för er", sa jag med en röst som var stadigare än jag förväntat mig. "Nej."

Ärkeänglarnas sken krusade sig, en samlad rörelse som en vindpust över stilla vatten. Gabriel lutade sig fram, och deras ljus kastade skarpa skuggor över marmorgolvet. "Careena, tänk över vad du avvisar ..."

"Förminska mig inte." Mina händer knöts till nävar vid mina sidor. "Tror ni att jag inte har tänkt över det? Tror ni att jag inte vet exakt vad ni erbjuder? Upprättelse. Rent bord. Makt. Allt inslaget i ert perfekta lilla paket. Men grejen är den ..." Jag tog ett steg framåt och vågade minska avståndet mellan oss. "Jag vill inte ha det."

"Dårskap", muttrade Azrael med en röst som sprucken sten. Rafaels vingar ryckte till och sände ett svagt skimrande guldstoft virvlande genom luften.

"Frihet", rättade jag dem skarpt. Alysters ansikte dök oinbjudet upp i mitt sinne, hans flin, silverglansen i hans ögon när han såg på mig som om jag var något värt att kämpa för. Rafail, hans mörka ögon som lyste precis innan han gjorde något obeskrivligt ädelt och dåraktigt.

"Förstår du vad du avsäger dig?" Uriels ton var nu kall, nästan skärande.

"Fullkomligt", sa jag och höjde hakan. "Och jag avsäger mig ingenting. Jag väljer fritt det ni tvingade på mig första gången. Tack för gåvan. Jag älskar den."

Luften omkring mig förändrades då, tung av slutgiltighet. De argumenterade inte vidare; det behövdes inte. Valet hade varit mitt, och jag hade gjort det. Dragningskraften började nästan omedelbart – en djup, värkande gravitation som slet i själva min kärna. Jag blundade när min kropp gav efter för den, när salens briljans suddades ut till mörker, när jag föll från himlen för andra gången.

När jag öppnade ögonen var himlen fortfarande grå, med tjocka moln som vällde fram över Fristaden som blåmärken på hud. Luften luktade regn och svedd jord. Jag reste mig upp från där jag hade landat, med knäna nerkörda i smutsen. Smärta blixtrade till i mig, skarp och välbekant. Att falla gjorde alltid ont, oavsett hur många gånger man gjorde det, tydligen.

"Du är tillbaka", dundrade Hadraniels röst bakom mig, stadig och lugn som alltid. Jag vände mig om och såg honom stå några meter bort, med sina bronsfärgade vingar prydligt hopvikta och ett outgrundligt uttryck. Hans massiva gestalt blockerade det lilla solljus som bröt igenom molnen.

"Kul att se dig med", muttrade jag och borstade av smutsen från handflatorna.

"Ditt beslut var ... förutsägbart", sa han, men det fanns ett flimmer av något mjukare i hans ton, något nästan gillande.

"Åh, tack ska du ha", for jag ut, även om mina läppar ryckte till i en antydan till ett leende. "Så, vad händer nu?"

"Det beror på dem, gör det inte?" svarade Hadraniel och nickade mot två gestalter som närmade sig från portarna. Alyster, med Rafail vid sin sida. Såklart.

Alyster rörde sig som stormen själv, idel återhållen kraft och flytande grace, hans gyllene hår som fångade det svaga ljuset som eld mot skugga, och det gyllene diademet på hans huvud glimmade. Han stannade några steg bort, med sitt vanliga flin på läpparna. "Fallandet klär dig", sa han lättsamt, även om hans ögon förrådde något djupare. Lättnad, kanske. Eller stolthet.

Rafail höll sig i bakgrunden, för tillfället, men jag kunde se glädjen i hans ansikte över att se mig igen. Jag log mot honom innan jag vände blicken tillbaka till Alyster.

"Du är sen", replikerade jag. "Blev den stora hjälteentrén försenad?"

"Jag ville ju inte stjäla ditt rampljus", kontrade Alyster, men hans blick flackade till Hadraniel. "Ni sa att ni hade ett förslag att lägga fram för mig."

Hadraniel böjde på huvudet, helt affärsmässig igen. "Som den nya väktaren av Fristaden är det min plikt att säkerställa dess beskydd. En allians mellan änglar och fae skulle stärka båda världarna. Jag är bemyndigad att erbjuda en sådan pakt – och att hedra den."

Alyster höjde ett ögonbryn, och hans silverögon smalnade en aning. "En ängel som föreslår en allians med faerna? Aldrig trodde jag att jag skulle få uppleva den dagen."

"Tiderna förändras", sa Hadraniel enkelt. "Precis som prioriteringar."

Det blev en stunds tystnad, laddad och tung. Sedan sträckte Alyster fram en hand, och hans flin återvände, vassare nu. "Mycket väl. Betrakta ert erbjudande som accepterat."

Deras handslag var kort men fast, ett möte mellan två krafter som varit i strid i århundraden. Det kändes som om världen själv höll andan runt omkring dem.

"Nåja", sa jag och bröt stunden med en klappning med händerna. "Det verkar som om alla gör framsteg idag." Mina ögon mötte Alysters, och för en kort sekund föll hans mask. Där fanns värme, en outtalad förståelse som lugnade något inom mig som jag inte hade insett var oroligt.

"Framsteg, minsann", mumlade han, med så låg röst att bara jag kunde höra. Sedan, högre, "Ska vi?"

"Efter dig", sa jag, och mina steg föll redan i takt med hans. Rafail smög sig in på min andra sida, hans fingrar som krökte sig runt mina, även om han inte sa något.

Bakom oss såg Hadraniel på, tyst och stoisk, medan vägen sträckte ut sig framför oss.

Luften förändrades när vi klev genom den skimrande slöjan och kom ut i faeriket. Ljuset här var skarpare, nästan levande, och dansade över min hud som tusen små eldflugor. Under våra fötter glödde gräset svagt och pulserade i takt med det mjuka surr som fyllde luften. Den vilda magin på denna plats slog omedelbart sina klor i mig, elektrisk och otämjd.

"Nåväl", sa jag och andades in djupt när doften av blommande nattskatta och fuktig jord omslöt mig. "Hemma ljuva hemma?"

"Inte riktigt än", mumlade Alyster bredvid mig, medan hans silverögon granskade horisonten. Hans flin var snett, hans steg obesvärade, men det strålade en energi från honom – ett rovdjur som återvände till sitt revir.

"Surrar det alltid så här?" frågade Rafail med låg röst. Han vandrade bredvid med händerna i rockfickorna. Om han var störd av faerikets fullkomliga världsfrånvändhet, så visade han det inte. Typiskt Rafail. Lugn i kaoset.

"Bara när det är förväntansfullt", svarade Alyster utan att se sig om. "Riket känner sin härskare. Det känner igen en seger."

"Seger", upprepade Rafail, med en ironisk ton i ordet. "Lustigt. Det känns mer som att gå i en fälla."

"Lita på mig", sa Alyster och blinkade åt honom över axeln. "Om det var en fälla skulle du redan vara död."

"Tröstande", muttrade Rafail, även om jag såg den lilla böjningen på hans läppar.

Vi kom upp på en kulle, och där låg det – Stjärnornas hov. Ett vidsträckt palats uthugget ur levande träd och kristall, vars torn spiralerade mot en himmel som skimrade av konstellationer även i dagsljus. Vid palatsets fot myllrade borggården av fae: adelsmän i flödande siden, krigare prydda med ben och guld, varelser av skugga och ljus som stod sida vid sida. Så snart de såg oss spreds en krusning genom folkmassan, och viskningar steg som vinden före en storm.

”Dags för show”, sa Alyster lågmält, och hans flin blev bredare.

”Du njuter alldeles för mycket av det här”, muttrade jag, men mitt eget hjärta bultade hårdare vid åsynen. Tyngden av deras blickar tryckte mot mig – nyfikna, vaksamma, förväntansfulla. De stirrade inte bara på Alyster. De stirrade på mig. Jag kände hur mina vingar pressades tätt mot ryggen innan jag tog ett djupt andetag och spred ut dem, stolt.

”Dags att göra entré”, sa Alyster och erbjöd mig sin arm. Jag tvekade ett halvt hjärtslag innan jag tog den. Hans beröring var varm, jordande. Rafail tog ett steg tillbaka för att gå bakom oss, hans närvaro stadig som alltid.

När vi gick ner mot hovet delade sig folkmassan framför oss, och deras viskningar blev högre. Jag höll huvudet högt och lät deras blickar skölja över mig. Låt dem titta. Låt dem undra. Jag hade kämpat för hårt för att komma hit för att vackla nu.

”Careena Seraphiel”, tillkännagav Alyster när vi nådde mitten av borggården, och hans röst bar utan ansträngning över sorlet. ”En gång en himmelens ängel, nu faernas drottning. Er drottning.”

Tystnaden som följde var total.

”Vänta, vad?” väste Rafail lågt och gav Alyster en skarp blick. Jag bet mig i insidan av kinden för att inte skratta.

”Spela med”, viskade jag och tog ett steg fram när Alyster släppte min arm. Folkmassans blickar brände sig in i mig, men jag höll fokus stadigt och hakan högt.

”Er lojalitet är förtjänad”, fortsatte Alyster med en röst len som silke. ”Era tvivel kommer att försvinna. För ni vet vad vi värderar över allt annat: styrka." Han vände sig då mot mig, hans silverblick fäst på min. "Och det finns ingen starkare än Careena."

"Smickrare", muttrade jag, precis tillräckligt högt för att han skulle höra. Hans flin blev bara bredare.

"Om ni behagar, min drottning", sa han och gestikulerade mot tronen som hade dykt upp bakom mig – vuxen ur slingrande rötter och glittrande av ljuset från hundra små stjärnor. Jag höjde ett ögonbryn. Dramatisk, som alltid.

"Antar att det är dags", mumlade jag och rörde mig mot tronen. Mina vingar spreds ut en aning när jag vände mig för att möta folkmassan. Midnattssvarta fjädrar kantade med violett fångade ljuset, och jag kände förändringen i deras uttryck. Vördnad. Fruktan. Respekt.

"Genom min auktoritet som Högkung", sa Alyster och drog fram en gyllene krona ur tomma intet – den såg ut som vävda grenar, översållad med månstenar – "utnämner jag dig till Careena Vayir, faernas drottning."

"Vayir?" Jag gav honom en blick, men hans flin sa mig allt jag behövde veta. Självklart skulle han ta tillfället i akt att binda mig ytterligare till detta rike – och till honom.

Innan jag hann reagera hade Alyster vänt sig till Rafail, och en annan krona – enklare, men inte mindre kunglig – dök upp i hans händer. Var det en räv, etsad i guldet? Självklart var det det.

"Rafail Rubakis", sa Alyster, med en röst fylld av road min. "Du är bunden till vår drottning, liksom hon är bunden till oss. Vill du stå vid vår sida, som prinsgemål?"

Rafail blinkade till, och hans vaksamma uttryck vacklade för ett ögonblick. Han sneglade på mig, och jag log uppmuntrande. Alyster hade förklarat, när han frågade mig igen, att faerna inte nödvändigtvis betraktade äkten-skap som en monogam institution. Polygama äkten-skap var helt normala här, även bland kungligheter. Rafail var en del av både Alyster och mig; att lämna honom utanför var oacceptabelt. Även om det definitivt hade varit roligt att överraska honom.

Slutligen suckade Rafail, ryckte på axlarna och ett flin spred sig på hans läppar. "Jag antar att jag har kommit så här långt. Kan lika gärna se hur det här slutar."

"Tack", sa Alyster och klappade honom på axeln innan han placerade kronan på hans huvud.

"Tillsammans", fortsatte Alyster och vände sig åter till de samlade faerna. "Ska vi leda detta rike in i en ny era. Starkare. Vildare. Okuvliga." Hans röst ekade, och den här gången bröt folkmassan ut i ett jubel som skakade marken under våra fötter.

"Okuvliga, va?" sa jag tyst och sneglade på Alyster och Rafail. Alysters flin mjuknade, och Rafail nickade en gång, med blicken stadigt fäst på min.

"Nå", sa Alyster, tog ett steg tillbaka och kastade sitt gyllene hår över ena axeln som om han inte just hade förändrat faernas historia med en nonchalant gest. "Ska vi besegla detta ordentligt? En kröning är ingenting utan lite spektakel."

"Spektakel?" Jag höjde ett ögonbryn mot honom. Mina vingar rörde sig bakom mig och fångade svaga ljusgnistor från de förtrollade lyktorna som hängde högt över oss. Luften surrade av magi, tjock och sprakande, som sekunderna före en storm.

"Spela inte oskyldig, min drottning", retades han och pekade på mängden fae som betraktade oss med hänförd uppmärksamhet. "De har väntat länge nog på detta ögonblick. Ge dem något att tala om i århundraden. Något värdigt Careena Seraphiel."

"Careena Vayir", inflikade Rafail torrt och rättade till sin krona som om den kunde äta upp honom. Han såg mer malplacerad ut än någonsin – och lutade sig lite åt sidan som om kunglighetens blotta tyngd redan försökte slå omkull honom – men det fanns värme i hans ton, ett flimmer av munterhet som bröt igenom hans vanliga vaksamhet.

"Careena *allting*", kvickade Alyster, med silverögon som glimmade av ofog. "Hon kan ha alla titlar hon behagar. Hon har förtjänat dem."

"Du är olidlig", muttrade jag, även om mina läppar ryckte till i ett leende.

"Ja", höll han med, skamlöst. "Men jag är din olidliga make nu. Och du är min drottning. Så, vad blir det, älskling? Ska vi skriva historia?"

"Okej då." Jag vände mig mot den samlade folkmassan, mina vingar som spreds ut brett och kastade vida skuggor. Mitt hjärta bultade, men jag höll hakan högt och min röst stadig. "Låt det då bli känt. Låt varje rike få veta. Himlen kastade ner mig, men jag reste mig igen. Inte som deras tjänare – utan som er drottning. Tillsammans ska vi skapa något större. Något de inte kan ignorera."

Ropet som bröt ut från folkmassan var öronbedövande. Det rusade genom mig som eld och tände varje nerv i min kropp. För första gången på vad som kändes som en evighet, klöste jag mig inte bara framåt – jag stod rak, precis där jag ville vara. Och jag var inte ensam.

"Väl talat", mumlade Alyster bredvid mig och lutade sig så nära att hans andedräkt snuddade vid mitt öra. "Jag kunde inte ha formulerat det bättre själv."

”Du har tur att jag tolererar dig”, viskade jag tillbaka, även om min blick var fäst på de jublande faerna.

”Tur har inget med saken att göra”, sa Rafail tyst och steg upp på min andra sida. Hans fingrar snuddade vid mina – kort, flyktigt, men elektriskt. ”Du valde oss båda. Det är därför vi är här.”

”Tillsammans”, ekade Alyster, hans röst mjukare nu och nådde bara oss två.

”Tillsammans”, instämde jag igen, och ordet lade sig tillrätta i mitt bröst som ett löfte hugget i sten. Sedan, med en delad blick mellan oss tre, vände vi oss för att möta framtiden vi just hade gjort anspråk på.

Och folkmassan jublade högre.

## SLUT

Jag hoppas att du njöt av Den fallna ängeln! Håll utkik efter min nya trilogi Atlantis uppgång – kommer snart. Vill du bli först med att få veta när den släpps? Prenumerera på mitt nyhetsbrev!

# Fler böcker av Caryssa Cole

## Chimera-projektet

Mörkt ursprung
Onaturligt urval
Laglös evolution

## Den fallna ängeln

En fallen ängel
Den trotsiga ängeln

## Atlantis uppgång

En tron av korall och ben
Ett hov av tidvatten och stormar
En krona av malströmmar och minnen

## Fristående titlar

Svarta vingar i snön: En insnöad paranormal julromance

Alkemistens lärling: En romantasy om hovintriger, dödligt gift och förbjuden magi

En Önskan som Blev För Mycket (endast för nyhets-brevsprenumeranter)

Upptäck alla Shenanigans Press-utgivningar på vår we bbplats(https://www.shenaniganspress.com/se) !

Eller följ oss på sociala medier – vi finns på Facebook och Instagram (@ShenanigansPressSvenska).

Och glöm inte att prenumerera på vårt nyhetsbrev för att få veta mer om nya släpp, erbjudanden, utlottningar och mycket mer!

9 781923 727441